Ilona Andrews
Dina – Hüterin der Tore

47NORTH

Das Buch

Die resolute Dina besitzt eine bezaubernde Frühstückspension, einen kleinen Hund namens Beast und … etwas andere Fähigkeiten, als man auf den ersten Blick erwarten könnte. Bewandert in Magie aller Art, erkennt sie einen Werwolf sofort und scheut keine Auseinandersetzung, wenn ihre Freunde in Gefahr sind. Auch auf ihr Haus, das über einen eigenen Willen und beträchtliche magische Fähigkeiten verfügt, kann sie sich in jeder Lage verlassen.

Als ein gefährlicher Dämon auftaucht, um seinen Blutdurst zu stillen, ist Dina sofort zur Stelle, um die Gefahr von der kleinen Stadt abzuwenden und den Frieden zu wahren. Und eigentlich findet sie es mehr als überflüssig, dass Vampir-Soldat Arland und der äußerst attraktive, arrogante Werwolf Sean sich ebenfalls der Sache annehmen – bis klar wird, dass sie es mit einem viel mächtigeren Gegner zu tun haben, als zunächst gedacht …

Die Autorin

Ilona Andrews ist das Pseudonym eines gemeinsam schreibenden Ehepaars. Ilona ist gebürtige Russin und Gordon ehemaliger Sergeant der US Army. Entgegen der landläufigen Meinung war Gordon nie ein Agent mit der Lizenz zum Töten, und Ilona war auch nicht die mysteriöse russische Spionin, die ihn verführt hat.

Ilona und Gordon leben mit ihren zwei Kindern, drei Hunden und einer Katze in Portland. Gemeinsam schreiben die Eheleute Urban-Fantasy-Serien. Ihre Bücher finden sich regelmäßig auf verschiedenen Bestsellerlisten wieder.

Mehr über ihre Arbeit ist auf ihrer Website unter http://www.ilona-andrews.com zu erfahren.

ILONA ANDREWS

DINA

HÜTERIN DER TORE

ROMAN

Aus dem Amerikanischen
von Oliver Hoffmann

Die Originalausgabe erschien 2013 unter dem Titel »Clean Sweep«
im Selbstverlag.

Veröffentlicht bei
47 North, Amazon Media EU S.à r.l.
5 Rue Plaetis, L-2338, Luxembourg
Juni 2018
Copyright © der Originalausgabe 2013
By Ilona Andrews
All rights reserved.
Copyright © der deutschsprachigen Ausgabe 2015
By Oliver Hoffmann

Die Übersetzung dieses Buches wurde durch AmazonCrossing ermöglicht.

Umschlaggestaltung: @blacksheep-uk.com
Umschlagmotiv : © Laurie Maitem / EyeEm / Getty;
© Aleksey Oleynikov / Shutterstock; © Croisy / Shutterstock;
© Ioana Catalina E / Shutterstock
Lektorat: Agentur Libelli
Satz: Satzbüro Peters
Printed in Germany
By Amazon Distribution GmbH
Amazonstraße 1
04347 Leipzig, Germany

ISBN: 978-2-919-80323-1

www.47north.de

Kapitel 1

Brutus war tot. Seine Leiche lag unter einer Eiche auf dem Rasen der Hendersons. Eine kleine Gruppe von Nachbarn mit traurigen, schockierten Gesichtern hatte sich um ihn versammelt.

Es war so ein schöner Morgen gewesen. Der texanische Sommer hatte sich endlich ein wenig abgekühlt, und eine leichte, heitere Brise war aufgekommen. Keine einzige Wolke hatte am blauen Himmel gestanden, und der Spaziergang zu dem kleinen Laden, der zur rund um die Uhr geöffneten Tankstelle gehörte, hatte sich als regelrecht angenehm erwiesen.

Normalerweise kaufte ich nicht unbedingt freitags morgens um halb acht bei Tankstellen ein, aber wenn man eine Frühstückspension betreibt, gilt es als gutes Geschäftsgebaren, Gästewünsche zu berücksichtigen, besonders, wenn diese Gäste lebenslanges Bleiberecht erworben haben. Also band ich mein blondes Haar zu einem Pferdeschwanz zusammen, zog einen geblümten Rock und ein Paar Sandalen an und marschierte die halbe Meile zum Laden.

Ich war gerade mit meinen Einkäufen auf dem Rückweg, als ich meine Nachbarn unter dem Baum versammelt sah. Und schon war es mit dem schönen Tag vorbei.

»Hey, Dina«, begrüßte mich Margaret Pineda.

»Hallo.« Ich betrachtete die Leiche und sah auf den ersten Blick alles, was ich wissen musste. Genau wie bei den anderen beiden.

Brutus war nicht das gewesen, was man einen freundlichen Hund nennen würde: ein überdimensionierter schwarzer Chow-Chow, misstrauisch ohne Ansehen der Person, widerspenstig und oft lauter, als gut für ihn war. Seine Hauptbeschäftigung, wenn es ihm gelungen war, aus Mr Byrnes Garten zu entkommen, hatte darin bestanden, sich hinter Mülltonnen zu verstecken und mit lautem Gebell dahinter hervorzustürzen, sobald es jemand wagte, vorbeizugehen. Aber egal wie nervig er gewesen war, den Tod hatte er nicht verdient.

Kein Hund verdiente es, so zu sterben.

»Vielleicht war es ein Puma«, sagte Margaret. Margaret war Mitte vierzig, leicht gebräunt, zierlich. Ihre dunklen Locken umrahmten ihr Gesicht in einer fluffigen Wolke. Sie betrachtete erneut den Tierkörper und wandte sich dann ab, wobei sie den Mund mit der Hand bedeckte. »Das ist einfach furchtbar.«

»Sie meinen, ein richtiger Puma?« Kayley Henderson sah von ihrem Handy hoch. Kayley war siebzehn und lebte für dramatische Augenblicke.

David Henderson zuckte die Achseln. Er war ein massiger Mann, nicht fett, aber mit einem deutlichen Bauchansatz. Er und seine Frau hatten in der Stadt ein Geschäft für Poolzubehör und gaben ihr Bestes als Eltern von Kayley – mit mittelmäßigem Erfolg.

»Hier? Bei uns in der Vorstadt?« David schüttelte den Kopf.

»Warum nicht?« Margaret verschränkte die Arme. »Hier gibt es ja auch Eulen.«

»Eulen können fliegen«, merkte David an.

»Na klar. Das sind Vögel.«

Es war kein Puma gewesen. Ein Puma hätte den Hund zu Boden gedrückt und ihm das Genick durchgebissen, dann hätte er ihn weggeschleppt oder zumindest den Magen und die Innereien gefressen. Was auch immer Brutus getötet hatte, hatte ihm mit einem mächtigen Hieb den Schädel zerschmettert. Dann hatte es dem Hund die Flanken zerrissen und ihm den Unterleib aufgeschlitzt, sodass die Eingeweide herausgerutscht waren, hatte aber nichts davon verzehrt. Brutus war gestorben, weil jemand sein Revier hatte markieren wollen, und deswegen war der Chow-Chow auch für alle sichtbar liegen geblieben: »Guckt mal, wie fies und gerissen ich bin«.

»Das ist jetzt der dritte Hund in zwei Wochen«, sagte Margaret. »Es muss ein Puma sein.«

Der erste war eine liebenswerte, aber dumme Boxerhündin eine Straße weiter gewesen, die ihren Besitzern ständig entwischt war. Man hatte sie genauso gefunden, aufgeschlitzt, hinter der Hecke bei den Briefkästen. Der zweite war ein Beagle namens Thompson gewesen, ein berüchtigter Rasenschänder, der es sich zur Lebensaufgabe gemacht hatte, jedes Fleckchen gemähten Grases mit einem Haufen zu verzieren. Er hatte im Schatten eines Busches gelegen. Und jetzt Brutus.

Brutus hatte viel Fell. Was auch immer diese klaffenden Wunden in seinen Flanken hinterlassen hatte, musste lange Krallen haben. Lang, rasiermesserscharf und am Ende von sehr beweglichen Fingern sitzend.

»Was glaubst du, Dina?«, fragte Margaret.

»Oh«, sagte ich. »Definitiv ein Puma.«

David schnaubte. »Mir reicht's. Ich muss Kayley in die Schule fahren und in einer Viertelstunde den Laden aufmachen. Hat schon jemand Byrne angerufen?«

Brutus war Mr Byrnes ganzer Stolz gewesen. Jeden Nachmittag hatte er ihn in der Nachbarschaft Gassi geführt und gestrahlt, wenn jemand stehen blieb, um ihm Komplimente über den Hund zu machen.

»Ja, ich«, informierte ihn Margaret. »Er muss wohl gerade seine Enkel zur Schule bringen. Ich hab ihm eine Nachricht hinterlassen.«

Hallo, es tut mir leid, Ihnen sagen zu müssen, dass Ihr Hund auf schreckliche Art und Weise zu Tode gekommen ist … Das musste aufhören. Sofort.

Ein Mann kam die Straße entlang. Er schritt kraftvoll aus, und sein Gang verriet, dass er, wenn er wollte, sehr schnell rennen konnte. Sean Evans. Ausgerechnet.

Sean Evans war neu hier in Avalon. Gerüchten zufolge war er früher Soldat gewesen. Diese Gerüchte waren vermutlich zutreffend. Meiner Erfahrung nach gab es zwei Sorten von ehemaligen Soldaten. Die einen ließen sich Haar und Bart wachsen und gaben sich allem hin, was während ihrer Dienstzeit verboten gewesen war. Die anderen taten so, als seien sie immer noch in der Armee.

Sean Evans gehörte zu letzterer Kategorie. Er trug sein rotbraunes Haar kurz, sein kantiges Kinn war glatt rasiert. Er war groß, breitschultrig und hatte einen starken, gut trainierten Körper, den er durch regelmäßigen Sport perfekt in Form brachte, athletisch und muskulös. Er sah aus, als könnte er einen 25-Kilo-Rucksack aufsetzen, damit quer durch die Stadt rennen und dort eine irrsinnige Anzahl von Feinden mit bloßen Händen zu Brei schlagen, während im Hintergrund dramatisch Dinge explodierten. Dem Vernehmen nach war er ungeheuer höflich, aber etwas in seinem Blick vermittelte deutlich die Botschaft »Leg dich nicht mit mir an«.

»Sean!« Margaret winkte. »Hier ist schon wieder ein toter Hund!«

Sean änderte leicht seinen Kurs und kam jetzt direkt auf uns zu.

»Der Typ ist so unsagbar heiß«, ließ sich Kayley ungefragt vernehmen.

David lief rot an. »Der Mann ist siebenundzwanzig. Das ist zu alt für dich.«

»Ich habe auch gar nicht gesagt, dass ich was von ihm will, Dad. Meine Güte.«

Für mich war Heißsein eine komplexe Angelegenheit, die mit Hirn, Humor und noch ein paar anderen Dingen zu tun hatte, aber abgesehen von alldem war ich gerne bereit zuzugeben, dass Sean Evans ein erfreulicher Anblick war. Leider war er in Anbetracht der Ereignisse, die sich zwei Nächte zuvor abgespielt hatten, auch der Hauptverdächtige im Fall der Hundemorde.

Sean blieb stehen und blickte auf Brutus hinab. Als er den Blick wieder hob, sah ich ihm in die Augen. Sie waren bernsteinfarben, ein besonderer Braunton mit einem goldenen Schimmer, im Sonnenlicht fast orange, und er wirkte überrascht. Er hatte Brutus nicht getötet. Ich atmete leise auf.

Ein schwarzer SUV kam um die Kurve. Mr Byrne. O nein.

Die Hendersons traten den strategischen Rückzug an, während Margaret dem SUV winkte. Sean betrachtete noch ein wenig den Hund, schüttelte den Kopf und stieg über den Körper. Er wollte gehen. Ihn aufzuhalten und damit seine Aufmerksamkeit zu erregen war eine schreckliche Idee. Noch schlechter war die Idee, mich überhaupt in diese ganze Affäre mit den toten Hunden einzumischen. Aber die Alternative wäre gewesen, nichts zu tun. Nichts hatte ich schon die ersten beiden Male getan, und der Hunde-Serienmörder machte keine Anstalten, aufzuhören.

»Mr Evans?«, rief ich. »Hätten Sie einen Augenblick Zeit?«

Er schaute mich an, als hätte er mich noch nie gesehen. »Kennen wir uns?«

»Ich heiße Dina. Mir gehört die Frühstückspension.«

Er sah an mir vorbei zu dem alten Haus an der Zufahrt zu unserem Teil der Vorstadt. »Diese Monstrosität?«

War er nicht nett? »Ja.«

»Was kann ich für Sie tun?«

Auf der Straße kam der SUV quietschend zum Stehen. Mr Byrne stieg aus. Er war ein kleiner, älterer Mann, der immer weiter zu schrumpfen schien, je näher er der Leiche seines Hundes kam. Er war totenblass geworden. Sean und ich warfen ihm einen kurzen Blick zu.

»Wie lange wollen Sie noch weiter tatenlos zusehen?«, fragte ich leise.

Sean runzelte die Stirn. »Ich fürchte, ich kann Ihnen nicht folgen.«

»Etwas tötet offenbar Hunde in Ihrem Revier. Man sollte meinen, darum würden Sie sich kümmern.«

Sean sah mich mit unfokussiertem Blick an. »Ma'am, ich habe nicht die geringste Ahnung, wovon Sie reden.«

Ma'am? *Ma'am?* Ich war mindestens vier Jahre jünger als er.

Mr Byrne kniete neben Brutus' Leiche im Gras. Sein Gesicht erschlaffte.

»Die ersten beiden Hunde waren versteckt, aber der hier liegt deutlich sichtbar da. Was immer sie tötet, es eskaliert die Situation. Es will Sie offensichtlich provozieren. Es lässt seine Beute liegen, wo jeder sie sehen kann.«

Seans Gesicht nahm einen Ausdruck an, der mir vermitteln sollte, dass er sich diesen Unsinn nicht länger anhören würde. »Ich glaube, Sie sind verrückt.«

Mr Byrne sah aus, als würde er jeden Augenblick zusammenbrechen.

»Entschuldigen Sie mich bitte.« Ich stellte meine Einkaufstüten ins Gras, ging um Sean herum und kauerte mich neben den älteren Herrn. Er verbarg das Gesicht in seiner Hand.

»Es tut mir so leid.«

»Ich verstehe das nicht«, sagte Mr Byrne mit hohler Stimme. »Heute Morgen, als ich ihn in den Garten hinausließ, ging es ihm gut. Ich verstehe das nicht … Wie ist er überhaupt rausge-kommen?«

Margaret fand, das sei eine gute Gelegenheit zur Flucht, und zog sich zurück.

»Warum gehen Sie nicht heim?«, fragte ich. »Ich hole mein Auto und bringe Ihnen Brutus.«

Seine Hand zitterte. »Nein, er ist mein Hund. Ich muss ihn zum Tierarzt bringen …«

»Ich werde Ihnen helfen«, versprach ich.

»Ich hole etwas, womit wir den Kofferraum auslegen kön-nen«, sagte Sean. »Kleinen Moment.«

»Ich kann nicht …« Mr Byrnes Gesicht erstarrte zu einer Maske.

»Ich kümmere mich darum«, sagte Sean. »Mein Beileid.«

Sean kehrte mit einer durchsichtigen Teichfolie zurück. Wir brauchten etwa fünf Minuten, um Brutus' sterbliche Überreste einzuwickeln, dann trug Sean das Bündel in den Kofferraum des SUV. Mr Byrne stieg ein, und Sean und ich sahen seinem davonfahrenden Fahrzeug nach.

»Nur damit keine Missverständnisse aufkommen«, sagte ich. »Da Sie sich weigern, Ihr Revier zu verteidigen, werde ich mich darum kümmern müssen.«

Er beugte sich näher zu mir. »Lady, ich hab es Ihnen schon gesagt: Ich weiß nicht, wovon Sie reden. Gehen Sie heim, und fegen Sie die Veranda oder was immer Sie dort sonst üblicher-weise tun.«

Er wollte den Dummen spielen. Dagegen konnte ich nichts machen. Vielleicht war er ein Feigling, auch wenn er nicht so aussah. Vielleicht war es ihm auch einfach egal. Nun, mir nicht. Das würde reichen müssen.

»Na schön. Solange Sie mir nicht in die Quere kommen, haben wir kein Problem. Eine wahre Freude, Sie zu treffen, Mr Evans.«

Ich ging in Richtung meines Hauses die Straße entlang. »Lady, Sie sind verrückt!«, rief er mir nach.

Ich war vielleicht verrückt, aber ich irrte mich selten, und ich hatte das deutliche Gefühl, dass das Leben in den Vororten von Red Deer, Texas, gerade eben deutlich komplizierter geworden war.

***

Die Frühstückspension »Gertrude Hunt« lag an der Einfahrt der Trabantenstadt Avalon auf drei Morgen Land, deren größten Teil ein Obst- und ein Ziergarten einnahmen. Mehrere dicke Eichen spendeten dem Haus Schatten, und eine ein Meter zwanzig hohe Hecke säumte den Rasen an der Straßenseite. Die ursprüngliche hölzerne Holzschindelverkleidung des Gebäudes war schon lange verrottet und einer praktischeren, modernen Version in tiefem Lodengrün gewichen.

Das Gasthaus war Ende der Achtzigerjahre des 19. Jahrhunderts erbaut worden und hatte alle überdrehten Eigenschaften eines amerikanischen Queen-Anne-Hauses: eine flache, umlaufende Veranda mit niedrigen korinthischen Säulen links und rechts des Eingangs, drei kleine Balkone im zweiten Stock, eine überhängende Traufe sowie Erkerfenster, die an scheinbar willkürlich gewählten Stellen vorsprangen. Wie viele ältere viktorianische Häuser war das Gebäude asymmetrisch, und wenn man es zuerst von Norden und dann von Süden betrachtete, sah es nicht aus wie dasselbe Haus. An der Ostmauer hatte es ein Türmchen, die westliche wies eine halbrunde, vorspringende Glasveranda auf. Es war, als hätten sich eine mittelalterliche Burg und ein Herrenhaus aus den Südstaaten gepaart und ein Kind gezeugt, bei dem eine Konditorin aus der Zeit der Schauerromantik die Hebamme gewesen war.

Das Gasthaus war überladen mit Balustraden, wirkte architektonisch völlig sinnfrei und war zu verschachtelt, doch es war keine Monstrosität.

Ich ging die Verandatreppe hoch und tätschelte die helle Säule. »Er ist ein unhöflicher Idiot. Achte nicht auf ihn. Ich finde dich charmant.«

Das Haus antwortete nicht.

Ich trat ein, und mein Herz machte einen kleinen Satz, als ich dem Foto meiner Eltern zunickte, das im Empfangszimmer hing. Jedes Mal, wenn ich ausging, hoffte ein kleiner Teil von mir, ich würde sie beim Zurückkommen genau hier vorfinden, wie sie in der Halle auf mich warteten.

Ich schluckte, wandte mich nach links, erklomm die breite Treppe zum ersten Stock und betrat den Nordbalkon, wo Ihre Hoheit Caldenia ka ret Magren gerade Tee trank. Sie sah aus wie Mitte sechzig, aber es war die Art Sechziger, die man erreichte, wenn man jahrelang im Schoße des Luxus gelebt hatte. Ihr platinblondes Haar war zu einem geschmackvollen Knoten zusammengefasst. Sie hatte ein scharf geschnittenes Profil mit klassischer griechischer Nase, hohen Wangenknochen und blauen Augen, die zumeist leicht verloren wirkten, bis sie etwas witzig fand. Sie hielt graziös ihre Teetasse und blickte voller sardonischer Melancholie auf die Straße hinab.

Ich unterdrückte ein Lächeln. Caldenia war weltgewandt, weise und auf äußerst elegante Art des Lebens überdrüssig. Trotz ihres gleichgültigen Auftretens hatte sie nicht die Absicht, ihr Ende gelassen hinzunehmen, und hatte ihr Möglichstes getan, um dafür zu sorgen, dass sie so bald nicht verscheiden würde.

Ich öffnete die Einkaufstasche und entnahm ihr eine gelbe Plastiktüte und eine gleichfarbige Dose. »Eure Zwiebelringe und Eure Zitronenlimo, Hoheit.«

»Ah!« In Caldenia kam Leben. »Danke.«

Sie öffnete die Tüte mit einem Schnipsen und schüttete ein paar Zwiebelringe auf einen Teller. Ihre langen Finger schnappten sich einen, sie biss hinein und kaute mit unverkennbarem Vergnügen.

»Wie ist es mit dem Werwolf gelaufen?«, fragte sie.

Ich setzte mich auf den Stuhl. »Er tut, als sei ich wahnsinnig und als wisse er nicht, wovon ich rede.«

»Vielleicht hat er es verdrängt.«

Ich hob die Brauen.

Caldenia verzehrte elegant einen weiteren Zwiebelring. »Manche von ihnen kastrieren sich geistig so, meine Liebe. Herrschsüchtige, religiöse Mutter, schwacher, passiver Vater – du weißt ja, wie das ist. Die genetische Erinnerung hat ihre Grenzen. Ich persönlich habe nie etwas davon gehalten, seine Triebe zu unterdrücken.«

Ja, und mehrere Millionen Lebewesen hatten dafür bezahlt.

Caldenia legte den Daumennagel an den Rand der Zitronenlimodose und drehte sie. Das Metall quietschte. Geschickt öffnete sie die Dose und hob den oberen Teil ab. Der Rand war rasiermesserscharf. Sie goss den Inhalt in ihre Teetasse und trank lächelnd.

»Er hat es nicht verdrängt«, sagte ich. »Er hat die letzten beiden Monate damit zugebracht, jeden Zoll dessen, was er für sein Revier hält, zu markieren.«

Caldenia hob die Brauen. »Hast du das gesehen?«

Ich nickte. Selbst im Dunkeln war es fast unmöglich, Sean Evans für jemand anderen zu halten. Es lag an seiner Art, sich zu bewegen – ein geschmeidiges, kraftvolles Raubtier auf der Pirsch.

»Hast du gesehen, wie er bestückt ist?«

»Also wirklich …«

Caldenia zuckte die Achseln. »Ich will nur wissen, ob er gut bestückt ist. Natürliche Neugier.«

Klar, Neugier. »Keine Ahnung. Er ist relativ dezent vorgegangen, und ich habe mich nicht länger aufgehalten.«

»Das ist ein Fehler.« Caldenia nippte an ihrer Tasse. »*Carpe diem quam minimum credula postero*, meine Liebe.«

»Ich bin nicht daran interessiert, einen von Sean Evans' Tagen zu nutzen. Ich will nur, dass er dem Hundemörder Einhalt gebietet.«

»Du weißt schon, dass das alles nicht dein Problem ist? Das Gasthaus ist nicht in Gefahr.«

»Diese Leute sind meine Nachbarn.« *Eure im Übrigen auch.* »Sie haben keine Ahnung, womit sie es zu tun haben. Der Mörder wird immer dreister. Was, wenn er als Nächstes ein Kind tötet?«

Caldenia verdrehte die Augen. »Dann wird sich, was auch immer in diesem Winkel des Universums als Exekutive gilt, darum kümmern. Wahrscheinlich werden die Gesetzeshüter auf spektakuläre Weise scheitern, aber der Täter wird entweder aufhören, um nicht noch mehr Aufsehen zu erregen, oder der Senat wird jemanden schicken, der sich der Sache annimmt. Jedenfalls, meine Liebe, ist es nicht dein Problem.«

Ich sah die Straße entlang. Vom Balkon konnte ich fast dreihundert Meter weit bis zur ersten Kurve der Straße mit dem lächerlichen Namen Camelot Road sehen, von wo aus sie sich durch die Siedlung schlängelte. Menschen eilten zur Arbeit. Rechts fuhren zwei Kleinkinder auf Dreirädern vor ihrem Elternhaus auf dem Gehsteig auf und ab. Links füllte Margaret ihren Vogelfutterspender nach, während ein kleines, rötliches Fellknäuel, das angeblich ein Zwergspitz war, zu ihren Füßen auf und ab sprang.

Sie waren meine Nachbarn. Sie hatten ihr normales Leben und ihre ganz gewöhnlichen Probleme. Sie lebten in der Vorstadt, schlugen sich mit Schulden und einer Wirtschaftskrise herum und versuchten, Geld beiseitezulegen, damit ihre Kinder aufs College gehen konnten. Die meisten von ihnen waren außerstande, mit Dingen fertigzuwerden, die scharfe Zähne und die Intelligenz von Raubtieren besaßen und ihnen nachts auflauerten. Die meisten von ihnen wussten nicht einmal, dass es solche Dinge gab.

Meine Fantasie beschwor etwas mit langen Klauen herauf, das unter der Hecke hervorbrach und sich ein Kleinkind schnappte. Die Regeln und Gesetze, nach denen ich lebte, besagten, dass ich mich nicht einmischen durfte. Ich war per Definition neutral, was mir einen gewissen Schutz verlieh, und wenn ich gegen diese Neutralität verstieß, war ich Freiwild für was auch immer diese Klauen besaß.

»Misha!«, rief Margaret.

Der Zwergspitz wirbelte um sie herum und jagte wie der Blitz über den Rasen. »Misha! Komm her, du kleiner Schlingel!«

Misha raste in die andere Richtung und schien eine Menge Spaß an diesem Spiel zu haben. Gleich würde Margaret die Geduld verlieren und hinterherrennen.

Man müsste eine herzlose Schlange sein, um sie im Kampf gegen das Monster sich selbst zu überlassen. Caldenia war trotz ihres Doppelherzens ziemlich herzlos, das bedeutete aber nicht, dass ich es auch sein musste.

Caldenia knabberte einen weiteren Zwiebelring.

Ich lächelte. »Noch Zitronenlimo, Hoheit?«

»Ja, bitte.«

Ich angelte mir eine weitere Dose aus der Tasche. Wenn es nach mir ging, würde kein weiterer Hund mehr sterben.

***

Ich öffnete die Augen. Mein Schlafzimmer lag im Halbdunkel, das Mondlicht zeichnete lange, silbrige Streifen auf den alten Holzboden. In meinem Kopf schlug etwas an: Magie. Etwas hatte das Grundstück des Gasthauses betreten. Nun, etwas magisch Aktives oder etwas, das über fünfundzwanzig Kilo wog. Das Gasthaus war ziemlich gut darin, zwischen einer potenziellen Bedrohung und Getier, das sich zufällig auf das Gelände verirrt hatte, zu unterscheiden.

Ich setzte mich auf. Im Hundekörbchen neben dem Bett hob Beast ihr Köpfchen.

Ich horchte. Grillen zirpten. Eine kühle Brise wehte durch die Jalousie des offenen Fensters und bewegte die beigefarbenen Vorhänge. Der Holzboden war kalt unter meinen nackten Füßen. Ich musste mir endlich mal einen Teppich besorgen.

Ein weiteres leises Klingen. Es fühlte sich an, als habe jemand einen Stein in stilles Wasser geworfen, und nun streiften die Wellen meine Haut. Definitiv ein Eindringling.

Ich erhob mich. Beast kam angesprungen und leckte meinen Knöchel. Ich nahm den Besen, der an der Wand lehnte, und verließ das Schlafzimmer. Vor mir erstreckte sich ein langer Gang mit einem Muster aus kühler Dunkelheit und Mondlicht, das durch die großen Erkerfenster fiel. Ich ging den Gang entlang und näherte mich der Ursache der Störung. Der Shih Tzu trottete neben mir her wie ein wachsamer, dreieinhalb Kilo schwerer, schwarz-weißer Mopp.

Das Gasthaus und ich standen in so enger Verbindung, dass es fast ein Teil von mir war. Ich konnte jeden Eindringling exakt lokalisieren. Dieser hier bewegte sich nicht. Er machte sich nur an einer Stelle zu schaffen.

Das Haus um mich herum war dunkel und still. Ich durchquerte den Gang, drehte mich um und blieb an einer Tür zum Westbalkon stehen. Drunten im Obstgarten bewegte sich etwas. Dann also mal sehen, was die Nacht angeschleppt hatte. Lautlos schwang die Tür vor mir auf, und ich trat hinaus auf den Balkon.

Im Hain, zwanzig Meter vom Haus entfernt, pinkelte Sean Evans an meinen Apfelbaum.

Das durfte ja wohl nicht wahr sein.

»Aufhören«, zischte ich in einem theatralischen Flüstern.

Er ignorierte mich. Er stand mit dem Rücken zu mir, noch immer in denselben Jeans und dem grauen T-Shirt, die er am Morgen getragen hatte.

»Sean Evans! Ich sehe Sie. Hören Sie auf, Ihr Revier an meinem Apfelbaum zu markieren.«

»Keine Sorge«, sagte er, ohne sich umzudrehen. »Es wird den Äpfeln nicht schaden.«

Der Mann hatte Nerven. »Woher wollen Sie das wissen? Sie haben wahrscheinlich im ganzen Leben noch keinen Apfelbaum gepflanzt.«

»Sie wollten, dass ich mich darum kümmere«, sagte er. »Also kümmere ich mich darum.«

Na schön, er kümmerte sich darum. »Weshalb glauben Sie, dass Ihre Markierungen irgendetwas ausrichten werden? Der Hundemörder hat sie auch früher schon ignoriert.«

»So macht man das«, sagte er. »Bei diesen Dingen gilt eine bestimmte Etikette. Er hat mich herausgefordert, und jetzt erwidere ich die Herausforderung.«

»Aber nicht in meinem Obstgarten. Raus.« Beast bellte einmal, um mich ihrer Unterstützung zu versichern.

»Was ist das?«, fragte er.

»Ein Hund.«

Sean machte seinen Reißverschluss zu, drehte sich um und rannte auf eine Eiche zu. Es war unglaublich anzusehen: Knapp zwei Meter vor der Eiche sprang er nach vorn und nach oben und federte so von der Rinde ab, dass er weiter oben die Stelle erreichte, an der zwei große Äste aus dem Stamm ragten, stieß sich von ihnen ab, als sei er schwerelos, landete auf dem Ast, der in Richtung Balkon ragte, rannte darauf entlang, bis er schmaler wurde, und kauerte sich hin. Das Ganze dauerte nicht einmal zwei Sekunden.

Seine Augen leuchteten einmal kurz golden und bernsteinfarben auf. Sein Gesichtsausdruck hatte eine gefährliche Intensität angenommen, raubtierhaft und leicht animalisch. Es jagte mir einen Schauer über den Rücken. Nein, er verdrängte es nicht. Kein Stück.

Ein Werwolf stellte ein Problem dar. Immer. Hätte ich ihn so auf der Straße getroffen, ich hätte beruhigende Laute ausgestoßen und mich nach einem Fluchtweg umgesehen. Aber wir waren auf meinem Gelände.

»Das ist kein Hund«, sagte Sean.

Beast fauchte ein kleines bisschen, erstaunt über diese Beleidigung.

»Was wiegt sie denn, vielleicht drei, dreieinhalb Kilo? Na gut, ich bin bereit zuzugestehen, dass in grauer Vorzeit vielleicht einmal ein Hund unter ihren Vorfahren war. Aber jetzt ist sie nur noch eine zu groß geratene Chinchilla.«

»Zuerst beleidigen Sie mein Haus und dann meinen Hund.« Ich stützte mich auf meinen Besen.

»Sie hat Zöpfchen«, sagte Sean und nickte mit dem Kinn in Richtung der beiden winzigen Zöpfe neben den Augen des Shih Tzus.

»Ihr hängt das Fell in die Augen. Sie muss geschoren werden.«

»Aha.« Sean legte den Kopf schief. Jetzt wirkte er völlig animalisch. »Sie verlangen von mir, einen Hund mit zwei Zöpfen ernst zu nehmen.«

»Ich verlange gar nichts von Ihnen. Ich sage, verschwinden Sie von meinem Grundstück.«

Er bleckte die Zähne und schenkte mir ein leicht irres Lächeln. Er sah hungrig aus. »Sonst was? Wollen Sie mir Ihren Besen überziehen?«

So was in der Art. »Ja.«

»Ich zittere förmlich vor Angst.«

Er war innerhalb der Grenzen des Gasthauses. Ich war eindeutig die Wirtin – der Besen ließ keinen anderen Schluss zu. Doch er erwies mir keinen Respekt. Ich hatte schon früher arrogante Werwölfe getroffen – als hocheffektive Mordmaschine neigte man dazu, zu glauben, die Welt läge einem zu Füßen –, aber der hier schlug dem Fass den Boden aus. »Hau ab, *siri*.« So. Das hatte er nun davon.

»Ich heiße Sean.« Er legte wieder den Kopf schief.

Keine Reaktion auf die Beleidigung. Entweder hatte er ein kugelsicheres Ego oder keine Ahnung, dass ich ihn gerade in seiner eigenen Sprache einen jämmerlichen Feigling genannt hatte.

Sean legte den Kopf noch ein bisschen schiefer. »Also, woher weiß ein Mädchen wie Sie von Werwölfen?«

»Ein Mädchen wie ich?«

»Wie alt sind Sie?«

»Vierundzwanzig.«

»Die meisten vierundzwanzigjährigen Frauen, die ich kenne, schlafen in einem knapperen Aufzug. Etwas Erwachseneerem.«

Ich hob die Brauen. »Gegen mein Hello-Kitty-T-Shirt ist absolut nichts einzuwenden.« Es war dünn und bequem und reichte bis zur Mitte meiner Oberschenkel, was bedeutete, wenn ich mitten in der Nacht aufstehen musste, um mit irgendwelchen Eindringlingen fertigzuwerden, konnte ich es mit bedecktem Hintern tun und ohne mir eine Blöße zu geben.

Sean runzelte die Stirn. »Klar, wenn man fünf ist. Haben wir eine kleine Entwicklungsstörung?«

Argh. »Was ich habe, geht Sie nichts an.«

»Es passt«, sagte er.

»Was?«

»Das T-Shirt. Es passt zu Ihrem ganzen Lebensstil. Ich wette, Sie sind hier aufgewachsen.«

Worauf wollte er hinaus? »Vielleicht.«

»Sind wahrscheinlich nie aus der Stadt rausgekommen, was? Waren nie woanders, haben nie etwas Verrücktes getan, und jetzt führen Sie diese Frühstückspension und trinken auf einem Balkon Tee mit alten Damen. Ein nettes, ruhiges Leben.«

Ha! »Gegen ein nettes, ruhiges Leben ist nichts einzuwenden.«

»Klar.« Sean zuckte die Achseln. »Als ich vierundzwanzig war, wollte ich die Welt sehen. Ich wollte reisen und andere Menschen treffen.«

Ich konnte nicht widerstehen. »Ja, und sie töten.«

Er bleckte erneut die Zähne. »Manchmal. Der Punkt ist, wenn Sie Ihr ganzes Leben lang immer hier waren, woher wissen Sie dann über Werwölfe Bescheid? Hier ist meilenweit keiner, und wenn, dann ein Schläfer. Ich habe das Revier durchkämmt, ehe ich es übernommen habe. Der nächste Werwolf lebt in einem Vorort von Houston, und als ich mit ihm gesprochen habe, hat er bestätigt, dass es in dieser Gegend seit Jahren keine aktiven Werwölfe mehr gegeben hat. Woher wissen Sie also Bescheid über uns?«

»Sie mögen Ihresgleichen nicht besonders, was?«

»Weichen Sie Fragen immer aus, oder ist das nur bei mir so?«

»Das ist nur bei Ihnen so«, versicherte ich ihm so sarkastisch wie möglich. »So, und jetzt husch, husch. Gehen Sie.«

Er neigte den Kopf und starrte mich an, ohne zu blinzeln, mit dem konzentrierten Blick eines Wolfs, der mitten im Winter seiner Beute ansichtig wird. Seine Augen leuchteten, das Mondlicht schimmerte in ihnen. Alle Härchen in meinem Nacken richteten sich auf.

»Ich werde es herausfinden. Ich bin nicht gerne uninformiert.«

Jetzt drohte er mir. Mir reichte es. Noch ein Wort, und er würde bereuen, je den Mund geöffnet zu haben. »Gehen Sie. Auf der Stelle.«

Der Werwolf grinste mich mit Augen voller Wildheit an. »Okay, okay. Schlafen Sie gut.«

Er ließ sich vom Ast fallen, stürzte zwei Stockwerke tief zu Boden, landete elegant halb kauernd und rannte davon. Seine langen Beine trugen ihn aus meinem Obstgarten, und eine Sekunde später klingelte die Magie in meinem Kopf und teilte mir mit, dass er das Gelände des Gasthauses verlassen hatte.

Ich drehte mich um und ging zurück in mein Schlafzimmer, wobei ich die Balkontür leise hinter mir schloss. Nerviger Klugscheißer. Nie irgendwo gewesen, nie etwas getan, ja? Entwicklungsstörung, ja? Das war die Höhe, wenn man bedachte, dass es von einem Mann kam, der seine Nächte damit zubrachte, seinen Nachbarn an den Zaun zu pinkeln. Mist, das hätte ich ihm sagen sollen. Na ja, jetzt war es zu spät.

Ich ging wieder ins Bett. War mir egal, ob er den Mond anheulte. Wenigstens hatte er vor, etwas gegen den Hundemörder zu unternehmen.

Eine halbe Stunde später beschloss ich, es sei an der Zeit, aufzuhören, mir einfallsreiche, witzige Beleidigungen für Werwölfe auszudenken. Im Haus war es ruhig. Beast schnarchte leise. Ich gähnte, drehte mein warmes Kissen um und kuschelte mich tiefer unter die Decke. Schlafenszeit …

Die Magie schlug Wellen, spritzte diesmal gegen mich wie eine Springflut. Jemand rannte an der Grundstücksgrenze des Gasthauses entlang, streifte sie. Er bewegte sich schnell, zu schnell für einen Menschen. Es konnte natürlich Sean sein, aber irgendwie hatte ich da so meine Zweifel.

KAPITEL 2

Ich kniete an der Stelle, wo der Eindringling von der Grenze des Gasthauses abgebogen war. Da waren vier dreieckige Abdrücke in der harten Erde – Klauenspuren. Der Eindringling hatte die Klauen in die Erde gebohrt, als er auf dem Absatz kehrtgemacht hatte und davongehetzt war. Ich hatte ihn knapp verpasst.

Vor mir lag still die Straße, die Bäume waren nur dunkle Schatten, die sanft im Wind raschelten wie sich aneinander reibende Papierbögen. Diese Siedlung war alles andere als ausgelassen, und selbst Freitagnacht wurde es gegen Mitternacht ruhig. Es war kurz vor eins.

Ich atmete lautlos ein, horchte, sah mich um. Nirgends regte sich etwas. Keine auffälligen Geräusche. Ich hatte drei kostbare Sekunden darauf verschwendet, Shorts und ein dickeres T-Shirt anzuziehen und mir das Haar zusammenzubinden, und jetzt war das Ding mit den Klauen fort.

Ich hob die Hand, bündelte meine Macht in den Fingerspitzen und berührte die Abdrücke. Eine fahlgelbe Spur wurde auf dem Boden sichtbar. Sie verblasste fast augenblicklich wieder, doch nicht, bevor ich die Richtung erkannt hatte. Sie führte die Straße entlang, tiefer ins Viertel.

Sie zu verfolgen würde bedeuten das Grundstück des Gasthauses zu verlassen, wo ich am stärksten war. Ich sollte mich heraushalten. Ich sollte mich umdrehen und wieder ins Bett gehen. Es ging mich nichts an.

Ich würde nicht damit leben können, wenn es ein Kind töten würde. So oder so, ich hatte meine Entscheidung getroffen. Dies war nicht die Zeit für Zweifel.

Ich brauchte eine Waffe. Etwas mit guter Reichweite. Ich konzentrierte mich. Der Besen verformte sich in meiner Hand, das »Plastik« des Stiels verwandelte sich in dunkles Metall, das von Haarrissen in leuchtendem, hellem Blau durchzogen war. Eine rasiermesserscharfe Klinge bildete sich an einem Ende, während der Besenstiel sich auf über zwei Meter verlängerte. Eine Zeile aus einem alten italienischen Buch über Kampfkunst kam mir in den Sinn: Je länger der Speer, desto weniger tückisch ist er. Zwei Meter zehn würden reichen.

Die letzten blauen Risse verschwanden. Der Speer, der jetzt dunkelgrau wie Teflon war, fühlte sich in meiner Hand gut an. Ich ging die Straße entlang, hielt mich im Schatten. Die leuchtende Spur verglomm. Ich hätte sie gerne wieder sichtbar gemacht, doch ich hatte das Grundstück des Gasthauses verlassen und damit erheblich weniger Tricks im Ärmel.

Avalon hatte ein Betrunkener geplant, der ums Leben keine gerade Linie zeichnen konnte. Die Straßen bogen nicht einfach nur ab, sie beschrieben Kurven und mündeten am Ende wieder in sich selbst wie die Schleifen im Daumenabdruck eines Riesen. Die Camelot Road war die Hauptstraße, und selbst sie mäanderte wie eine Schlange durch den Häuserdschungel. Ich kam an Seitenstraßen vorbei und sah kurz in jede hinein. Gawain Street, Igraine Road, Merlin Circle … Die Straßen waren leer. Hier und da brannte noch Licht, doch die meisten Anwohner schliefen schon. Galahad Road.

In der Ferne leuchtete hell ein Flutlicht. Wahrscheinlich durch einen Bewegungsmelder ausgelöst. Jemand oder etwas bewegte sich im Freien.

Weitergehen oder nachsehen? Wenn es nichts war, würde es mich nur Zeit kosten. Aber wenn es etwas war, konnte ich aufhören zu suchen.

Ich überquerte die Straße und rannte im Schatten alter Eichen auf dem gegenüberliegenden Bürgersteig entlang. Es würde nur eine Minute dauern.

Im Schatten einer Pappel stand ein Haus. Grauer texanischer Kalkstein, zweistöckig, Erkerfenster, Doppelgarage – ziemlich typisches Haus für diese Wohngegend. In der Einfahrt stand ein Auto, ein Honda Odyssey. Beide Beifahrertüren und der Kofferraum waren offen, im Kofferraum lagen weiße Plastiktüten, wahrscheinlich aus einem rund um die Uhr geöffneten Supermarkt. Auf dem Rücksitz war die vertraute, geschwungene Form eines Kindersitzes zu sehen. Die Haustür war angelehnt.

Vielleicht ein Paar, das von einer Reise zurückkam? Sie mussten unterwegs zum Einkaufen haltgemacht haben, damit sie morgen nicht losmussten, hatten geparkt und ihr Kind nach drinnen gebracht. Es war wahrscheinlich nichts, aber das würde ich erst wissen, wenn ich es mir genauer angesehen hatte.

Das Haus direkt gegenüber bot keine Deckung, aber das Grundstück unmittelbar daneben hatte eine schöne, dichte Hecke. Ich schlich hinüber und kauerte mich dahinter. Meinen Speer legte ich ins Gras.

Irgendwo weiter drinnen im Viertel sprang ein Auto an und fuhr los, das Motorengeräusch verklang langsam. Die Nacht wurde wieder still. Der Mond leuchtete hell, eine schimmernde Silbermünze, die milchige Lichtschleier gegen dünne Wolkenfetzen warf. Hier und da durchdrangen Sterne die Dunkelheit. Links zog ein Flugzeug einen blassen Streifen über den Himmel. Die Luft roch frisch, der Nachtwind war angenehm kühl auf der Haut.

Stille.

Ein Schatten huschte über die erleuchtete Einfahrt, schnappte sich eine Plastiktüte aus dem Kofferraum des Odyssey und hetzte über den Hof zur Seite des Hauses, ehe er in den Nachtschatten versank.

Erwischt, du verfluchter Bastard. Hätte ich geblinzelt, ich hätte ihn übersehen. So aber hatte ich einen vagen Eindruck von etwas Affenartigem, Großem mit räudigem Fell.

Das Ding an der Seite des Hauses zerfetzte die Tüte und warf die Stücke auf den mondbeschienenen Rasen. Nur seine Vorderpfoten waren zu sehen – rattenartig, größer als Menschenhände, mit knochigen, haarlosen Fingern, die in scharfen, schwarzen Klauen endeten. Teile einer gelben Styroporverpackung folgten der Tüte, dann stürzte sich die Kreatur auf ihren Inhalt. Ein knirschendes Geräusch verriet, dass Vogelknochen zermalmt wurden. Großartig.

»Schatz, hast du die Einkäufe reingebracht?«, fragte eine Frau aus dem Inneren des Hauses.

Eine gedämpfte Männerstimme antwortete.

Bleib im Haus. Bleib in dem hübschen, sicheren Haus.

Eine Frau tauchte in der Tür auf. Sie war Anfang dreißig und wirkte müde. Ihr schulterlanges, braunes Haar war zerzaust, ihr T-Shirt zerknittert.

Die Kreatur ließ das geraubte Fleisch fallen.

Bleib im Haus.

Die Frau überquerte die Schwelle und ging zum Auto. Die Kreatur verschmolz mit den Schatten. Entweder versteckte sie sich, weil sie Angst hatte, oder weil sie gleich zuschlagen wollte.

Die Frau sah in den Kofferraum, nahm die letzte Tüte, sah hinein und runzelte die Stirn. »Malcolm? Hast du das Huhn reingebracht?«

Keine Antwort.

Das Monster war nirgends zu sehen. *Nimm die Tüte, und geh rein.*

Die Frau beugte sich durch die hintere Beifahrertür ins Wageninnere und sagte zu sich selbst: »Ich hätte schwören können … Ich verliere offensichtlich den Verstand.«

Eine huschende Bewegung an der Seite des Hauses, hoch, etwa viereinhalb Meter über dem Boden. Ich spannte die Muskeln an, bereit loszurennen.

Das Tier kam ins Licht, kletterte an der glatten Wand entlang wie ein monströser Riesengecko. Es war mindestens anderthalb Meter lang, vielleicht auch einen Meter fünfundsechzig. Büschel blau-schwarz gefleckten Fells sprossen entlang seines Rückgrats, der Rest war mit schrumpeliger rosa Haut bedeckt. Sein Schädel war fast wie der eines Pferdes, wenn es denn fleischfressende Pferde gäbe. Lange Kiefer, zu lang für den Kopf, ragten daraus hervor und ließen die breite, platte Nase lächerlich klein wirken. Ein ganzer Wald scharfer, blutroter Fänge ragte aus diesen Kiefern, von weißen Lippen nur unzulänglich verborgen. Doch am schlimmsten von allem waren die Augen. Sie waren klein, lagen tief in den Höhlen, und in ihnen loderte eine bösartige Intelligenz.

Die Kreatur krallte sich mit übergroßen Fingern und Zehen in die Backsteinmauer und schoss darüber hinweg auf das Auto zu, beweglich wie ein Affe, zu schnell für einen Speerwurf. Einen Augenblick später stieß sie sich ab, setzte in einem großen, kraftvollen Sprung über das Auto hinweg und landete hinter dem Honda.

Verdammt. Ich nahm den Speer und rannte los. Die Frau richtete sich auf.

Die Bestie beugte sich vor, die Muskeln an allen vier Gliedmaßen spannten sich an. Sie wirkte jetzt enorm. Die größte Dänische Dogge, die ich je gesehen hatte, war einen Meter fünfunddreißig lang gewesen. Diese Bestie war volle dreißig Zentimeter länger.

Die Kreatur öffnete das Maul und knurrte. Ein tiefes, gutturales Fauchen zerriss die Nacht. Die Haare in meinem Nacken stellten sich auf. Das klang nicht wie ein Hund. Es klang gefährlich und bösartig.

Die Frau erstarrte.

Nicht rennen, flehte ich innerlich und bewegte mich in ihre Richtung. *Was immer du tust, renn nicht weg. Wenn du wegrennst, wird es dich jagen und töten.*

Die Frau machte einen winzigen Schritt in Richtung Tür.

Die Kreatur schob sich hinterher und brummte etwas in einer seltsamen Sprache voller Geflüster und Stöhnen, als klagte und murmelte ein Dutzend Menschen gleichzeitig.

»O Gott«, flüsterte die Frau und machte einen weiteren winzigen Schritt in Richtung Tür. Die Bestie stieß ein hohes Kichern aus. Ich war fast heran.

Die Frau raste ins Haus. Das Tier setzte nach. Die Tür schlug zu, und die Kreatur knallte voll dagegen. Die Tür erbebte dröhnend.

O nein, das wirst du nicht tun. Ich drehte den Speer und stieß zu. *Leg dein ganzes Gewicht hinein, Liebling!*, sagte die Stimme meiner Mutter in meiner Erinnerung. Ich legte meinen gesamten Schwung in den Speer. Die Speerspitze drang in das schrumpelige rosa Fleisch, direkt zwischen die Rippen der Kreatur.

Die Bestie heulte. Weißes Blut blubberte rings um die Wunde.

Ich lehnte mich gegen die Waffe und drehte sie, zerrte die aufgespießte Kreatur weg von der Tür und stieß sie ins Gras. Das Monster krallte sich in den Rasen, mein Speer steckte zwischen seinen Rippen wie eine Harpune. Ich warf mich darauf, nagelte es am Boden fest und drückte, presste mit aller Gewalt, schob die Bestie durch das Gras und in die Dunkelheit an der Seite des Hauses.

Mein Herz hämmerte mit etwa einer Million Schläge pro Minute.

Das widerwärtige Ding kreischte und wand sich am Ende meines Speers. Wenn es ein Mensch gewesen wäre, wäre es schon tot gewesen. Ich hätte eigentlich sein Herz getroffen haben müssen, aber es machte keine Anstalten, zu sterben. Ich musste es schnell zu Ende bringen, ehe das gesamte Viertel seine Schreie hörte und herausgerannt kam, um nachzusehen, was da vor sich ging. Ich hatte keine Ahnung, welches seine überlebensnotwendigen Organe waren und wo sie lagen.

Wenn ich nicht genau zielen konnte, musste ich eben massiven Schaden anrichten. Ich riss den Speer aus der Wunde. Die Bestie sprang unsagbar schnell auf und schlug zu, ihre langen Klauen wie Sicheln. Ich zuckte zur Seite. Scharfe Krallen erwischten mich links und versengten meine Rippen mit glühend heißem Schmerz. Ich verbiss mir einen Schrei und stieß zu, zielte auf ihren Bauch.

Die Bestie lenkte meinen Speer mit der Schulter ab. Ich riss die Waffe herum und rammte ihr das Ende des Speerschafts gegen die Kehle, nagelte sie so gegen die Hauswand. Die Bestie gurgelte, fuhr mit den Klauen durch die Luft, versuchte, mich zu zerfetzen. Jetzt, während sie um Atem rang, oder nie. Ich drehte den Speer erneut und rammte ihn in die eingesunkene Brust.

Knochen knirschten. Ich zog den Speer zurück und stieß wieder zu, immer wieder, so schnell ich konnte. Gleichmäßige, kraftvolle Stöße. Noch ein Knirschen. Weißes Blut floss aus den Wunden. Schweiß rann mir übers Gesicht. Der Speer fühlte sich zu schwer an.

Noch ein Stoß, noch einer und noch einer …

Dicker, weißer Eiter, durchsetzt mit rosa Klümpchen, floss aus den Wunden.

Die Bestie sackte in sich zusammen. Ein letztes Mal hob sie die schrecklichen Klauenhände, dann erschlaffte sie und fiel zu Boden.

Ich stieß noch einmal zu, nur sicherheitshalber. Meine Wunde brannte, als bohre mir jemand rot glühende Nadeln in die Seite. Ich krümmte mich. Au. Au, au, au.

Sosehr ich auch dramatisch vor Schmerzen zusammenbrechen wollte, dies war weder der Ort noch die Zeit dafür. Ich musste dieses verdammte Ding hier wegschaffen, bevor mich jemand bemerkte.

Ich sah mir das Monster an. Die Bestie war dürr, aber dennoch einen Meter fünfzig groß. Wog sicher mindestens fünfzig Kilo. Tragen kam nicht infrage. Dafür war sie nicht nur zu schwer, sie blutete auch weißen Schleim, der ätzend oder giftig sein mochte. Am besten zerrte ich sie weg.

Ich konzentrierte mich und sandte dem Speer ein geistiges Bild. Gleißend blaue Adern durchzogen die Waffe. Die Speerspitze wuchs zu einem sichelförmigen Ende mit Widerhaken. Weiter unten am Schaft bildete sich eine Art Parierstange. Das würde reichen. Ich hakte die Bestie ein und zog.

Der Körper rutschte über das Gras. Das verdammte Ding war schwer.

Ein dumpfes Geräusch, gefolgt von einem leisen Quietschen, verriet mir, dass sich die Haustür öffnete. Toll, genau das hatte ich gebraucht. Ich wirbelte herum und wog meine Möglichkeiten ab. Ich war in einem schmalen Zwischenraum zwischen zwei Häusern. Hinter mir umgab ein Holzzaun den rückwärtigen Garten. Der Rasen vor mir bot keine Deckung. Wenn ich mich links ins Licht begab, würden mich die Leute sehen. Ich konnte nirgends hin.

Ein Mann fluchte. »Schau dir die Tür an.«

Eine Frau sagte: »O mein Gott.«

O mein Gott kam in etwa hin.

Die Wähltöne eines Handys. »Ich muss einen Überfall melden«, sagte der Mann. »Etwas hat meine Frau verfolgt …«

Mir blieben nur noch Minuten, dann würde es hier von Bullen nur so wimmeln. War das nicht einfach großartig?

Der Zaun des Hauses links hatte ein Tor. Ich fasste darüber hinweg und tastete nach einem Schloss. Meine Finger streiften Metall. Bingo! Ich schob den Riegel zurück. Das Tor öffnete sich. Ich nahm die Kreatur an den Haken, zerrte sie auf das Nachbargrundstück und schloss die Tür hinter mir. So weit, so gut.

Der rückwärtige Garten war leer. Junge Eichen warfen ihre Schatten auf das Gras, und rechts befand sich ein Holzspielhaus. Zu klein und zu frei stehend, um ein gutes Versteck abzugeben. Außerdem konnte ich nicht die Nacht in dem Spielhaus verbringen. Ich hatte keine Ahnung, wie lange die Bullen bleiben würden, und die Bestie bei Tageslicht heimzuschleppen kam nicht infrage.

Ich zog die Kreatur über das Gras auf die andere Seite des Gartens und testete den Zaun. Er war alt und verwittert.

Das ferne Heulen einer Polizeisirene erfüllte die Nacht. Panik erfasste mich. Ich griff das alte, graue Holz und zog. Ein Nagel knarrte, das Holz gab nach, und ich hatte ein Brett in der Hand. Ich schnappte mir das nächste.

Die Sirene kam näher.

Ich riss die zweite Zaunlatte ab. Ich konnte nur hoffen, dass die Bewohner des Hauses einen tiefen Schlaf hatten.

Die Sirene heulte erneut auf, inzwischen gefährlich nah.

Ich löste noch ein Brett, dann noch eins. Das Loch musste breit genug sein. Ich drückte den Haken unter die Rippen der Bestie und dann sie durch das Loch. Sie blieb hängen, verkeilte sich. Ich packte ihre Beine und schob eins nach dem anderen durch, sorgsam darauf bedacht, den Schleim nicht zu berühren. *Komm schon, pass da durch, du hässliches Etwas.*

Die Sirene verstummte. Ich sah über die Schulter. Hinter mir erhellte rot-blaues Licht die Nacht. Die Kavallerie war da.

Ich bugsierte den Rest der Bestie durch das Loch und kletterte hinterher. Rechts breitete eine niedrige Palme ihre Blätter aus, flankiert von Elefantengras. Wasser plätscherte.

»Hast du das gehört?«, fragte eine Frau.

Ich kauerte mich hinter die Pflanzen. *Nein. Nein, du hast nichts gehört. Ignoriere mich, ich verstecke nicht die Leiche einer hässlichen Kreatur hinter eurem Blumenbeet. Keineswegs. Hier sind nur süße, winzige Häschen, die mit bewundernswerter Leichtigkeit durch die Nacht hoppeln …*

»Was denn?«, fragte ein Mann.

»Die Sirene, Kevin.«

»Nein.«

Kevin war ein Mann nach meinem Geschmack. »Kevin …«

Wieder Wasserplätschern. »Die einzige Sirene, die mir etwas bedeutet, sitzt direkt vor mir.«

Cooler Anmachspruch.

Die Frau kicherte.

Ich beugte mich vor und spähte hinter der Hecke hervor. Vor mir erstreckte sich ein Pool. Solarleuchten trieben im Wasser und warfen rote und gelbe Lichtkreise auf den Boden des Beckens. Am anderen Ende saßen ein Mann und eine Frau in den Vierzigern halb im Wasser auf einer Treppe.

»Komm schon«, murmelte Kevin. »Die Kinder schlafen, das Wasser ist warm, der Mond steht am Himmel … Ich habe den Wein. Wir sollten den Wein trinken und dann …«

»Möchtest du rummachen?«, fragte die Frau. »Ich hätte absolut nichts dagegen.« Sie legte ihm die Arme um den Hals.

»Wirst du auf deine alten Tage plötzlich romantisch?«

Die Hecke am Rand des Pools war zu niedrig. Allein hätte ich mich möglicherweise vorbeischleichen können, wenn ich mich beeilt hätte, solange sie abgelenkt waren. Wenn ich versuchte, die Leiche hinter mir herzuzerren, würden sie mich definitiv bemerken.

Ich sah mir das Haus an. Die Vorhänge direkt vor mir im ersten Obergeschoss waren offen. Auf dem Fensterbrett lag neben einem Plüschteddy eine iPod-Ladestation. Kinderzimmer. Weiteres Gekicher.

Ich schlich an der Hecke entlang, sprintete zur Seite des Hauses hinüber und hielt die Luft an. »Mmm, du übernimmst jetzt also das Kommando ...«, schnurrte die Frau.

»Da stehst du doch drauf, Baby.«

Ich schämte mich beinahe, aber ich hatte keine andere Wahl. Ich stützte mich gegen das Haus. Außerhalb des Gasthauses war ich viel schwächer, aber einen kleinen Schubs bekam ich allemal hin.

Der innere Aufbau des Hauses breitete sich vor meinen Augen aus, die Stützpfeiler, die langen Rohrleitungen und das Kabelgeflecht. Ich suchte mir das richtige Kabel heraus und versetzte ihm einen kleinen Stoß.

Aus der iPod-Ladestation dröhnte Nicki Minaj in die Nacht hinaus. Im Pool wurde es still.

Über mir krachte etwas. Die Musik verstummte. »Mom?«, fragte eine Mädchenstimme. »Seid ihr das?«

»Ja«, antwortete die Frau. »Geh wieder schlafen.«

»Ist das Dad? Treibt ihr es im Pool? Iiih!«

Kevin knurrte.

Ein weiteres Fenster öffnete sich, und eine Jungenstimme rief: »Was ist denn los?«

»Mom und Dad treiben es im Pool.«

»Igitt.«

»Niemand treibt irgendwas!«, donnerte Kevin. »Zurück ins Bett!«

»Ihr wisst, dass ihr euch dabei Krankheiten holen könnt, oder? Das Wasser im Pool ist nicht steril ...«

»Wenn sie fertig sind, ist es das auf gar keinen Fall mehr«, versetzte der Junge.

»Zurück ins Bett! Sofort!«

Die Fenster schlossen sich.

Kevin ächzte. »Wie lange, bis sie mit der Highschool fertig sind und aufs College gehen?«

»Drei Jahre.«

»Ich glaube, so lange halte ich es nicht aus.«

»Warum nehmen wir unseren Wein nicht mit rein?«, fragte die Frau. »Wir können in unser großes, bequemes Schlafzimmer gehen, die Tür abschließen und Wein trinken. Im Bett.«

»Großartige Idee.«

Ein paar Minuten später schlug die Tür zu. Ich wartete noch ein Weilchen, nur um sicherzugehen, dann zerrte ich weiter. Wenn mir nicht die Arme abfielen, die Bullen mich nicht aufgriffen und die liebestollen Vorstadtbewohner in ihren Häusern blieben, würde ich es vielleicht in etwa einer halben Stunde nach Hause schaffen.

***

Eine Stunde später schleppte ich mich zum Seitentor meines Holzzauns. Es öffnete sich in vorauseilendem Gehorsam, und ich trat hindurch aufs Gelände des Gasthauses. Macht durchflutete mich. Der Speer/Haken verwandelte sich wieder in den Besen.

Die Hundeklappe im Nordeingang schwang auf, und Beast schoss heraus. Sie leckte mir die Füße, knurrte die tote Kreatur an und rannte im Kreis um mich herum.

»War alles ruhig, während ich weg war?«

Beast stürzte sich wieder auf meine Füße und leckte mir die Schuhe. »In den Keller mit ihm«, sagte ich.

Der Rasen unter dem Körper öffnete sich, und die Leiche fiel durch. Hinter ihr schlossen und glätteten sich Erde und Gras wieder.

Ich trat ein. Die Dielen der Eingangshalle taten sich auf, als ich hereinkam, klappten ein und senkten sich ab, um eine Treppe unter das Haus zu bilden. Die Treppe endete an einer Stahltür. Ich stieg hinunter und berührte das Metall. Magie tanzte über meine Handfläche. Ein komplexes Muster dunkelblauer Haarrisse bildete sich in der Tür, und sie glitt beiseite. Ich ging hindurch.

Die Lampe, die mitten im Raum hing, ging an und tauchte den Stahltisch darunter in weißes Licht. Die tote Kreatur lag darauf und sah noch genauso abstoßend aus, wie ich sie in Erinnerung gehabt hatte.

Links und rechts ging atmosphärische Beleuchtung in Wandhaltern an. Ihr gelbes Licht war beruhigend und angenehm und stand in scharfem Kontrast zur Sterilität der Laborlampe. Die gegenüberliegende Wand war mit Regalen gesäumt, die mit Büchern vollgestopft waren, während Vitrinen mit Behältern und Gläsern in allen Formen und Größen die anderen beiden Wände einnahmen. Rechts wartete eine Dekontaminierungsdusche aus Beton und Fliesen auf ihren großen Moment im Falle einer Katastrophe.

»Danke.« Ich berührte den Tisch. »Bitte sichern.«

Metallbänder schoben sich aus den Ecken des Tisches und arretierten die vier Gliedmaßen der Kreatur. Ich ging nicht davon aus, dass sie wieder zum Leben erwachen würde, aber man wusste ja nie. Man hat schon Pferde kotzen sehen. Ich schlüpfte in frische OP-Kleidung, setzte eine Sicherheitsbrille auf und zog ein paar Latexhandschuhe an.

Die Bestie lag auf dem Rücken. Ihr schrumpeliger, haarloser Bauch war deutlich zu sehen. Hässliches Geschöpf.

Zeit für das *Kreaturen-Handbuch*. Ich nahm einen dicken Wälzer aus dem Regal und wedelte mit den Fingern darüber herum. Das Buch reagierte auf meine Magie und blätterte sich selbst durch. Dinge physisch nachzuschauen war eine jahrhundertealte Tradition, so alt wie die Gasthäuser selbst. Die Erfindung des Computers hatte daran nichts geändert. Im Verbrechensfall war ein Computer das Erste, was die Gesetzeshüter konfiszierten. Ich hatte oben für jeden sichtbar einen Laptop stehen, zum Teil genau deswegen. Sie konnten sich gerne meinen Twitter-Account und meine Bildersammlung von süßen Pelztieren in witzigen Halloweenkostümen ansehen. Niemand dachte mehr daran, in den Büchern aus toten Bäumen nachzusehen, und selbst wenn, hätten sie das *Handbuch* wahrscheinlich für eine Kuriosität gehalten.

Diese Ausgabe des *Kreaturen-Handbuchs* war alt. Das Gasthaus selbst stammte aus dem späten 19. Jahrhundert, aber das *Kreaturen-Handbuch* hatte einen fleckigen Ledereinband mit Goldprägung, was vermuten ließ, dass es mindestens zweihundert Jahre älter war. Der Vorbesitzer des Gasthauses musste es von einem anderen Wirt geerbt haben. Sobald ich wieder etwas Geld hatte, würde ich mir eine neuere Ausgabe besorgen müssen.

Das Buch hatte Indizes nach diversen Kriterien. Ich entschied mich für Atmung. Es war die naheliegendste Entscheidung und würde mir die Möglichkeit geben, ziemlich viele Spezies von meiner Liste zu streichen. Auf der Seite fand ich eine lange Liste von Codes. Ich nahm eine Pinzette vom Tablett und weitete die Nasenflügel der Bestie. Nichts verstopfte die vier Nasenlöcher. Die Luft schien keine schädlichen oder gar toxischen Effekte auf sie gehabt zu haben. Ich notierte mir die Codes für Stickstoff, Sauerstoff, Argon, CO_2 und Neon und fuhr fort.

Symmetrie: bilateral. Wenn man von der Nase bis zum Schwanz des Tiers eine Linie zog, war die linke Seite spiegelbildlich zur rechten. Habitat: vielleicht irdisch. Es hatte keine Kiemen, Flossen, Federn oder Grabklauen. Blut: weiß. Es folgte eine Seite mit chemischen Tests, ich nahm ein paar Proben und ging ans Werk.

Eine halbe Stunde später hatte ich die Zusammensetzung des Codes und nahm ein weiteres dickes Buch vom Regal. »M4K6G-UR174-8LAN3-9800L-E86VA«. Sagen Sie das mal dreimal schnell hintereinander.

Die Seiten raschelten. Meine Analyse ergab ungefähr 132 Möglichkeiten. Zu meinem Glück waren Bilder bei den Beschreibungen. Mal sehen … nein, nein, igitt, nein, wie bewegte sich dieses Ding überhaupt, nein … Ich blätterte weiter, und als ein vertrautes, abstoßendes Bild erschien, hätte ich es beinahe überblättert.

Ma'avi Kerras. Familie der Ma'avi-Pirscher. *Raubtierhaft, tödlich, jagt nach Sicht und Geruch, lebt in Rudeln.* Rudel. Na toll. Die Intelligenzskala zeigte an, dass Pirscher einen IQ zwischen 46 und 58 hatten, also etwa so klug waren wie ein durchschnittlicher Pavian, für das Tierreich somit recht intelligent und sehr gefährlich. Aber nicht intelligent genug, um sich aus eigenem Antrieb zum Gasthaus zu begeben. Jemand hatte diese wunderbare Kreatur hierhergebracht, nach Red Deer, und sie auf die ahnungslose Bevölkerung losgelassen. Hatte man sie hier ausgesetzt, damit sie Chaos anrichtete? Warum? Wer? Wo waren ihre Herren?

Ich las den Artikel erneut. Es war mehr ein Entwurf, eine Kurzzusammenfassung, als eine eingehende Beschreibung. Ich brauchte mehr Informationen. Ich seufzte. Es war eine Sache, zu wissen, dass man nur über schrecklich unvollständige Archive verfügte, und eine ganz andere, wenn man mit der Nase darauf gestoßen wurde.

Der Pirscher war tot. Selbst wenn es mir irgendwie gelungen wäre, ihn lebend zu fangen, wäre er geistig nicht in der Lage gewesen, mir irgendetwas zu verraten. Ihn in kleine Stückchen zu zerschneiden wäre befriedigend gewesen – mir taten immer noch die Rippen weh –, aber sinnlos.

Ich zog die Handschuhe aus. Wenn nur meine Eltern noch da gewesen wären …

Plötzlich hatte ich schrecklich Sehnsucht nach ihnen. Ich kniff die Augen fest gegen den Schmerz zusammen und wünschte mir mit allem, was ich hatte, sie würden durch die Tür kommen. In einer mächtigen Woge strömte Magie aus mir heraus. Das Haus quietschte aufgebracht.

Na toll. Ich machte dem Haus Angst.

Ich öffnete die Augen. Sie waren nicht da. Natürlich nicht.

»Schon gut.« Ich streichelte die Wand. »Das ist nur so ein Menschending. Ich vermisse sie, das ist alles.«

Weitere Recherchen würden bis zum Morgen warten müssen, bis ich wieder einen klaren Kopf hatte. Ich wies das Haus an, meine Beweismittel kühl zu halten, und ging nach oben, um zu duschen, meine Wunden zu verarzten und ein paar Schmerztabletten zu nehmen.

Kapitel 3

Beast hob den Kopf und knurrte. Ich öffnete die Augen. Ich saß in einem weichen, übergroßen Sessel und versuchte, mit einer Tasse Kaffee gegen meine Kopfschmerzen vorzugehen. Mich Eindringlingen zu stellen war das Vorletzte auf meiner Wunschliste für diesen Morgen, auf der alles, was mit Werwölfen zu tun hatte, unangefochten den letzten Platz belegte.

Meine Wunden hatten sich als nicht tief erwiesen. Ich hatte nur Kratzer von den Krallen quer über die Rippen – auch wenn es trotzdem wehtat, als gäbe es kein Morgen –, und nachdem ich sie ordentlich versorgt hatte, heilten sie bereits. Leider beschenkte mich der Tagesanbruch mit grauenvollem Kopfweh, gegen das nicht einmal tausend Milligramm Schmerzmittel das Geringste ausrichten konnten. Schließlich gab ich das mit dem Schlafen auf, schleppte mich nach unten, machte Kaffee und pflanzte mich in den Sessel im vorderen Aufenthaltsraum, um in aller Ruhe mein schwarzes Gift zu schlürfen.

Von dem Foto an der Wand aus sahen meine Eltern mich vorwurfsvoll an. *Ja, ich habe das Gelände des Gasthauses verlassen und mich in schreckliche Schwierigkeiten gebracht. Ihr hättet an meiner Stelle nicht anders gehandelt.*

Beast bellte, den Blick fest auf die Tür mit dem Fliegengitter gerichtet. Keinen Frieden den Gottlosen.

Um mich herum schäumte die Magie. Da kam etwas auf mich zu. Es bestand die Möglichkeit, dass es sich um einen

Gast handelte, auch wenn die meisten Gäste höflicher gewesen wären.

Ich beugte mich vor, um durch die Fliegengittertür hinauszuschauen. Sean Evans marschierte durch meinen Vorgarten und strahlte dabei etwas eindeutig Bedrohliches aus. Seine Miene war grimmig, und seine Augen verrieten eiskalte Entschlossenheit. All die harten Muskeln enthüllten endlich ihren wahren Zweck: Sie trugen seinen hochgewachsenen Körper mit alarmierender Geschwindigkeit in meine Richtung, und ihre Kraft garantierte, dass er alles niedermähen würde, was ihm im Weg stand. Wenn ich die Tür schloss, würde er einfach mitten hindurchmarschieren. So mussten mittelalterliche Ritter ausgesehen haben, wenn sie eine Burg stürmten.

Ich sah Beast an. »Zugbrücke hoch.«

Der winzige Hund erwiderte meinen Blick irritiert.

»Du bist ein schrecklicher Torwächter.«

Sean klopfte gegen den Rahmen der Fliegengittertür. »Ich weiß, dass Sie da sind.«

»Wollen wir ihn reinlassen?«, fragte ich Beast.

»Ich kann Sie hören«, fauchte er.

Klar. Ich seufzte. »Na schön. Kommen Sie rein. Es ist offen.«

Er riss die Tür auf und betrat das Haus. »Wo ist er?«

»Ihnen auch einen guten Morgen, Kumpel.«

»Ich habe gefragt, wo er ist.«

»Nicht so laut. Ich habe Kopfschmerzen.«

Er beugte sich über mich und stützte sich auf die Armlehnen meines Sessels. Seine bernsteinfarbenen Augen leuchteten praktisch. Sean Evans war offiziell genervt. *Geschieht dir recht, Fellknäuel.*

»Was haben Sie mit ihm gemacht?«

»Ich habe keine Ahnung, wovon Sie reden.« Ich nahm einen Schluck von meinem Kaffee.

»Sie sind letzte Nacht losgezogen, haben ihn getötet und dann hierhergeschleppt.«

Ich schenkte ihm meinen besten unschuldigen Blick. »Mein Herr, ich glaube, Sie sind übergeschnappt.«

»Sie haben eine kilometerlange Duftspur hinterlassen, und ich bin ihr bis hierher gefolgt. Sie haben mir meine Beute weggenommen und wurden dabei verletzt.«

»Wie kommen Sie denn darauf?«

»Ich habe Ihr Blut gerochen. Was ist bloß in Sie gefahren, dass Sie da rausgegangen sind? Ich habe doch gesagt, ich kümmere mich darum.«

Oh, das war drollig. »Kümmern sich? Ich hatte Sie gebeten, sich der Sache anzunehmen. Sie haben mich weggescheucht und beschlossen, Ihre Beteiligung darauf zu beschränken, meine Äpfel zu vergiften.«

»Vergiften? Ach ja?« Er schäumte regelrecht.

Ich hatte gewollt, dass er sich darum kümmerte, weil ich meine Neutralität nicht aufgeben wollte und er einfach viel besser geeignet war, Dinge umzubringen. Aber der Zug war abgefahren, und angesichts seines Gehabes war ich ohne seine sogenannte Hilfe ohnehin besser dran. Ich beugte mich vor, um ihm in die Augen sehen zu können. »Ich habe die Sache im Griff. Sie müssen sich nicht einmischen. Sie können sich ungehindert weiter als Serienpinkler betätigen.«

»Wohl kaum.«

»Sean! Hauen Sie ab.«

Er biss die Zähne zusammen. »Ich weiß nicht, was zum Teufel hier los ist, aber ich werde erst gehen, wenn Sie es mir erklärt haben.«

Von allen ungehobelten, arroganten Idioten … »Ach ja?«

»Ja. Sie werden mir das Ding zeigen, und von jetzt an werde *ich* mich um sie kümmern.«

Ich machte ganz große Augen und klimperte mit den Wimpern. »Tut mir leid, ich muss Ihre Krönungszeremonie verpasst haben. Wie dumm von mir.«

»Dina!«

Ha! Er wusste meinen Namen noch. Ich wedelte mit den Fingern in Richtung Tür. »Kusch. Gehen Sie, aber knallen Sie auf dem Weg raus nicht die Tür zu.«

Mit verschränkten Armen und schwellenden Muskeln pflanzte er sich direkt vor mir auf. »Schmeißen Sie mich doch raus.«

Er hatte keine Warnung verdient, aber ich gab sie ihm trotzdem. »Langsam habe ich echt genug. Ich meine es ernst, Sean. Gehen Sie, oder die Sache hat Konsequenzen.«

»Nur zu.«

Na gut. »Sie sind hier nicht länger willkommen.«

Magie schmetterte in Sean hinein. Er flog durch die Luft. Die Seitentür öffnete sich genau im richtigen Augenblick, und er segelte durch sie hindurch in den Obstgarten. Dort war er hoffentlich besser aufgehoben. Der Großteil des Hauses schirmte ihn gegen Passanten und den Straßenverkehr ab, weswegen uns hoffentlich niemand unangenehme Fragen stellen würde.

Ich hörte einen dumpfen Aufschlag, dann erhob ich mich und sah durch die offene Tür hinaus. Beast kam zu mir. Sean lag reglos im Gras. Autsch.

Ich sah Beast an. »Ich habe ihn gewarnt.«

Sean hob den Kopf, schüttelte ihn und kam auf die Beine. Sein Gesicht sah aus wie das eines wilden Raubtiers.

»Oh, oh. Jetzt können wir uns auf etwas gefasst machen.« Ich nippte an meinem Kaffee.

Sean kam mit Anlauf durch die Tür gestürmt. Sie wollte sich schließen, aber ich befahl dem Gasthaus mit einem Fingerschnippen, sie offen zu lassen. Die Tür zu ersetzen hätte nur Geld gekostet. Sean stürmte herein und schaffte es einen halben

Meter in den Raum, dann traf ihn erneut die Magie und schleuderte ihn zurück. Er flog hinaus und rollte durchs Gras.

So weit herein hätte er eigentlich nicht kommen dürfen. Er hätte eigentlich gar nicht hereinkommen dürfen. Ja, das Gasthaus hatte lange leer gestanden und war noch nicht wieder so stark wie die meisten anderen, doch es hätte ihn draußen halten sollen.

Sean sprang auf. Seine Augen waren inzwischen vollkommen wild. Er krümmte sich zusammen und stürmte mit unmenschlicher Geschwindigkeit durch die Tür. Ich spürte, wie das Gasthaus in aufzuhalten versuchte. Er durchbrach die unsichtbare Barriere und schaffte es, zwei Schritte auf mich zuzumachen.

Dann traf ihn die Magie und schleuderte ihn zurück. Er klammerte sich an den Türrahmen und hielt sich fest.

Uih.

Er knurrte wie ein Tier. Es war ein furchterregendes Geräusch, das eigentlich kein menschliches Wesen hätte hervorbringen können sollen.

Ich schnappte mir meinen Besen. Das Gasthaus würde Hilfe brauchen. »Kennst du die Definition von Wahnsinn, Beast?«

Sean strengte sich an. Die Muskeln an seinen Armen und seinem Oberkörper spannten sich, zeichneten sich unter der Haut ab wie Seile. Langsam zog er sich ein Stückchen vorwärts. Dann noch eines. Wow. Er war bemerkenswert stark.

»Einstein zufolge ist Wahnsinn, wenn man immer wieder dasselbe tut und dabei mit unterschiedlichen Ergebnissen rechnet.« Ich stieß das Ende des Besenstiels auf den Boden. »*Raus.*«

Meine Magie dröhnte durch das Gasthaus wie der Schlag einer riesigen Glocke. Sie erzeugte kein Geräusch, aber ich hörte sie dennoch. Sean flog aus dem Haus wie ein Staubkorn, das in den Luftzug eines Ventilators geraten war, und krachte über zehn Meter entfernt gegen einen Apfelbaum. Ich hörte das Knacken bis zu mir.

»Karma«, sagte ich und streichelte den Türrahmen.

Das Haus knarrte.

»Gut gemacht«, sagte ich murmelnd zu ihm. »Er ist einfach abartig mächtig.«

Unglaublich mächtig. Ich hatte schon früher mit Werwölfen zu tun gehabt. Sie waren psychotische Killer, aber dazu wäre keiner von ihnen in der Lage gewesen.

Sean regte sich nicht. Vielleicht hatte er sich beim Aufprall etwas gebrochen. Nicht, dass bei ihm nicht alles wieder heilen würde – das würde es, und zwar im Eiltempo –, aber es war dennoch nicht meine Absicht gewesen, ihm das Rückgrat zu zertrümmern.

Beast rieb sich an meinem Knöchel.

»Sollen wir mal nachsehen gehen?«

Die Magie zupfte an mir. Ich lehnte mich zurück und sah durch die Vordertür. In meiner Einfahrt parkte ein Streifenwagen, und ein Mann in Uniform kam besagte Einfahrt in Richtung des Hauses hoch. Ich würde gleich Besuch von der Polizei von Red Deer bekommen. Ich wirbelte wieder herum.

Im Gras unter dem Apfelbaum war niemand. Sean Evans war verschwunden.

***

»Möchten Sie Tee, Officer?«

Officer Hector Marais sah mich an. Er war stabil gebaut, gesund, glatt rasiert, hatte kurzes, dunkles Haar und verkörperte das Idealbild seines Berufs. Selbst wenn er in der Abenddämmerung in Jeans und einem Kapuzenpulli auf einen zugekommen wäre, hätte man nicht die Straßenseite gewechselt, denn man hätte gewusst, er war ein Bulle. Ihn umgab diese Aura argwöhnischer Autorität, und als er über die Schwelle des Gasthauses trat, musterte er zunächst mich und dann das Innere des Hauses, als suche er nach Waffen.

»Nein danke, Ms Demille. Gestern Nacht gab es hier in der Gegend gegen 1:00 Uhr morgens einen Vorfall. Jemand hat eine Frau angegriffen. Ist Ihnen etwas Außergewöhnliches aufgefallen?«

»Du meine Güte. Wen denn? Geht es ihr gut? Was ist passiert?« Leute, die von einem Vorfall schon wussten, stellten keine Fragen.

Officer Marais musterte mich. »Dem Opfer geht es gut. Wir stufen es als Wildtierangriff ein. Ist Ihnen letzte Nacht etwas Außergewöhnliches aufgefallen? Lärm, vielleicht ein außergewöhnlich großes Tier?«

»Nein. Sollte ich die Tür abschließen?«

»Das sollten Sie immer tun. Kennen Sie jemanden, der exotische Haustiere hält?«

»Robyn Kay hat eine Echse«, informierte ich ihn. »Ich glaube, es ist ein Iguana.«

Officer Marais zückte einen Notizblock und kritzelte etwas darauf. »Adresse?«

»Sie lebt im Igraine Court. Die Hausnummer weiß ich nicht. Es ist ein Backsteinhaus mit einem großen Feigenkaktus davor.«

»Hält sich jemand einen Puma oder Bären?«

Ich schüttelte den Kopf. »Davon habe ich noch nie gehört. Das wüssten wir. Die Leute hier in der Nachbarschaft haben nicht viele Geheimnisse.«

»Sie würden sich wundern«, sagte er.

Er hatte ja keine Ahnung.

»Wussten Sie, dass hier in der Gegend in letzter Zeit mehrere Hunde getötet wurden?«

»Oh, ja. Das ist furchtbar.«

»Wir haben Grund zu der Annahme, dass sich jemand hier in der Gegend ein großes Raubtier als Haustier hält.« Er nickte in Richtung von Beast. »Ich rate Ihnen, darauf zu achten, dass Ihr Hund immer angeleint ist und nicht allein nach draußen geht.«

»Hündin.«

Officer Marais blinzelte.

»Sie ist ein Weibchen«, informierte ich ihn.

Beast bellte einmal, um das zu unterstreichen.

Officer Marais zückte eine schlichte weiße Visitenkarte mit blauem Druck. »Bitte rufen Sie mich an, wenn Sie mitbekommen, dass jemand ein exotisches Haustier hält, oder es sogar mit eigenen Augen sehen. Aber nähern Sie sich dem Tier nicht.«

»Natürlich nicht.«

»Hatten Sie noch einmal Probleme mit Teenagern?«

Er erinnerte sich. Drei Jahre zuvor, kurz nachdem ich das Gasthaus übernommen hatte, war Caldenia eingetroffen, verfolgt von einem kleinen Heer von Kopfgeldjägern. Ein paar von ihnen hatten sich als dumm genug erwiesen, zu versuchen, auf sie zu schießen. Ich hatte mich umgehend um sie gekümmert, doch da hatte Mr Ramirez, der ein Stück die Straße runter wohnte, schon die Polizei angerufen, weil er Schüsse gehört hatte. Officer Marais hatte in einem der vier Streifenwagen gesessen, die auf den Notruf reagiert hatten.

Da das Gasthaus den Schaden getarnt hatte und es unmittelbar nach Silvester gewesen war, hatte ich behauptet, ein paar Jugendliche hätten übrig gebliebene Feuerwerkskörper gezündet. Leider war Mr Ramirez früher bei den Marines gewesen und hatte darauf beharrt, Gewehrschüsse gehört zu haben. Aus Mangel an Beweisen hatten die Bullen keine andere Wahl gehabt und waren abgezogen, aber es war ziemlich klar gewesen, dass Officer Marais mir meine Geschichte nicht abgekauft hatte.

»Nein, überhaupt nicht«, sagte ich.

Officer Marais sah mich ein letztes Mal von oben bis unten an. »Danke für Ihre Kooperation, Ma'am. Bitte lassen Sie mich wissen, wenn Ihnen noch irgendetwas einfällt, was mit dem Fall zu tun hat. Auf Wiedersehen.«

»Auf Wiedersehen.«

Er ging zu seinem Auto, und ich sah ihm nach. Die meisten Menschen taten Intuition als Aberglauben ab. Ich wusste es besser. Jedes Mal, wenn ich meine Kräfte zu mutwillig eingesetzt hatte, hatte mein Vater mich daran erinnert, dass jeder Mensch magiebegabt war. Der Unterschied zwischen ihnen und mir lag darin, dass es mir bewusst war und ich Übung hatte. Den meisten Leuten war einfach nicht klar, dass sie Dinge tun konnten, die ihre Wirklichkeit beeinflussten. Es war, als wachse man in einem Land ohne tiefe Flüsse oder Seen auf. Woher sollte man wissen, ob man schwimmen konnte, wenn man es nicht ausprobierte?

Doch selbst untrainierte Magie fand Wege, sich zu manifestieren. Zum Beispiel in Gestalt von Intuition. Officer Marais' Intuition sagte ihm klar und deutlich, dass mit mir etwas nicht stimmte. Er konnte es noch nicht benennen, aber seine Beharrlichkeit erlaubte ihm nicht, einfach so darüber hinwegzugehen. Auch wenn der Vorfall mehrere Straßen entfernt stattgefunden hatte, hatte er beschlossen, mich aufzusuchen, nur für den Fall … Nun, da er einen Grund hatte, wieder herzukommen und sich in der Gegend umzuschauen, würde ich vorsichtig sein müssen.

Apropos Intuition … Etwas an meinem Gespräch mit Sean machte mir Sorgen. Ich dachte darüber nach und begriff, was es war. Er hatte gesagt: »Von jetzt an werde ich mich um sie kümmern.« Sie. Wie in »mehr als einer«. Das *Kreaturen-Handbuch* besagte, Pirscher lebten in Rudeln, doch das konnte Sean nicht wissen. Wenn er Zugang zu einer Ressource hatte, mit deren

Hilfe er Pirscher identifizieren konnte, konnte er auch mich identifizieren. Doch dann hätte er sich anders verhalten und nicht versucht, meine Burg zu stürmen.

Er musste unterschiedliche Witterungen aufgenommen haben. Vielleicht war es gar keine so tolle Idee gewesen, ihn hinauszuwerfen. Doch, doch, war es. Es gab Grenzen. Egal wie mächtig er war, ich konnte nicht zulassen, dass er wie wild im Gasthaus herum- und über mich hinwegtrampelte.

»Sie« bedeutete, es würde weitere Vorfälle geben. Wer auch immer dahintersteckte, würde bald merken, dass ich ein Rudelmitglied ausgeschaltet hatte. Er oder sie würde vielleicht Vergeltung üben wollen, und ich hatte keine Ahnung, wie das aussehen mochte. Abgesehen von dem kurzen Eintrag im *Kreaturen-Handbuch* hatte meine Recherche über Pirscher nichts Nützliches ergeben. Es war eine seltene Art, sie waren weder sehr zahlreich noch besonders bekannt.

Ich konnte noch den Rest meiner Ressourcen durchsehen. Ich hatte Zugang zu ein paar anderen Büchern, doch ich bezweifelte, dass ich dort etwas Nützliches finden würde. Ich würde nach beiläufigen Erwähnungen von Pirschern im Zusammenhang mit anderen Arten suchen müssen, und keiner der anderen Bände hatte einen Index oder existierte als durchsuchbares PDF. Sie enthielten zumeist Anekdoten, die verschiedene Wirte aufgezeichnet hatten.

Als ich acht Jahre alt gewesen war, hatten meine Eltern mit mir, meinem Bruder und meiner Schwester Urlaub in Kalifornien gemacht. Wir waren an vielen coolen Orten gewesen, unter anderem am Glasstrand in der Nähe der Stadt Fort Bragg. Die Anwohner dort hatten früher ihren Müll im Meer entsorgt, darunter viel Glas, und im Laufe der Jahre hatten die Wellen die scharfkantigen Scherben zu schönen Glaskieseln glattgeschliffen, die jetzt zu Tausenden an den Strand gespült wurden. Im großen Plan der Dinge war die Suche nach den Pirschern, als ginge man an den Glasstrand bei Fort Bragg, um unter Tausenden anderen ein ganz bestimmtes Stück Glas zu finden. Es würde ewig dauern, und ich hatte keine Zeit.

Ich vermisste meine Schwester. Im Gegensatz zu meinem Bruder, der gelegentlich vorbeikam, wenn er sich von den unendlichen Weiten losreißen konnte, besuchte sie mich nie. Sie hatte sich verliebt, geheiratet und war mit ihrem Mann auf seinen Planeten gezogen. Ich hatte keine Ahnung, wie ihr Leben aussah, doch ich hoffte, es ging ihr gut.

Ich brauchte eine Abkürzung. Ich brauchte jemanden mit mehr Erfahrung und praktischem Wissen.

Ich ging zum Foto meiner Eltern hinüber und drückte mit dem Daumen auf einen Holzwirbel im Rahmen. Oben in der Ecke, über dem Kopf meiner Mutter, erschien ein kurzer Text.

Brian Rodriguez, 8200 Cielo Vista, Dallas.

Ich nahm den Daumen weg, und die Worte verblassten. Brian Rodriguez war ebenfalls ein Wirt. Er kannte mich nicht, und ich kannte ihn nicht, aber mein Vater hatte ihn früher mal erwähnt. Mr Rodriguez betrieb eines der ältesten Gasthäuser in Texas, das es schon gegeben hatte, als das Vizekönigreich Neuspanien noch ein Machtfaktor gewesen war. Im Gegensatz zum Gertrude Hunt war dieses Gasthaus ohne Unterbrechung vom Wissen und von der Erfahrung erfüllt gewesen, die von einem Wirt zum nächsten weitergegeben wurden. Wenn jemand etwas über Pirscher wusste, dann Mr Rodriguez.

Dallas war über vier Autostunden entfernt. Wenn ich sofort aufbrach, konnte ich theoretisch vor Mitternacht zurück sein. Es sei denn, ich blieb auf dem Highway liegen. Tagsüber würde wohl kaum etwas passieren, aber sobald es dunkel wurde, war das Gasthaus ohne mich leichte Beute. Wenn Pirscher, ihre Verbündeten oder Sean einen Vergeltungsschlag zu unternehmen beschlossen, wäre die kommende Nacht die perfekte Gelegenheit.

Ich setzte mich und trank den Tee, den ich mir inzwischen zubereitet hatte, in großen Zügen. Ich hatte Mr Rodriguez noch nie getroffen. Mein Vater hatte ihn lobend erwähnt, und ich war dabei gewesen, als meine Mutter seinen Namen und seine Adresse in das Porträt eingeschrieben hatte. Sie hatte mir gesagt, er sei sehr kenntnisreich und ich könne ihn immer um Rat fragen. Doch er war kein Freund. Als meine Eltern verschwunden waren, hatte ich ihn angeschrieben, ohne eine Antwort zu erhalten.

Es hatte keinen Sinn, ihn anzurufen – auf eine telefonische Nachfrage würde kein Wirt reagieren. Wirte waren neutral, und wir arbeiteten verdeckt und unabhängig voneinander, getrennt durch zum Teil sehr große Entfernungen. Unsere oberste Priorität war die Sicherheit unserer Gäste. Wir verließen uns auf den ersten Eindruck, bekräftigten Absprachen mit einem Handschlag und erledigten Geschäfte nur von Angesicht zu Angesicht.

Es gab keine Garantie, dass Mr Rodriguez mir auch nur eine Frage beantworten würde, wenn ich nach Dallas fuhr.

Was tun?

Herumzusitzen und zu warten, dass die Pirscher den ersten Zug machten, war sinnlos. Ich hatte keine Ahnung, wie sie angreifen würden. Ich hatte ja nicht einmal eine genaue Vorstellung, wozu sie überhaupt in der Lage waren. Steckte ein intelligenter Kopf dahinter, der die Fäden zog, oder hatte man sie hier einfach nur abgeladen, um Chaos zu stiften?

Es war riskant, das Gasthaus zu verlassen, aber dieses Risiko würde ich eingehen müssen. Ich hatte beschlossen, mich einzumischen – was ein Fehler gewesen sein mochte, aber jetzt war es zu spät, das zu bedauern –, und nun musste ich für die Sicherheit des Gasthauses sorgen. Vorsicht war nun mal die Mutter der Porzellankiste.

Außerdem hatte ich in den zurückliegenden drei Jahren das Sicherheitssystem des Gasthauses überholt. Wir hatten Übungen gemacht und verschiedene Szenarien durchgespielt. Wenn ich weg war, war das Gasthaus nicht gegen alle Angriffe gefeit, aber man konnte nur einbrechen, wenn man dabei einen ganzen Haufen Lärm machte. Ich hatte das Gefühl, Lärm war das Letzte, was irgendjemand im Augenblick verursachen wollte.

Wenn ich fahren wollte, dann musste ich jetzt fahren. Im Moment war Caldenia mein einziger Gast, und sie würde in der Sicherheit ihrer Räumlichkeiten bleiben. Doch wenn plötzlich ein weiterer Gast auftauchte, würde ich meinen kleinen Ausflug aufgeben müssen.

Ich stand auf und ging hinauf auf den Nordbalkon. Caldenia saß auf ihrem Lieblingsstuhl und blickte auf die Straße hinunter. Als sie mich sah, winkte sie mich mit ihren langen Fingern heran. »Schau mal. Ich finde das ausgesprochen seltsam.«

Ich setzte mich neben sie. Unter uns versuchten zwei Polizisten, zwei Spürhunde zu beruhigen. Die großen, albern aussehenden Hunde zerrten an ihren Leinen. Officer Marais und ein weiterer Polizist beobachteten sie dabei.

Schließlich bekam einer der Hundeführer sein Tier unter Kontrolle und sagte etwas. Der Bluthund senkte gehorsam die Nase auf den Asphalt, ging drei Schritte vorwärts und zog sich dann mit eingekniffenem Schwanz winselnd zurück.

»Riechen sie die Kreatur, die du letzte Nacht hergebracht hast?«

»Sie riechen Sean Evans.«

Als ich in der zurückliegenden Nacht gezwungen gewesen war, mich mit meiner ekligen Beute in einer Hecke zu verstecken, hatte ich gemerkt, dass das weiße Blut der Kreatur an der Luft innerhalb von etwa fünf Minuten verdunstete. Man würde mir nur anhand der Schleifspuren oder der Witterung folgen können. Also hatte ich es riskiert, auf die Straße zu wechseln, hatte die Leiche für jeden sichtbar hinter mir hergeschleift, bereit, beim kleinsten Geräusch Fersengeld zu geben oder mich zu verstecken.

Schließlich hatte ich die Uther Street erreicht, die in die Igraine Road mündete. Ich hatte gerade auf die Igraine abbiegen wollen, als ich Sean gesehen hatte, einen großen, zottigen, nachtschwarzen Schatten, der auf allen vieren lief. Er war die Camelot entlanggehetzt, und ich hatte mich vor lauter Angst, das Herz könne mir aus der Brust springen, weil es so schnell schlug, gegen den nächsten Zaun sacken lassen, um einen Moment durchzuatmen.

Der zweite Spürhund tanzte auf der Stelle herum und jaulte, ein hysterisches, verängstigtes Klagen.

»Letzte Nacht hat er seine Reviermarkierung verstärkt«, sagte ich. »Ich schätze, er ist nicht gerade bescheiden, was seine Reviergröße angeht, er muss also ziemlich weit unterwegs gewesen sein, um die Grenzen zu markieren. Als dann die Polizei aufgetaucht ist, hat ihn die Neugier übermannt, und er hat in den Heimlichkeitsmodus geschaltet, um die Entfernung schnell zurücklegen, sich anschleichen und sehen zu können, was los war. Seine Pheromonspur ist überall auf der Straße.«

Werwölfe hatten drei Grundgestalten: ihre Menschengestalt, in der sie am geschicktesten waren und die sie als ihre Ops-Gestalt bezeichneten, weil sie in ihr am flexibelsten agieren konnten, die Drecksarbeit-Gestalt, ein humanoides, wolfsartiges Monster für den Nahkampf, und die Reisegestalt, deutlich unauffälliger, in der sie heimlich, schnell und leise große Entfernungen zurücklegen konnten.

Wenn sie sich wandelten, setzte der Chemikaliencocktail in ihren Körpern Pheromone frei, die alles auf vier Beinen durchdrehen ließen. Mrs Zhu, eine ältere Werwölfin, die häufig im Gasthaus meiner Eltern abstieg, hatte mir erzählt, der

Pheromonausstoß sei ein bewusstes Signal, das sie instinktiv setzten und nicht direkt kontrollieren konnten. Während einer Mission half es, zu wissen, dass andere Mitglieder des Rudels die Gestalt gewandelt hatten, ohne dass man sich durch optische Signale oder Geräusche verriet.

Die Hunde in der Nachbarschaft hatten mit dem Menschen Sean kein Problem. Doch Sean der »Wolf« machte sie hysterisch. Ich hatte gehört, die Pheromonabsonderung höre etwa eine Viertelstunde nach der Verwandlung wieder auf, hinterlasse aber eine bleibende Duftsignatur. Sean hatte sich gerade verwandelt. Ich vermutete, dass sein Duft noch stark sein würde, und behielt recht. Seine Pheromone brachten die Bluthunde so durcheinander, dass sie sich weigerten, seiner Fährte zu folgen, und da meine in dieselbe Richtung führte, galt die Weigerung auch für sie. Ohne Blut und Duftspur hatte niemand Grund, das Gasthaus und mich mit den Klauenspuren an der Tür eines mehrere Straßen entfernt liegenden Hauses in Verbindung zu bringen.

Wie aufs Stichwort drehte sich Officer Marais um und sah uns direkt an. »Er ahnt etwas«, sagte Caldenia.

»Er hat keine Beweise.«

»Wenn er sich zum Problem entwickelt, könnte ich ihn fressen. Er sieht köstlich aus.«

»Danke, aber das wird nicht notwendig sein.« Das war ja überhaupt nicht eklig. Nein, gar nicht.

Caldenia lächelte. »Du wirst überrascht sein, wie schwer es ist, sich einer Leiche zu entledigen. Ich würde sagen, er wiegt vielleicht 80 Kilo. Das ist ein Haufen Fleisch. Wir könnten ihn einfrieren. Von dem Typen könnte ich mich mindestens drei Monate lang ernähren.«

Er war auch glücklich verheiratet und hatte zwei kleine Töchter. Ich hatte ihn nach unserer ersten Begegnung gegoogelt und war auf den Blog seiner Frau gestoßen. Sie arbeitete als Therapeutin und strickte gerne.

»Ich muss weg«, sagte ich. »Ich sollte vor Mitternacht wieder da sein. Bitte bleibt im Haus.«

»Werde ich. Das brandneue Buch von Eloisa James wird mir Gesellschaft leisten.«

Zehn Minuten später war ein Rucksack gepackt. Ich ging wieder in die Eingangshalle. Um mich herum knarrte das Haus.

»Ich bin heute Nacht wieder da.« Ich streichelte die Wand. »Keine Sorge. Sicherheitsprotokoll WEG in sechzig Sekunden.« Ich streichelte Beast, nahm meine Schlüssel und ging hinaus. Der Shih Tzu jaulte leise.

»Bewach das Haus. Es braucht vielleicht Hilfe. Ich bin bald wieder da.«

Ich fuhr aus der Garage und wartete ein paar Augenblicke auf der Straße, zählte innerlich herunter. 5, 4, 3, 2 … 1.

Das Haus schepperte. Von außen hatte sich nichts verändert, aber ich wusste, dass sich drinnen hinter dem Glas und den Vorhängen Rollläden schlossen. Die beiden von der Straße aus sichtbaren Türen verschlossen und verriegelten sich von allein, die beiden weniger auffälligen Türen waren komplett mit den Wänden verschmolzen. Das Gasthaus wurde zur Festung, die sich verteidigen und alles aufzeichnen würde, was passierte, solange ich weg war.

Ohne Geschwindigkeitsübertretung nach Dallas fahren, den Besuch machen, zurückkommen. Sich nicht unnötig aufhalten. Ich fuhr die Straße entlang. Je früher ich ankam, desto früher konnte ich wieder zurückkommen.

KAPITEL 4

Die I-45 erstreckte sich vor mir, ein flaches Asphaltband, zu beiden Seiten gesäumt von niedrigen Sträuchern, Mesquitebäumen, Eschen und Eichen. Der Wagen raste dahin und fraß die Kilometer. Ich war schon immer gerne Auto gefahren. Meine Mutter auch.

Mein Vater stammte aus einer Zeit, in der der Galopp eines Pferdes die Höchstgeschwindigkeit war, die ein Mensch erreichen konnte. Sobald er ein Auto bestieg, begann das, was meine Mutter liebevoll die »Gerard Show« nannte.

Zu Beginn der Fahrt saß er ganz still auf dem Beifahrersitz, umklammerte den Türgriff, dass die Knöchel seiner Hand weiß hervortraten, und sein Gesicht war eine bleiche, starre Maske grimmiger Entschlossenheit mit weit aufgerissenen Augen.

So blieb er, bis wir anderen Verkehrsteilnehmern begegneten, dann begann er mit dieser leisen Notfallstimme auf andere Autos und Gefahren auf der Straße hinzuweisen. Er schloss die Augen und hielt die Luft an, wenn wir die Spur wechselten. Wenn wir an einer roten Ampel stehen bleiben mussten und ein anderes Auto vor uns stand, schlug er sich die Hände vors Gesicht oder hielt sie manchmal auch schützend vor Moms Körper, wenn wir bremsten.

Einmal waren wir unterwegs, und ein riesiger Sattelzug kam uns ein wenig zu nahe. Er kreischte: »Himmel, Helen, reiß die

Pferde rum!«, und verbrachte dann den Rest des Tages damit, sich dafür zu schämen.

Ich hatte einmal eine Lehrerin mit schwerer Flugangst gehabt. Sie hatte mir erzählt, dass sie jedes Mal beim Betreten eines Flugzeuges fest damit gerechnet hatte zu sterben. Sie hatte einen Ordner mit einem Totenschädel und gekreuzten Knochen darauf angelegt, der ihr Testament und ihre Lebensversicherungspolice enthielt, und achtete darauf, ihn offen liegen zu lassen, damit ihre Familie im Falle ihres Ablebens nicht »nach Informationen kramen« musste.

Mein Vater, der tapferste Mann, den ich je gekannt hatte, war ganz ähnlich: Jedes Mal, wenn er ein Fahrzeug bestieg, tat er es in der Erwartung, dass er – oder meine Mutter und ich, was für ihn unendlich viel schlimmer gewesen wäre – die Fahrt nicht überleben würde. Jede Autofahrt war eine Nahtod-Erfahrung.

Trotzdem hatte ihm Mom irgendwie das Fahren beigebracht. Ganz selten, wenn es gar nicht anders ging, fuhr er die zweieinhalb Kilometer über Nebenstraßen zum Lebensmittelladen und zur Tankstelle. Wir durften nicht mitfahren, weil er sich weigerte, für unseren Tod verantwortlich zu sein. Er fuhr nie schneller als fünfzig. Wenn er mit Einkäufen beladen zurückkam, parkte er in der Einfahrt, stieg aus, legte sich ins Gras und sah zehn Minuten lang in den Himmel auf. Manchmal legte ich mich zu ihm. Wir betrachteten das Blau und die rauschenden Baumkronen über uns und freuten uns des Lebens.

Ich vermisste sie beide so furchtbar. Ich würde sie finden. Irgendwer irgendwo musste doch irgendetwas über sie wissen. Eines Tages würde dieser Jemand mein Gasthaus betreten, das Porträt meiner Eltern an der Wand sehen, und ich würde dieses Wissen in seinem Gesicht sehen – und dann würde ich meine Eltern finden.

Mein Navi meldete sich, und Darth Vader forderte mich auf, die nächste Ausfahrt zu nehmen. Zehn Minuten später, nachdem ich links »auf die dunkle Seite« abgebogen war, parkte ich vor einem großen Haus. Es stand zurückgesetzt hinter hohen, schlanken Palmen und Akazien, sodass ich die apricot-farbenen Wände unter dem Terrakotta-Ziegeldach kaum sehen konnte. Ein gewundener Steinweg führte durchs Gras in Richtung Haus.

Ich überquerte die Straße und blieb vor dem Gehsteig stehen. Es war, als krabbelten geisterhafte Käfer über meine Haut. Die Härchen auf meinen Armen stellten sich auf. Ich befand mich am Rande des Geländes eines anderen Gasthauses.

Ich ging einen Schritt weiter. Die Magie überrollte mich. Ich riss mich zusammen und blieb ganz still stehen, wartete. Wenn der Wirt nicht wollte, dass ich eintrat, würde er es mich wissen lassen. Mein Vater war hoch angesehen, weil er Gast gewesen war, ehe er Wirt geworden war, und sein Leben für den Besitzer eines Gasthauses aufs Spiel gesetzt hatte. Das hatte ihm Jahrhunderte der Kerkerhaft und Einsamkeit eingebracht. Aber er hatte auch Kritiker. Wenn ich Glück hatte, gehörte Mr Rodriguez nicht dazu.

Die Stille zog sich in die Länge. In den Bäumen über mir zwitscherten Vögel. Eine Minute verging. Dann noch eine. Das reichte. Da niemand kam, um mich hinauszuwerfen, musste ich wohl willkommen sein.

Ich folgte dem Weg. Die Luft roch frisch und sauber, es lag ein Hauch von Feuchtigkeit darin. Der Weg beschrieb eine Kurve, und ich sah ihre Quelle: Inmitten eines prächtig gefliesten Hofs lag ein flacher Teich, dessen Uferlinien natur-belassen zu sein schienen. Orange-weiße Kois bewegten sich gravitätisch in dem dreißig Zentimeter tiefen Wasser. Rings um den Teich gediehen Pflanzen in umgrenzten Beeten. Strahlend rote und gelbe Canna mit großen Blättern, kleine purpurne und scharlachrote Flecken Eisenkraut und die löwenzahngelben Sterne goldener Busch-Gänseblümchen. Niedrige Palmen und kunstvoll beschnittene Mesquitebäume boten alten Holzbänken mit gusseisernen Rahmen Schatten. Jenseits des Hofes erhob sich das Haus, ein zweistöckiger Halbkreis aus Arkaden, schattigen Balkonen mit Ziersäulen, Torbögen und Holztüren.

Verschiedene Spuren magischer Signaturen huschten an mir vorbei, Fußabdrücke der Macht, die Dutzende von Gästen hinterlassen hatten. Dies war ein florierendes Gasthaus, das viele Kreaturen mit den unterschiedlichsten Talenten frequentierten. So hatte sich früher das Gasthaus meiner Eltern auch angefühlt: stark und pulsierend. Lebendig. Wenn dieses Gasthaus ein Flutlicht war, war das Gertrude Hunt im Vergleich dazu die Kerze in einer einsamen Laterne. *Das ist schon in Ordnung*, sagte ich mir. *Eines Tages …*

Ein Mann kauerte neben einem der Beete und lockerte sorgfältig mit einem Handrechen die Erde auf. Er wirkte mit seinem silbern melierten, dunklen Haar und dem natürlichen Bronzeton der Haut, in die die Zeit und die Elemente tiefe Falten eingegraben hatten, wie Ende fünfzig. Ein kurzer, sorgsam gestutzter Bart zierte sein Kinn. Eine junge Frau in einem konservativen blauen Kleid und silbernen Pumps stand neben ihm, das dunkle Haar elegant hochgesteckt. Sie war ein paar Jahre älter als ich, doch ihr Gesichtsausdruck war eindeutig. Es war ein Blick, den jedes Kind über zwölf erkannt hätte und fehlerlos nachahmen konnte. Er bedeutete: »Mein Vater staucht mich zusammen. Schon wieder. Ist das zu glauben?«

»… wenn ich es selbst hätte machen wollen, Isabella, hätte ich dich nicht um Hilfe gebeten.« O nein, nicht die Geduldiger-Vater-Stimme.

»Genau darum geht es ja beim Delegieren: dass man etwas *nicht* selbst machen muss.«

Isabella seufzte. »Ja, Vater. Du hast Besuch.«

»Danke, das ist mir durchaus bewusst.« Der Mann fixierte mich mit scharfen, dunklen Augen. »Kann ich Ihnen helfen?«

Es war wahrscheinlich ein Fehler gewesen, herzukommen. »Mein Vater hat einmal zu mir gesagt, hier gäbe es einen Mann, den ich um Rat fragen könnte.«

»Wie hieß er?«

»Brian Rodriguez.«

Der Mann nickte geduldig. »Wie ich heiße, weiß ich. Wie hieß Ihr Vater?«

»Gerard Demille.«

Der Mann musterte mich. »Gerard Demille? Sie sind Gerards und Helens Tochter?«

Ich nickte.

Er erhob sich. »Danke, Issy, das wäre dann alles.«

Isabella seufzte erneut. »Heißt das, du hast mich für den Augenblick genug geschulmeistert?«

»Ja. Um deine Frage zu beantworten, sag dem Ifrit, dass sie eine Bestätigung ihres Khans brauchen, dass sie die Kosten übernehmen, wenn sie den Speisesaal nutzen möchten. Dann halten sie vermutlich die Klappe.« Er deutete auf die Bank. »Bitte nehmen Sie Platz.«

Isabella ging kopfschüttelnd Richtung Haus. Ich setzte mich neben ihn auf die Bank.

»Dina Demille«, sagte Brian Rodriguez. Er hatte eine tiefe, etwas raue Stimme. »Als ich gehört habe, dass Sie das Gertrude Hunt bezogen haben, bin ich eigentlich davon ausgegangen, dass Sie gleich zu Besuch kommen.«

»Ich war nicht sicher, ob ich hier willkommen bin.«

»Meine Liebe, Ihr Vater hat sein Leben aufs Spiel gesetzt, um die Frau und die Kinder eines Wirts zu retten. Sie sind sehr jung, deshalb fehlt es Ihnen vermutlich an ausreichend Erfahrung, um einschätzen zu können, wie selten ein Gast um unseretwillen ein Risiko eingeht. Gerard ist ein sehr tapferer Mann.«

»Er würde sich als sehr töricht bezeichnen.«

»Ja. Trotz all seiner Prahlerei und obwohl er sich gerne als Halunke aufgespielt hat, war er immer ein bescheidener Mann. Alle Wirte schulden ihm Dankbarkeit, und Ihre Mutter hat ihn selbstlos vor ewiger Gefangenschaft gerettet. Als ihre Tochter sind Sie in diesem Gasthaus immer willkommen. Weswegen haben Sie daran gezweifelt?«

»Sie haben meinen Brief nicht beantwortet.«

»Welchen Brief?«

»Ich habe Sie nach dem Vorfall angeschrieben. Es ist schon ein paar Jahre her.«

Mr Rodriguez schüttelte den Kopf. »Den habe ich nie bekommen. Was haben Sie geschrieben?« Er wirkte völlig ehrlich.

»Ich hatte gefragt, ob Sie etwas über ihr Verschwinden wissen.« Ein winziger, zerbrechlicher Funke Hoffnung spreizte in meiner Brust die Flügel.

Mr Rodriguez beugte sich vor. »Mit einem Wort: nein. Menschen können verschwinden und tun das von Zeit zu Zeit auch, aber ich hatte zuvor noch nie gehört, dass ein gesamtes Gasthaus einfach verschwindet. Ihre Eltern waren sehr angesehen. Als das damals passierte, habe ich genau wie viele andere Nachforschungen angestellt. Aber wir waren bald alle mit unserem Latein am Ende. Wir wissen nichts.«

Die Hoffnung starb. Ich tat mein Bestes, um meine Enttäuschung zu verbergen.

»Sie müssen sie vermissen«, sagte er.

»Das tue ich.« Jeden Tag.

»Es tut mir so leid.«

»Danke.«

Mr Rodriguez schenkte mir ein kleines Lächeln. »Also, was kann ich für Sie tun, Tochter von Gerard und Helen?«

Ich zückte ein Foto des Pirschers und gab es ihm.

Mr Rodriguez starrte das Foto alarmiert an.

»Ein Ma'avi-Pirscher. Üble Gestalten, rachsüchtig und grausam. Ist das Gasthaus in Gefahr?«

»Ja.« Technisch gesehen erst, seit ich mich eingemischt hatte. »Der Pirscher hat zuerst Hunde getötet, dann ist die Sache eskaliert. Ich glaube, es sind mehrere. Wo kommen sie her?«

»Wo alle anderen auch herkommen.« Mr Rodriguez betrachtete das Foto. »Die Frage ist, wer sie warum hergeholt hat. Hatten Sie außergewöhnliche Gäste?«

»Nur Caldenia.«

»Ach ja. Nicht viele Menschen hätten sie aufgenommen. Ich vermute, sie zahlt gut, aber den Ärger, den sie mit sich bringt, kann das eigentlich nicht wert sein.«

»Mir ging es nicht um Geld«, informierte ich ihn. »Auch wenn es mir nicht ungelegen kam. Das Gasthaus brauchte einen Gast.«

Brian lächelte. »Ah. Ihre Eltern wären stolz auf Sie. Menschen Ihres Alters verstehen diese einfache Wahrheit nicht immer: dass Gasthäuser Gäste brauchen, um zu gedeihen.«

Meine Eltern hatten nie einem Gast die Tür gewiesen, egal, wie schwierig er gewesen war. Das war einfach ihre Art. Ich sah keinen Grund, von diesem Kurs abzuweichen.

Mr Rodriguez tippte auf das Foto. »Vor Jahren, als ich noch viel jünger war, schickten mich meine Eltern an die Westküste, um ein paar Privatangelegenheiten zu regeln. Ich wohnte im Blue Falls, einem sehr speziellen Gasthaus. Die Klientel bestand ausschließlich aus höchst riskanten Gästen. Einer davon war ein sogenannter Dahaka. Er war in der Lobby, als ich eintraf, und ich musste etwa fünf Minuten warten, bis er alles erledigt hatte. Das war vor dreißig Jahren, aber ich weiß es noch wie gestern.

Er trug eine Rüstung, mehrere hochmoderne Gewehre, und zu seinen Füßen saßen zwei Pirscher. Sich in seiner Gegenwart aufzuhalten war, als sei man mit einem aggressiven, hungrigen Tier in einem Käfig eingesperrt. Ich spürte die Bedrohung, die von ihm ausging. Er strahlte sie aus wie ein Feuer Hitze. Seine Pirscher beobachteten mich sabbernd. Ich sah den Hunger in ihren Augen. Für sie war ich Beute. Futter.«

Schaudernd schüttelte er den Kopf. »Der Dahaka warf mir auf dem Weg zu seinem Zimmer einen Blick zu. Es war, als hätte mir jemand einen Eimer Eiswasser über den Kopf geschüttet. Alle Härchen an meinem Körper richteten sich auf.« Er rieb sich den Unterarm. »Damals war ich ein junger Kerl, zwanzig. Ich hatte all diese Kräfte und hielt mich für unsterblich. In diesem Augenblick erkannte ich, dass auch ich sterben konnte.«

Das klang nicht gut. Gar nicht. »Er hatte Pirscher dabei?«

Mr Rodriguez nickte. »Dahakas leben zurückgezogen und sind sehr gewalttätig. Sie sind stolz darauf, wie gut sie töten können, und setzen oft andere Kreaturen ein wie unsere Jäger Hunde. Die Pirscher zählen zu ihren Lieblingen.«

Ich dachte laut: »Aber was will ein Dahaka in Red Deer, Texas? Da gibt es nichts, und wenn dort einer wäre, warum sollte er dann nicht ins Gasthaus kommen?«

»Ich weiß es nicht. Aber ich kann Ihnen sagen, es gibt einen Weg, herauszufinden, ob Sie einen Dahaka haben. Sie setzen ihren Tieren Sender ein. Wenn Sie einen haben, findet sich irgendwo in der Leiche dieses Pirschers ein Sender.«

Ich hatte es also mit einer sehr gewalttätigen Kreatur mit fortschrittlichen Waffen und einem Rudel mörderischer Tiere zu tun. Wie um alles in der Welt sollte ich damit fertigwerden?

»Ich wünschte, ich könnte Ihnen helfen«, sagte Mr Rodriguez.

»Danke.« Wir wussten beide, dass er es nicht konnte. Er hatte sein Gasthaus, und ich hatte meines. »Ich wünschte nur, das Gasthaus wäre stärker, das ist alles.«

»Möchten Sie einen Ratschlag?«

»Ich nehme, was ich kriegen kann.«

Er wandte sich um und nickte in Richtung des Gasthauses. »Die Casa Feliz brummt ganz schön. Wir kümmern uns um Dallas, Fort Worth und einen Großteil Oklahomas. Wir haben als Aufenthaltsort für die allermeisten Gäste einen guten Ruf. Im Grunde sind wir das Holiday Inn in unserer Welt.«

Ja, sein Gasthaus lief gut und meines nicht. Das war mir schmerzlich bewusst. »Ich fürchte, ich kann Ihnen nicht ganz folgen.«

»Als das Gertrude Hunt vor all den Jahren erbaut wurde, stand es an einer bedeutenden Kreuzung. Doch jetzt sind andere Straßen wichtiger, das Gasthaus hat leer gestanden, und ich würde vermuten, Sie haben nicht viele Gäste, obwohl Sie nicht weit von Austin und Houston entfernt sind.

Ich will damit sagen, es gibt unterschiedliche Gasthäuser. Manche sind wie die Casa Feliz und haben ein breites Spektrum an Gästen. Manche dagegen haben nur ein paar wenige, ausgewählte Besucher. Gäste mit speziellen Bedürfnissen. Hadern Sie nicht mit Ihrem abgelegenen Standort – nutzen Sie ihn zu Ihrem Vorteil. Wenn Ihnen das gelingt, werden Sie sich in aller Stille einen Ruf aufbauen, der Bände spricht. Ihre Exklusivität könnte ein echter Aktivposten sein, genau wie damals für das Blue Falls.«

»Danke.« Das war ein guter Rat. Ich hatte nur keine Ahnung, wie ich ihn befolgen sollte. »Dürfte ich Sie darum bitten, dass Sie mich dem Wirt des Blue Falls vorstellen? Vielleicht könnte ich ihn anrufen und ihn nach weiteren Informationen über Dahakas fragen.«

Mr Rodriguez schüttelte den Kopf. »Tut mir leid, aber das Blue Falls wurde vor siebzehn Jahren zerstört. Einer der Gäste lief Amok und tötete die Wirtin und ihre Familie. Eine furchtbare Tragödie.«

Äh. Ich würde also möglicherweise genau wie diese andere Wirtin einen schrecklichen Tod sterben. Ich erhob mich. »Danke für all Ihre Hilfe. Ich muss los.«

»Sie sind lange gefahren. Möchten Sie etwas essen?«

»Nein, danke. Ich möchte so schnell wie möglich wieder zurück.«

Mr Rodriguez nickte. »Ich verstehe. Wenn ich noch irgendetwas für Sie tun kann, zögern Sie nicht, anzurufen. Ich werde tun, was ich kann.«

Ich ging den Weg entlang. Ach Mist, Sean. »Mr Rodriguez?«

»Ja?«

»Wissen Sie, warum ein bestimmter Werwolf viel stärker sein könnte als alle anderen?«

Mr Rodriguez lächelte und sagte mit der geduldigen Stimme, die er auch Isabella gegenüber an den Tag gelegt hatte: »Haben Sie in Ihrem *Kreaturen-Handbuch* nachgeschlagen?«

»Ja. Da steht nichts Relevantes drin.«

»Haben Sie es zusammen mit dem Gasthaus geerbt?«

»Ja. All meine Bücher, mein gesamtes Eigentum ist mit meinen Eltern verschwunden.«

Mr Rodriguez nickte. »Es ist wahrscheinlich veraltet. Ehe die Werwölfe sich selbst in die Luft gejagt haben, züchteten sie eine zweite Generation von Kämpfern heran, die die Tore gegen die Sonnenhorde halten sollten, während sie die Bevölkerung evakuierten. Sie sind genau wie normale Werwölfe, nur stärker, schneller, schwerer zu töten, aggressiver und überhaupt in jeder Hinsicht besser. Sie sind mental nicht besonders stabil, aber darüber hat sich damals niemand Gedanken gemacht, da sowieso keiner damit rechnete, dass einer von ihnen überleben könnte.

Das Witzige ist, dass ihre Schöpfer sie dafür gezüchtet haben, einer Übermacht standhalten zu können, oft durch schiere Willenskraft die Tore gegen die überlegene Feuerkraft zu halten, und dann total überrascht waren, als ihre Geschöpfe sich am Ende weigerten, aufzugeben und zu sterben. Die meisten Angehörigen der zweiten Generation wurden bei der letzten Explosion vernichtet, doch mehrere Einheiten schafften es durch die Tore. Sie sind selten, und andere Werwölfe halten sich von ihnen fern.

Manche würden sagen, sie würden gemieden oder gar ausgegrenzt, andere vertreten die Ansicht, wir geben ihnen nur die Distanz und den Respekt, die sie für ihr Opfer und ihren heroischen Kampfeinsatz verdient haben. Das kommt immer darauf an, mit wem man redet. Wenn Sie einem begegnen, würde ich Ihnen raten, ihn mit Samthandschuhen anzufassen. Wenn sie Sie für eine Bedrohung halten, reagieren sie mit plötzlicher, extremer Gewalt, und sie sind sehr schwer zu töten.«

***

Ich fuhr direkt nach Hause. Natürlich geriet ich auf der I-45 in einen Stau. Ein Sattelschlepper war umgestürzt und blockierte beide Fahrspuren. Im Radio hieß es, es habe keine Schwerverletzten gegeben, doch bis ich endlich meine Garage erreichte, war es dunkel. Die Straße war leer. Kein Blatt zitterte an der alten Eiche im Vorgarten, ihre Äste breiteten Mitternachtsdunkel über das Gras.

Das Haus klapperte, als ich mich näherte, öffnete die Fensterläden und Schlösser. Beast kam herausgeschossen und flitzte nach links, nach rechts und wieder zurück. Aufgeregt raste sie im Kreis um mich herum.

»Ich habe dich auch lieb, du alberner Hund.«

Die Tür öffnete sich, und ich trat ein. Der vertraute Zimtgeruch empfing mich, während die gedämpften Lampen der Reihe nach angingen. Ich nickte dem Porträt meiner Eltern zu.

Der Druck, der während der Fahrt auf meinen Schultern gelastet hatte, war verschwunden. Ich war wieder daheim.

Ich machte mir eine Tasse Kaffee und setzte mich in meinen Sessel im Foyer. Beast sprang auf meinen Schoß. »Terminal, bitte.«

Die Wand vor mir teilte sich, klappte auf und enthüllte die glatte Oberfläche eines Bildschirms.

»Audio.«

Zwei hohe Lautsprecher schoben sich neben dem Bildschirm aus der Wand. »Kameraaufzeichnungen, seit ich weg war.«

Der Bildschirm teilte sich in vier verschiedene Bilder. Autos. Zwei Jugendliche auf Fahrrädern. Wind in den Eichen. Eine ältere Frau joggte vorbei – ich kannte sie. Sie joggte jeden Nachmittag am Haus vorbei, ungeachtet des Wetters. »Schneller Vorlauf bis zu einer Aktivität.«

Aus dem Tag wurde Abend, aber noch nicht Nacht. Das Bild links oben zeigte eine dunkle Gestalt am Rand des Gasthauses. Dem Timecode nach war das um 23:22 Uhr gewesen.

»Vergrößern.«

Das Bild vergrößerte sich und füllte jetzt den Großteil des Bildschirms. Das Drittel rechts beanspruchte die Innenkamera. Sean Evans. Er trug ein graues T-Shirt und Jeans. Er witterte, drehte sich um und sah direkt in die Kamera. Seine Augen waren wie zwei glühende Kohlen. Sehr bewusst trat er einen Schritt vor und betrat damit das Gelände des Gasthauses.

Das hatte mir gerade noch gefehlt. Ich lehnte mich zurück und sah mir das Video an.

Die Aufzeichnung der Innenkamera gab ein leises Geräusch von sich, ein Seufzen, als das Haus knarrte und sich darauf vorbereitete, sich verteidigen zu müssen.

Sean ging um das Gebäude herum, bewegte sich leichtfüßig auf den Fußballen.

Auf dem Bildschirm kam Beast die Treppe heruntergerannt und quetschte sich durch die Hundetür. Das Außenbild vergrößerte sich, um die gesamte Szene sichtbar zu machen.

Beast blieb eine halbe Sekunde auf der Veranda stehen, dann sprintete sie los, wobei sie komisch die Treppen hinabhüpfte. Sie umkreiste das Haus und blieb knapp zehn Meter von Sean entfernt stehen.

Er wandte sich ihr zu.

Beast bleckte die weißen Zähnchen und bellte.

»Hör zu, Hund, auch wenn dieser Begriff auf dich nur im weitesten Sinne zutrifft. Wir beide werden kein Problem miteinander bekommen.« Beast bellte erneut, tat, als wolle sie ihn anspringen, und zog sich dann zurück.

»Hau ab«, sagte Sean. »Kusch. Ich will dir nicht wehtun.«

Er nahm die Hintertür in Augenschein. Er musste zu der Auffassung gekommen sein, dass er dort am leichtesten hineinkäme. Beast bellte erneut.

»Ja, was auch immer.« Sean ging einen Schritt auf das Haus zu.

Beast knurrte. Der Unterton ihres Knurrens veränderte sich, wurde bösartiger. Sean musterte sie mit zusammengekniffenen Augen. Beasts langes Fell sträubte sich wie das einer Katze. Krallen glitten aus ihren Pfoten. Ihr Maul öffnete sich immer weiter, als bräche ihr gesamter Kopf auf. Darin glitzerten vier Zahnreihen.

»Was zum Teufel …?« Sean wich zurück.

Beast überbrückte mit einem einzigen Sprung drei Meter.

Sean schnappte sich einen jungen Eichenast und brach ihn vom Baum ab. Beast sprang ihn an, und er schwang den Ast wie einen Baseballschläger und versuchte, sie beiseitezuschlagen. Mit einem Laut, der irgendwo zwischen einem wütenden Vielfraß und einem angepissten Rotluchs lag, verbiss sich Beast in den Ast. Sean versuchte, sie abzuschütteln. Beast ließ nicht los und wurde durch die Luft geschwungen. Vier Zahnreihen zermalmten das Holz, und Sean stolperte zurück, einen Aststumpf in der Hand.

Beast landete auf den Pfoten und fletschte die Fänge. »A-ruuuuh!«

»Oh, Scheiße.«

Sean wirbelte herum und rannte auf den nächsten Apfelbaum zu. Beast heulte wieder und setzte ihm nach. Sean sprang ab und kletterte am Stamm hoch und zwischen die Äste. Beast raste um den Baum und bellte sich die Seele aus dem Leib.

Sean stemmte die Beine gegen eine Gabelung im Stamm und machte es sich gemütlich. Beast flitzte immer noch um den Stamm, umkreiste ihn wie ein schwarz-weißer Wirbelwind erst im, dann gegen den Uhrzeigersinn.

Sean fletschte die Zähne und fauchte. Obwohl ich es nur auf Video sah, stellten sich mir die Nackenhaare auf. Es war der Laut eines großen, schrecklichen Raubtieres – hungrig, wild und voller Selbstvertrauen – und löste eine instinktive Furcht aus, die mich froh sein ließ, dass ich mich bei eingeschaltetem Licht und verschlossenen Türen in meinem Haus befand.

Ein normaler Hund wäre abgehauen. Beast verbellte ihn und hüpfte dabei im Gras auf und ab.

»Kannst nicht klettern, hm?«, fragte Sean mit tiefer, rauer Stimme. Seine Augen leuchteten wie zwei gelbe Monde. »Zu schade.«

Beast raste wieder um den Baum, blieb stehen und biss in den Stamm.

»Aus!«

Sie sauste von dem Stamm weg, drehte sich auf der Hinterhand und biss erneut zu. Überall im Gras lagen Holzsplitter.

»Aus, habe ich gesagt! Ich will dir nicht wehtun.«

»A-ruuuuh!« Sie kläffte wild, biss in den Baum und nagte am Holz, während sie wie ein Wirbelwind aus Zähnen und Fell um den Apfelbaum kreiselte. Der Baum erzitterte.

Sean fluchte, pflückte einen kleinen, unreifen Apfel, zielte und ließ ihn ihr auf den Kopf fallen.

Beast heulte empört auf.

Er schnappte sich noch einen Apfel und warf ihn wie einen Baseball. Er traf den Boden nur Zentimeter neben ihr. Sie sprang zurück. Ein Apfelbombardement ging auf das Gras nieder. Beast schlug Haken wie ein Runningback mit einem Football in den Händen.

Sean sprang vom Baum und raste mit unmenschlicher Geschwindigkeit in die andere Richtung davon. Beast verfolgte ihn, ein schwarz-weißer Strich. Die Kamera schwenkte, so schnell sie konnte, folgte ihnen bis zum Rand des Grundstücks, doch dann verschwanden sie aus dem Sichtfeld. Kurz darauf kam Beast wieder angetrottet, erklomm die Stufen, quetschte sich durch die Hundeklappe und brach erschöpft auf dem Teppich zusammen.

Ich knuddelte sie. »Du bist der beste Hund aller Zeiten.«

Beast rieb ihr Gesicht an meinem Hemd und leckte mich ab.

»Ich glaube, es ist Zeit für ein paar Leckerli.« Ich stand auf, ging in die Küche und entnahm dem Kühlschrank einen Plastikbehälter mit Rinderrippchen, die ich genau für einen solchen Fall gekauft hatte. Der Shih Tzu tanzte um meine Füße. Ich nahm ein Rippchen heraus und hielt es ihr hin. Beast schnappte es sich und nahm es mit unter den Tisch, wo sie glückliche Monsterhund-Geräusche von sich gab.

Ich schloss den Behälter wieder und stellte ihn zurück in den Kühlschrank. Sean würde wiederkommen. Dessen war ich mir sicher.

Irgendwie war mein Leben in den zurückliegenden achtundvierzig Stunden wirklich kompliziert geworden. Ich seufzte und wusch mir die Hände. Ich war zu müde zum Denken. Das Röntgenbild der Leiche des Pirschers würde bis zum nächsten Morgen warten müssen.

KAPITEL 5

Ich starrte auf das Röntgenbild der Leiche des Pirschers. Genauso gut hätte ich versuchen können, ein 1000-teiliges Puzzle zusammenzusetzen, bei dem alle Eckstücke fehlten. Offenbar bildeten sich im Gewebe von Pirschern Knochenplättchen. Ich hatte keine Ahnung, wozu. Die Plättchen überzogen das Röntgenbild wie die Schuppen eines Pythons, und unter diesem chaotischen Durcheinander bildeten seltsame Knochen wirre Muster.

Ich war gleich nach dem Aufwachen ins Labor hinuntergegangen und hatte dort zwei Stunden lang gearbeitet. Keine Spur von dem Sender. Ich hatte es mit Magneten und Röntgen versucht und sogar nach Strahlung, elektromagnetischen Wellen und Magie gesucht. Nichts.

Gar nichts. Ich hatte eine Leiche, in der sich möglicherweise irgendwo ein Sender befand, der vielleicht eben jetzt seinen Standort an eine tödliche Kreatur übermittelte, die unter Umständen ihr Lager in Avalon aufgeschlagen hatte, und fand ihn einfach nicht.

Plötzlich spritzte drängende Magie gegen mich. Wenn man vom Teufel sprach. Jemand hatte gerade das Gelände des Gasthauses betreten.

Ich zog die Handschuhe aus und schnappte mir meinen Besen. Langsam wurde ich dieses Spielchens müde. Wenn dieser Dahaka das Gasthaus für leichte Beute hielt, hatte er sich geschnitten.

Ich rannte die Treppe hoch, ließ sie sich hinter mir versiegeln und eilte Richtung Vordertür, auf die Quelle der Störung zu.

Drei Meter jenseits der Grenze des Gasthausgeländes lag die Leiche eines Pirschers. Im Gegensatz zu meiner hatte diese hier rötliches Fell und lag mitten auf dem Gehsteig. Unübersehbar. Um 10:00 Uhr morgens. Sie sah nicht aus wie ein toter Hund. Sie sah nicht aus wie ein totes Reh. Sie sah aus wie ein Monster, das nicht von dieser Welt war, was sie ja auch war, und in genau fünf Minuten würde Mr Ramirez mit seinem Rhodesian Ridgeback Asad an der Leine um die Kurve kommen, genau wie jeden Tag in den drei Jahren, die ich jetzt hier lebte.

Das war wahrscheinlich eine Falle. Egal. Ich musste den Pirscher aufs Grundstück des Gasthauses schaffen, ehe ihn jemand sah.

Ich rannte durch den Vorgarten. Die Bestie lag auf der Seite, den Kopf um beinahe hundertachtzig Grad gedreht. Knochen ragten aus dem zerfetzten Fleisch an ihrem Hals. Etwas hatte ihr den Hals gebrochen und ihr vorsichtshalber auch noch die Kehle herausgerissen.

Keine Zeit für Haken oder Speere. Ich ließ den Besen ins Gras fallen, rannte auf die Straße, schnappte mir die Beine des Pirschers und machte mich an die Arbeit. Die Leiche glitt über den Beton. Schwer. Mühsam zog ich sie Stück für Stück über den Gehsteig. Eins, zwei, drei …

Magie durchfuhr mich – noch ein Eindringling. Ich zerrte den Leichnam aufs Gras, hinter die Echte Pavie, und wirbelte herum. Sean Evans zwinkerte mir zu. Er hatte meinen Besen in der Hand.

Oh, ich Idiotin.

Sean bewegte sich. Ich sah ihn sozusagen kommen – etwas, das so schnell war, dass ich ihm mit den Augen nicht folgen konnte, raste auf mich zu und nagelte mich gegen die Eiche.

Sein großer Körper hielt mich fest, sein linkes Bein drückte meines gegen den Baum, mit dem linken Arm lehnte er sich oberhalb meiner Schulter an den Stamm. Er beugte sich vor, hielt den Besen mit der rechten Hand so, dass ich ihn nicht erreichen konnte, und schenkte mir ein glückliches, selbstzufriedenes Wolfsgrinsen.

»Was haben Sie jetzt vor, Sie harter Mann?«

Nur wenige Zentimeter trennten unsere Gesichter. Seine bernsteinfarbenen Augen lachten mich an. Ein kleines elektrisierendes Prickeln lief durch meinen Körper. Er war viel zu nah.

Er musterte mein Gesicht und nickte in Richtung des Besens. »Ist das Ihr Besen? Ja? Dann habe ich, was Sie wollen, Süße.«

Er hatte, was ich wollte, ja? Süße, ja? Na schön. »Sie wirken ganz schön selbstzufrieden«, sagte ich.

»Klar. Ich habe Sie überrascht, Ihnen Ihr Spielzeug weggenommen und Sie gegen diesen Baum gedrückt. Ich finde, eine Entschuldigung wäre ein guter Anfang.«

»Ich? Mich bei Ihnen entschuldigen? Weswegen?«

»Dafür, dass Sie versucht haben, mich zu töten, indem Sie mich gegen einen Baum geschleudert haben. Außerdem müssen wir über Ihr Hündchen reden.«

Ich sah ihm in die Augen. »Sean ...«

»Ja?« Er beugte sich noch dichter heran und betrachtete mich mit eindeutig männlicher Faszination. Was soll ich sagen? Der Werwolf interessierte sich für mich. Da hatte ich ja Glück gehabt. Ich schickte einen magischen Impuls Richtung Besen. Der obere Teil des Besenstiels zerschmolz und bildete eine Blase aus grauem Metall, die hellblau geädert war. Jetzt musste ich nur noch verhindern, dass er es sah.

Ich schaute ihm in die Wolfsaugen. »Ich hatte nie vor, Sie zu töten.«

»Aha.«

»Aber jetzt bin ich versucht, es zu tun.«

Er lächelte. Das Lächeln erhellte sein Gesicht, verlieh ihm etwas Gefährliches, Skrupelloses und ... Humor. Er wusste, dass er sich danebenbenahm. Er fand es lustig. Wow. Ich hatte die wahre Bedeutung des Begriffs »attraktiver Teufel« vorher nie verstanden. Natürlich wusste ich theoretisch, was es bedeutete, aber jetzt sah ich einen in Aktion. Sean war der Inbegriff eines attraktiven Teufels: arrogant, gefährlich und heiß. Ich wusste, er war nicht gut für mich, aber ich spürte den absurden Wunsch, die Hand auszustrecken und sein Gesicht zu berühren. Wenn er nicht so selbstzufrieden gewesen wäre, hätte ich mir das vielleicht sogar ernsthaft überlegt.

»Ich habe Ihren Besen, und Sie können nirgends hin«, sagte Sean. »Das würde ich echt gerne sehen.«

»Sicher?«

»Ja. Geben Sie alles.«

Genau das tat ich. Die Metallblase legte sich um Seans Faust und verband sie so mit dem Besen. Er riss die Augen auf. Ich klopfte ihm auf die Schulter. »Bring ihn rein, und halte ihn da fest.« Der Besen riss ihn weg und zerrte ihn übers Gras. Die Haustür schwang auf wie das riesige Maul einer gigantischen Bestie, verschluckte Sean und schloss sich wieder.

»Bring die Leiche ins Labor, und schließ sie ein«, murmelte ich.

Die Erde unter dem Pirscher klaffte auf und verschlang die Leiche.

Ich zog mein T-Shirt wieder herunter und richtete es. Mr Ramirez ging vorbei. Sein Hund schnüffelte am Gehsteig.

»Guten Morgen!«, rief ich.

Mr Ramirez nickte ernst. »Guten Morgen. Schöner Tag heute.«

»Wir sollen bis zu achtunddreißig Grad kriegen.«

»Wärme ist für einen alten Mann wie mich gut.«

Ich lächelte. »Oh, Mr Ramirez, Sie sind doch nicht alt.«

»Doch, aber die Alternative wäre schlimmer.« Er winkte mir zu und ging seines Wegs.

Ich wandte mich ab und schritt Richtung Haus. Sean hing an einer Wand wie eine Fliege am Fliegenfänger. Der Besen hatte sich in Dutzende dünner, elastischer Metallfäden verwandelt, die sich über seinen Körper spannten, ihn festhielten und jedes Mal blau aufleuchteten, wenn er sich zu befreien versuchte. Glatte Holzwurzeln von der Dicke meines Armes umschlossen seine Gliedmaßen und verschmolzen dann mit der Wand. Das Haus hatte entschieden, mitzumischen. Nur Seans Gesicht war klar zu erkennen, doch seine Augen verrieten mir, dass er entschlossen war, einen Weg zu finden, um sich zu befreien.

Caldenia kam die Treppe herunter und sah ihn. »Oh. Fesselspiele am Morgen?«

»Nein, ich kümmere mich nur um einen lästigen Eindringling.«

»Na dann. Wenn du ihn umbringst, heb mir seine Leber auf. Werwolfsleber ist eine ganz zarte Delikatesse.« Sie leckte sich die Lippen. »Besonders in Butter sautiert.«

»Was zum Teufel …?«, knurrte Sean.

»Ich werde das im Hinterkopf behalten.«

Caldenia ging an mir vorbei in die Küche, nahm sich eine Tüte Zwiebelringe vom Tresen und verschwand wieder nach oben.

Ich trat vor Sean und verschränkte die Arme. »Also gut. Wir müssen reden.«

***

Sean musterte mich, seine bernsteinfarbenen Augen waren vollkommen klar. »Es liegt also nicht am Besen.«

»Nein.« Es lag an mir.

Er kniff die Augen zusammen. »Aber Sie haben Ihre gewaltigen Kräfte nicht genutzt, um diese Leiche von der Straße zu holen. Wo auch immer sie herkommen, sie sind auf dieses Haus beschränkt.«

Sean Evans war vielleicht verrückt, aber er war nicht dumm. »Sie sind nicht der erste Werwolf, den ich treffe«, teilte ich ihm mit.

»Was wollen Sie damit sagen?«

»Damit will ich sagen, dass ich Ihnen die ganze Knurrnummer nicht abkaufe. Sie sind dafür gemacht, unter schwerem Beschuss die Ruhe zu bewahren, und haben nicht ein einziges Mal die Beherrschung verloren. Nicht einmal, als ich Sie gegen den Baum geworfen habe. Was im Übrigen unabsichtlich geschah. Ich würde das niemals absichtlich einem meiner Bäume antun.«

Er ließ seine Zähne aufblitzen. »Wissen Sie, Sie sollten Ihre Achilles-Fersen nicht einfach so preisgeben. Wenn ich Sie das nächste Mal ärgern will, muss ich einfach nur ein paar von Ihren Setzlingen umhauen.«

»Sie haben noch nicht Ihre Killer-Gestalt angenommen. Außerdem überprüfen Sie methodisch Ihre Fesseln, während Sie mir Ihre großen Zähne zeigen und so tun, als fauchten Sie mich an.«

»Noch habe ich sie nicht wirklich auf die Probe gestellt«, sagte Sean.

Das glaubte ich ihm sogar. »Gut, denn ich habe bisher auch noch nichts von meiner Kraft dafür aufgewendet, Sie gefangen zu halten. Im Augenblick halten nur das Haus und der Besen Sie fest. Ich kann auch noch mitmachen, aber ich würde mich lieber unterhalten.«

Sean dachte darüber nach. »Gut. Reden wir. Was auch immer Sie an Kräften haben, sie sind auf das Haus beschränkt, und ich sehe Ihnen an, dass Sie Zivilistin sind. Sie haben nicht den richtigen Muskeltonus und bewegen sich nicht wie jemand, der Erfahrung damit hat, Lebewesen aus nächster Nähe umzulegen. Sie sind nicht hundertprozentig sicher, womit Sie es zu tun haben, oder wissen genau, womit Sie es zu tun haben, jedenfalls haben Sie Angst.«

»Woher wissen Sie das?«

»Gestern sind Sie am frühen Morgen aufgebrochen und erst spät zurückgekommen. Ich habe Ihr Gesicht gesehen, als Sie zum Auto gegangen sind. Sie sind stehen geblieben und haben zum Haus zurückgeschaut. Sie wirkten besorgt. Die alte Dame, die normalerweise stundenlang auf dem Balkon sitzt, hat den ganzen Tag im Inneren des Hauses verbracht.«

»Sie haben mein Haus beobachtet.«

»Ja. Diese Dinger da draußen, was auch immer zum Teufel das ist, meinen es ernst. Sie haben damit gerechnet, dass sie das Haus angreifen, weswegen Sie Ihren Gast aufgefordert haben, sich zu verstecken. Es gibt nur einen Grund, warum jemand in Ihrer Position sich auf eine längere Reise begeben würde. Sie sind Hilfe suchen gegangen. Für mich sieht es nicht so aus, als hätten Sie welche gefunden.«

Es war wirklich keine gute Idee, ihn zu unterschätzen. »Wie kommen Sie darauf, Mr Holmes?«

Er lächelte. »Elementar, Watson. Hätten Sie Hilfe gefunden, wären Sie besser drauf. Stattdessen sahen Sie, als Sie aus dem Auto ausstiegen, aus, als müssten Sie einen Anker hinter sich herschleppen. Den Blick kenne ich. Er besagt: ›Ich habe per Funk um Luftunterstützung gebeten, und man hat mir gesagt, dass keine kommen wird, dass aber ein weiteres feindliches Bataillon auf dem Weg zu mir ist.‹« Er legte den Kopf schief. »Sie haben vielleicht keine Luftunterstützung, aber Sie haben mich.«

»Moment mal. Erst gestern kam ein Mann in mein Haus gestürmt und hat mir Vorträge gehalten, er werde sich allein um alles kümmern. Waren das nicht Sie?«

»Gestern dachte ich noch, Sie wären nur eine normale Frau, und wollte nicht, dass Ihnen etwas passiert. Dina, Sie zwingen mich, meine Aufmerksamkeit aufzuteilen. Ich bin recht sicher, dass Ihnen in Ihrem Haus nichts passieren kann, aber Sie verlassen ständig diesen Sicherheitsbereich. Ich kann nicht gleichzeitig die Nachbarschaft patrouillieren und für Sie den Babysitter spielen, und da Sie bisher nicht gerade freigiebig mit Ihren Informationen umgegangen sind, weiß ich nie, wann Sie zu Ihrer nächsten Expedition in die Nachbarschaft aufbrechen. Ich muss wie ein kleines Kind hier herumsitzen und geduldig Ihr Haus beobachten. Geduld ist aber nicht gerade meine große Stärke.«

»Ich habe nicht um Ihren Schutz gebeten.«

»Sie haben mich gebeten, wegen der toten Hunde etwas zu unternehmen.«

Jetzt hatte er mich.

»Ich wurde jahrelang um die halbe Welt transportiert, um dort zu kämpfen, nur weil es mir jemand befohlen hatte. Diesen Ort habe ich mir ausgesucht, um mich niederzulassen. Dies ist mein Revier, genau wie Ihr Haus Ihr Revier ist. Es ist meine Heimat. Ich werde dafür kämpfen. Und nur für die Akten: Ich hatte niemals vor, nichts gegen die Hundemorde zu unternehmen ...«

»Was, wenn ich Ihren Schutz nicht will?«

Sean sah mich an, als sei ich nicht ganz richtig im Kopf. »Wie gesagt, Ihr Haus liegt in meinem Revier. Ich werde Sie beschützen.«

Klar. Er war gentechnisch so modifiziert, dass er es als seine Aufgabe ansah, Belagerungen standzuhalten und Dinge auch gegen eine Übermacht zu verteidigen. Wahrscheinlich hätte er gegen diesen Beschützerinstinkt nicht einmal etwas tun können, wenn er gewollt hätte, und er wollte es definitiv gar nicht.

»Sind Sie für einen Torwächter nicht zu jung, Sean?«

Er runzelte die Stirn. »Ich kann Ihnen nicht folgen.«

Vielleicht wusste er es wirklich nicht. »Ich bin Wirtin. Sagt Ihnen das etwas?«

Er lachte kurz. »Es tut mir leid, Ihnen das mitteilen zu müssen, aber Sie besitzen eine Frühstückspension, und Ihr einziger Gast scheint eine verwirrte alte Frau zu sein. Wirtin ist dafür ein ziemlich hochgegriffener Begriff, wenn Sie verstehen, was ich meine.«

Er hatte keine Ahnung, wovon ich sprach. »Was ist mit Auul? Sagt Ihnen das etwas?«

Wenn man den Namen richtig aussprach, reimte er sich auf Raul, aber die Aussprache war weicher, sehnsuchtsvoller, jeder Vokal gedehnt, bis er klang wie das Heulen eines einsamen Wolfs bei Vollmond.

»Süß«, sagte er. »Werden Sie mich als Nächstes anbellen? Ich habe kein Problem damit, dass Sie mich verspotten, aber ich würde dieses Gespräch gerne auf produktive Weise weiterführen.«

Ich setzte meine Magie ein. »Terminal, Auul-Datei, bitte.«

Das Haus erbebte. An der gegenüberliegenden Wand bildete sich ein großer Bildschirm. Darauf sah man einen gigantischen Wald aus der Vogelperspektive, einen Ort für Riesen. Turmhohe Bäume mit blaugrünem Laub schimmerten in der Nachtluft, und darüber wölbte sich der Mitternachtshimmel, übersät mit glitzernden Sternen, die schimmerten wie Juwelen. Ein gewaltiger Mond erhob sich rechts, er nahm ein Viertel des Horizonts ein, schimmerte blau und grün, und dahinter hing in der Ferne der zweite Mond, tiefgolden mit roter Äderung. Ein riesiger Vogel, dessen Federspitzen hellblau leuchteten, zog über den Baumwipfeln seine Kreise.

Sean starrte das Bild an. Seine Augen leuchteten, als das Licht sich darin fing. Seine Muskeln spannten sich unter den Fesseln an. Die elastischen Metallbänder rissen, und er löste sich von der Wand, ohne den Blick von dem Bild zu wenden.

Wow. Ich ließ ihn sich befreien – es hatte keinen Sinn, ihn gefangen zu halten. Die zerrissenen Metallbänder schmolzen, tropften zu Boden und flossen auf mich zu, wobei sie sich wieder formten. Sie strebten vom Boden weg, und ein Besenstiel berührte meine Hand. Ich nahm ihn.

»Auul«, zitierte ich. »Sanft wie das liebevolle Flüstern auf den Lippen einer Mutter, brutal wie der Schrei nach Rache, du bist eine Erinnerung, ein Kindertraum, eine offene Schuld, genährt mit unserem Blut, für immer verloren, doch nie vergessen.«

»Wer hat das geschrieben?«, fragte Sean, dessen Blick noch immer auf dem Bild ruhte.

»Ein Werwolf. Ihr Volk hat sich sehr poetisch mit Ihrem Planeten auseinandergesetzt, nachdem es ihn in die Luft gejagt hatte.«

Sean wandte sich mir zu. »Meinem *Planeten*? Ich bin in Tennessee geboren.«

»Woher kommen Werwölfe?«

»Uns gab es schon immer. Wir sind eine Mutation, eine Anomalie. Woher kommt Ihr Besen?«

Aha. »Sagen Sie mir, dass dieses Bild Sie nicht berührt, Sean.«

Er betrachtete wieder den Mond.

Das Bild verschwand und wich einer schlanken Frau mit brennenden Augen. Ihr Haar fiel ihr als lange, rötliche Mähne auf den Rücken, gebändigt von goldenen Haarspangen. Ein feines Metallgeflecht umschloss ihre Schultern. Ein schmales Goldkettchen spannte sich unter ihren nackten Brüsten. Musik erklang, leise, tief bewegend, und sie begann sich zu wiegen. Ihr langer, transparenter dunkler Rock bauschte sich, als sie sich drehte. Sie sang in einer toten Sprache, und Sean hörte zu, als verstünde er jedes Wort.

Die Frau beendete ihr Lied. Dem Dateinamen zufolge war es ein Wiegenlied. Ich fragte mich, ob Sean es wohl als Kind gehört hatte.

»Na schön«, sagte er schließlich. »Raus damit.«

»Es wird Ihnen nicht gefallen.«

»Warum lassen Sie nicht mich das entscheiden?«

Er hatte es so gewollt. Daran würde ich ihn erinnern, wenn er ausflippte.

»Es gibt ein Sternensystem mit zwei bewohnbaren Planeten, Auul und Mraar.« Das Bild wechselte, als ich die Abbildung der beiden Planeten aus dem Datenordner öffnete. »Es ist unklar, ob Auul von Anfang an bewohnbar war oder erst als Ergebnis von Terraforming. Jedenfalls sind sich alle einig, dass die Wiege der Zivilisation auf Mraar stand. Wenn man die Sonnenhorde fragt, kolonisierte eine Splittergruppe Auul und erklärte sich für unabhängig. Wenn man Ihr Volk fragt, wurde es ins Exil nach Auul geschickt und dann aufgegeben. Wir kennen die Wahrheit nicht und werden sie auch nie erfahren. Es sind sich aber alle einig, dass die Raoo von Mraar Auul überfielen, nachdem die Zivilisationen fast tausend Jahre unabhängig voneinander existiert hatten.«

Ich setzte mich auf einen Stuhl. Ich hatte es satt, zu stehen.

»Woher wissen Sie das?«, fragte Sean.

»Ich bin Wirtin.«

»Das erklärt zwar gar nichts, aber gut. Was wurde aus der Invasion?«

»Die Raoo haben den Arsch vollbekommen. Es ist nicht leicht, einen Planeten zu erobern.«

»Klingt in der Theorie sinnvoll. Es würde eine echte Herausforderung darstellen, ausreichend Soldaten auf die Oberfläche zu kriegen.«

Er nahm das Ganze ziemlich gut auf. Wahrscheinlich hielt er mich für verrückt und hatte beschlossen, ruhig zu bleiben, für den Fall, dass ich mir einen Aluhut aufsetzte.

»Der Krieg dauerte Jahre. Es war eher eine Abfolge von Invasionen und hastigen Rückzügen, bis die Raoo ein Tor in die Finger bekamen. Ob ihnen jemand die Technologie verkauft hat oder sie darüber gestolpert sind, wissen wir nicht. Höchstwahrscheinlich haben sie sie irgendwo gekauft.«

»Was ist ein Tor?«

»Eine Einstein-Rosen-Brücke. Ein durchquerbares Mini-Wurmloch, das es ermöglicht, quasi ohne Zeitverlust von einem Ende des Universums zum anderen zu reisen. Es gibt natürliche Wurmlöcher, aber die Raoo bauten ein künstliches. Es erforderte eine Unmenge an Energie, es zu betreiben, und es konnte nur kurz aktiv sein, sonst hätte es den Planeten destabilisiert. In den vierzehn Tagen, die es offen war, sandten die Raoo Millionen von Soldaten nach Auul. Mraar war überbevölkert, Auul hingegen war immer schon sehr spärlich besiedelt gewesen. Ihr Volk verlor. Nachdem zwei Drittel des Planeten besetzt waren, ergriff es drastische Maßnahmen und schuf die Werwölfe. Sie spritzten jedem Bürger den Mutationsmix, schufen eine neue Generation von Superkämpfern, und das Blatt des Krieges wendete sich.«

»Noch mal zurück.« Sean hob die Hand. »Was genau bedeutet ›schufen‹?«

»Sie züchteten ein Ossai, ein künstliches, mikroskopisch kleines, programmierbares Virus. Sie luden ein Programm darauf und verwendeten es, um den genetischen Code von Lebewesen umzuschreiben. Nach der Verabreichung machte das Ossai die bestehende Generation stärker und schneller und verwandelte ihre Nachkommen in Werwölfe. Es muss wehtun, wenn Sie die Gestalt wandeln, aber es tut nicht so weh, wie es eigentlich sollte. Das liegt daran, dass bei jedem Gestaltwandel das Ossai in Ihrem Körper ein Schmerzmittel freisetzt.«

»Ich war beim Militär«, sagte Sean. »Bei mir wurden zahlreiche Blutuntersuchungen durchgeführt.«

»Das Ossai ist winzig. Es zerstört sich außerdem selbst, wenn es aus dem Körper entfernt wird. Oberflächliche Tests finden es nicht, Sie werden also als Einheimischer durchgehen, wenn nicht gerade jemand Ihren genetischen Code sequenziert.«

Er schnitt eine Grimasse. »Egal jetzt. Was wurde aus der Invasion?«

»Die Raoo brauchten fast ein Jahrhundert, aber schließlich rekonstruierten sie das Ossai und schufen ihre eigene Version, größer, besser, fieser – die Werkatzen, auch bekannt als die Sonnenhorde. Ihr Volk hatte geahnt, dass das passieren würde, denn als die Sonnenhorde entstand, baute es bereits eigene Tore. Es entschloss sich, Auul zu verlassen, aber die Mraar sollten es auch nicht kriegen. Die Werwölfe ließen die Tore offen, denn sie wussten, das würde zu einer Katastrophe führen, und evakuierten einen so großen Teil der Bevölkerung wie möglich an andere Orte des Universums. Es dauerte Jahre. Um die Tore gegen die herannahende Sonnenhorde halten zu können, züchteten sie eine zweite Generation Werwölfe, die man mir als mächtiger, aber psychisch weniger stabil beschrieben hat und zu der Sie offensichtlich gehören.«

»Nett«, sagte Sean.

»Die Werwölfe der Generation Alpha hielten die Tore, solange sie konnten, bis ihr Tun schließlich ein kleines schwarzes Loch erzeugte. Das schwarze Loch verschlang den Planeten und setzte dabei enorme Mengen von Energie frei, bis Auul völlig verschwunden war. Die anschließende Katastrophe schuf eine sehr kleine, aber extrem dichte Masse, die das Gleichgewicht innerhalb des Sternensystems auf den Kopf stellte und Mraar unbewohnbar machte. Ein Teil der Sonnenhorde entkam, aber nicht viele. Die Opferzahlen gingen in die Milliarden. Heute ist Mraar ein toter Felsbrocken, und Auul ist ein Asteroidengürtel. Die Bewohner beider Welten leben als Flüchtlinge auf den bekannten Planeten.«

Ich schwang den Besen, und der Bildschirm verschwand.

»Interessante Geschichte«, sagte Sean. »Wann ist denn all das laut dieser kreativen Story geschehen?«

»Werwölfe besuchen die Erde schon seit Jahrhunderten«, sagte ich. »Manche über Tore, einige auf anderen Wegen. Doch die letzten Flüchtlinge von Auul sind vor zweiundvierzig Jahren hier eingetroffen.«

Die meisten Leute hätten mich spätestens an dieser Stelle für verrückt erklärt. Sean war unerschütterlich ruhig. Beast kam die Treppe heruntergerannt, sprang mir auf den Schoß und fletschte die Zähne.

Er zeigte ihr seinerseits sein Gebiss. »Um dich kümmere ich mich später.« Er sah mich an. »Ich muss mal telefonieren. Was dagegen?«

Ich nickte in Richtung Hintertür. »Die Veranda gehört ganz Ihnen.«

Er ging hinaus. Die Fliegengittertür schloss sich hinter ihm, und ich hörte seine gedämpfte Stimme. »Hey, Dad. Ich bin es. Sagt dir das Wort Auul etwas?«

KAPITEL 6

Beast und ich beobachteten, wie Sean vor dem Gasthaus auf und ab ging. Das Gespräch mit seinen Eltern lief nicht gut.

»Aha. Wann genau wolltest du mir das sagen? … Wann glaubtest du denn, dass ich alt genug sein würde? Ich bin verdammt noch mal erwachsen, Dad. Ich habe in zwei Kriegen gekämpft. … Nein, ich bin nicht respektlos, ich bin sauer. … Ich habe das Recht, sauer zu sein. Du hast mich angelogen. … Nicht die ganze Geschichte zu erzählen ist dasselbe wie lügen, Dad. Es ist die Unwahrheit sagen, ohne zu lügen. … Doch, ich finde schon, dass wir das am Telefon besprechen sollten. … Ja, bitte, stell das Telefon laut. … Hallo, Mom. … Ja. … Ja. … Nein, ich bin nicht aufgebracht. … Eine Frau. … Nein, ihr könnt nicht mit ihr reden.«

Jetzt war ich in die Sache verwickelt. Ich konnte mir genau vorstellen, wie das Gespräch ablaufen würde. »Ja, hallo, wer sind Sie, und woher wissen Sie so viel über Werwölfe, und in welcher Beziehung genau stehen Sie zu meinem Sohn …?«

»Eine Wirtin.«

Und jetzt?

Sean ging die Treppe hinunter, betrat den Obstgarten. Ich spitzte die Ohren. Seine Lippen bewegten sich, aber ich hörte nichts mehr.

Seufzend sah ich Beast an. Sie leckte mir die Hand. Sean bekam offenbar eine Schnelleinführung in Gasthäuser und

Wirte, und ich hatte keine Ahnung, was seine Eltern ihm erzählten.

Zehn Minuten später steckte Sean sein Handy ein, kam wieder herein und warf sich auf einen Stuhl.

»Na, wie ist es gelaufen?«

»Ziemlich genau so, wie Sie es sich vorstellen.« Er lehnte sich im Stuhl zurück und atmete tief aus. »Sie waren beide Mitte zwanzig, als sie hier ankamen, in die Armee eintraten und sich ein neues Leben aufbauten. Sie haben es mir nicht gesagt, weil anscheinend gerade wir von der zweiten Generation unter den anderen Auul-Flüchtlingen nicht gerade beliebt sind, und sie wollten nicht, dass ich Probleme kriege.«

Keine Probleme? Na ja, im Moment schien er auf jeden Fall mehr als genug davon zu haben. Seans intensiver Blick sezierte mich regelrecht. Oh, oh.

»Wie funktioniert der Besen?«

»Magie.«

Er biss die Zähne zusammen. »Hören Sie auf damit. Sie haben mir Planeten und Wurmlöcher um die Ohren gehauen. Sie haben die Büchse der Pandora einen Spaltbreit geöffnet. Jetzt können Sie sie auch ganz aufmachen.«

Nein, er hatte mit seiner Mitternachtsmarkierungstour die Büchse einen Spaltbreit geöffnet. Ich streichelte Beast. »Haben Sie je von Arthur C. Clarkes drittem Gesetz gehört? Es besagt, dass jede hinreichend fortschrittliche Technologie von Magie nicht zu unterscheiden ist. Geben Sie mal einem Bürger des alten Roms ein Smartphone. Er wird es für ein magisches Fenster in die Welt der Götter halten und glauben, das Beyoncé-Video, das er da sieht, zeige Venus. Der Besen ist magisch. Das Gasthaus ist magisch. Ich bin magisch. Ich kann Magie spüren und manipulieren, aber nicht erklären. Sie haben sich im Leben schon hundertmal verwandelt und geglaubt, der Vorgang sei Magie. Warum ist es wichtig, dass dem nicht so ist?«

Sean trommelte mit den Fingern auf die Armlehne seines Stuhls. »Das hier ist also so eine Art Zuflucht?«

»Ja und nein. Es ist ein Gasthaus, neutraler Boden. Eine Anomalie in der alltäglichen Wirklichkeit dieses Planeten oder dem, was als solche durchgeht. Ich bin Wirtin. Ich habe hier das Sagen. Wenn ich Sie als Gast aufnehme, stehen Sie unter meinem Schutz, und solange Sie sich hier aufhalten, gilt für Sie das Gastrecht. Aus diversen Gründen ist die Erde ein Zwischenstopp für viele Reisende. Wir sind das Atlanta der Galaxie: Hier machen viele Wesen Station. Manche sind fremdartig, andere nicht. Die Wirte erhalten die Ordnung aufrecht, bieten ihnen einen sicheren Aufenthaltsort und minimieren den Kontakt mit der Bevölkerung und das sich daraus möglicherweise ergebende Blutvergießen. Niemand will eine weltweite Panik. So ist das schon seit Jahrhunderten.«

»Die alte Dame ist also ein Gast?«

»Ja.«

»Wie lange bleibt sie?«

»Sie hat für einen lebenslangen Aufenthalt bezahlt.«

»Clever.« Sean beugte sich vor. »Sie bleibt also in Ihrem Gasthaus, und niemand kann sie hier rausholen. Was hat sie angestellt?«

»Das wollen Sie gar nicht wissen.«

»Sie werden es mir nicht sagen.«

Ich schüttelte den Kopf. »Nein.« Ich schützte meine Gäste, und dazu gehörte auch der Schutz ihrer Privatsphäre.

Sean sah mich nachdenklich an. Ich konnte beinahe sehen, wie sich die Rädchen in seinem Kopf drehten. Er hatte eine beunruhigend rasche Auffassungsgabe.

»Mein Vater sagte mir, dass Sie als Wirtin neutral bleiben müssen.«

»So ist es Brauch. Aber es gibt weder einen inneren Druck noch ein Gesetz, die mich zwingen, neutral zu bleiben.«

»Sie dürfen nicht um Hilfe bitten.«

»Da irrt Ihr Vater. Es ist die Entscheidung jedes einzelnen Wirtes, ob er einen Gast oder eine dritte Partei um Hilfe bittet. Die meisten Wirte tun das nie, weil wir keine anderen Wesen in Gefahr bringen wollen. Die Sicherheit unserer Gäste geht vor.«

Sean lächelte. Unter normalen Umständen hätte ich das vielleicht gerne gesehen – er war wirklich gut aussehend –, aber sein Lächeln brachte mich im Augenblick eher dazu, meinen Besen in einen Schild verwandeln zu wollen, am besten einen mit Dornen, und mich auf etwas gefasst zu machen.

»Sie haben mich um Hilfe gebeten, und jetzt bin ich deswegen in Gefahr.«

Was? »Das habe ich mitnichten. Ich habe nie gesagt: ›Helfen Sie mir, Sean Evans.‹«

Beast bellte, um die Aussage zu unterstreichen.

»Sie haben mich angesprochen«, er zählte die Argumente an den Fingern ab, »Sie haben mich getadelt, weil ich nichts täte, Sie haben versucht, mir das Versprechen abzunehmen, dass ich mich der Situation annehmen würde, und dann, nachdem ich Ihnen versichert hatte, dass ich das vorhabe, haben Sie dennoch zu Gewalt gegriffen und damit unser beider Gefährdung erhöht. All das lässt sich als Bitte um Hilfe und Mitarbeit auslegen, und jetzt ist Ihretwegen mein Leben in Gefahr.«

»Nein.« Das war Wahnsinn. Ich wollte so viele Dinge auf einmal sagen, nur stolperten die Worte in meinem Kopf regelrecht übereinander.

»Gut.« Wieder grinste er, und seine weißen Zähne blitzten. »Können wir jemanden kontaktieren, um diesen Streit beizulegen? Vielleicht jemanden, der mächtig ist und den Überblick hat?«

Der Rat der Wirte. Oh, dieser Bastard. Sein Vater musste ihm davon erzählt haben. »Drohen Sie mir?«

»Ich drohe nicht. Ich löse Probleme.«

»Das klingt ja überhaupt nicht arrogant. Gar nicht.«

Er breitete die Arme aus. »Ich stelle nur Tatsachen fest.«

Der Rat war ein informelles Selbstverwaltungsorgan der Wirte. Wenn sich Sean an ihn wandte, würde die Untersuchung mit einer Frage anfangen und enden: *»Wurde das Gasthaus direkt bedroht?«* Ich würde das verneinen müssen. Technisch gesehen hatte ich kein geschriebenes Gesetz gebrochen, weil wir keine hatten, aber ich hatte den ungeschriebenen Neutralitätskanon verletzt. Der Rat würde das als unklug ansehen, mir nahelegen, es nicht wieder zu tun, und dem Gasthaus einen Stern abziehen, was jedem vermitteln würde, dass ein Aufenthalt im Gertrude Hunt einem Glücksspiel gleichkam, bei dem die eigene Sicherheit der Einsatz war. Das Gasthaus hatte schon nur zwei Sterne, weil es leer gestanden hatte und ich eine unbekannte Größe war. Das Gasthaus meiner Eltern hatte fünf Sterne gehabt. Wenn das Gertrude Hunt nur noch einen Stern hatte, was einem warnenden Brandzeichen gleichkam, waren die Chancen, es wieder zu beleben, gleich null. Davon würden wir uns nicht erholen.

Argh. Er hatte mich und wusste es. »Was genau haben Ihre Eltern beim Militär gemacht?«

»Mein Vater wurde einmal festgenommen, weil er die Gesetze nicht kannte, also beschloss er, sie alle ganz genau zu lernen. Er schlug die Offizierslaufbahn ein und arbeitete als Anwalt beim JAG. Meine Mutter hatte großen Spaß daran, aus der Ferne zu beobachten, wie Leuten die Köpfe platzten, deshalb arbeitete sie als Scharfschützin.«

Na toll. »Was wollen Sie?«

»Ich will, dass wir zusammenarbeiten.«

»Nur damit ich das richtig verstehe: Zuerst bitte ich Sie, mit mir zusammenzuarbeiten, und Sie weigern sich, dann dringen Sie hier ein, verspotten mich, versuchen, mich einzuschüchtern, greifen meinen Hund an …«

»Ich finde, der Begriff Hund ist eine weit hergeholte Bezeichnung für sie.«

»Ihre Eltern waren Shih Tzus, technisch gesehen stammt sie also von Hunden ab. Sie greifen meinen Hund an …«

»Sie hat mich einen Baum hochgejagt!«

Beast knurrte.

»Geschieht Ihnen recht. Wo war ich?«

»Hund«, sagte er hilfsbereit.

»Ja. Sie greifen meinen Hund an, dann greifen Sie mich im Garten an, und jetzt erpressen Sie mich, damit ich mit Ihnen zusammenarbeite. Wäre es nicht einfacher gewesen, gleich mit mir zusammenzuarbeiten, als ich Sie darum bat?«

Er deutete auf sich selbst. »Zunächst mal, einsamer Wolf. Ich arbeite allein. Das liegt in meiner Natur. Zweitens dachte ich, Sie seien nur eine normale Frau, die irgendwie Wind von uns Werwölfen bekommen hätte. Ich hatte nicht alle relevanten Informationen. Hätte ich gewusst, dass Sie über ein Spukhaus, einen magischen Besen und einen Teufelshund an Ihrer Seite verfügen, wäre meine Antwort von Anfang an anders ausgefallen.«

Ich verschränkte die Arme.

»Tut mir leid, wenn ich Sie eingeschüchtert habe«, sagte er, »oder wenn ich Ihnen Angst gemacht habe.«

»Haben Sie nicht.«

»Nun, es tut mir jedenfalls leid. Ob es Ihnen gefällt oder nicht, Sie haben mich um Hilfe gebeten, und jetzt hängen wir gemeinsam in der Sache drin. Es liegt in Ihrem und in meinem Interesse, diese Arschlöcher so schnell wie möglich auszuschalten. Sie wissen mehr über die Vorgänge, aber ich kann sie schneller und sauberer töten als Sie.«

Das stimmte zwar, aber es musste mir noch lange nicht gefallen.

»Wenn Sie mit mir zusammenarbeiten, verspreche ich, keine Geheimnisse vor Ihnen zu haben und Ihren Standpunkt in Betracht zu ziehen, ehe ich handle. Ich verspreche auch, für seinen völlig unprovozierten Angriff keine Rache an dem kleinen Dämon auf Ihrem Schoß zu nehmen.«

Beast knurrte, und er lächelte. Es war ein entwaffnendes, jungenhaftes Lächeln. Der Wolf war noch immer in seinem Blick, doch jetzt gab er sich alle Mühe, so zu tun, als sei er nur ein kleiner, wuscheliger Welpe. »Was meinen Sie?«

Ich wollte nicht, dass er sich an den Rat wandte. Ich hatte das Gefühl, dass er das auch nicht wirklich vorhatte, aber die Gefahr bestand, und dieses Risiko konnte ich nicht eingehen. Abgesehen davon brauchte ich Hilfe. Werwolfshilfe. Deswegen hatte ich mich überhaupt erst an ihn gewandt.

»Dina?«

Und er musste aufhören, meinen Namen in diesem Tonfall zu sagen. »Ich frage mich, ob ich Sie noch ein bisschen betteln lassen soll.«

»Mehr Bettelei werden Sie nicht kriegen. Wenn Sie Nein sagen, kümmere ich mich allein darum. Das wird dann eine ziemlich hässliche Sauerei.«

Ich atmete tief aus. Es hatte keinen Sinn mehr, mit ihm zu streiten. »Wie ist Ihr Geruchssinn?«

»Ausgezeichnet.«

»Glauben Sie, Sie könnten einen Fremdkörper in einer dieser Kreaturen riechen?«

Sean blinzelte überrascht. »Ich kann's versuchen.«

»Na gut. Wir arbeiten zusammen. Aber nur, bis das hier vorbei ist. Wenn Sie mein Vertrauen enttäuschen, werde ich Sie aus diesem Gasthaus verbannen. Das meine ich ernst, Sean. Und ich kann Ihnen versprechen, dass das nicht angenehm werden wird. Es wird Ihnen nicht gefallen, und Sie werden lange brauchen, um nach Hause zurückzufinden.«

***

Ich hatte zwei Möglichkeiten. Ich konnte Sean in mein Labor unter dem Haus führen oder ihm den Leichnam des Pirschers bringen. Im ersten Fall musste ich ihn an einen sehr privaten Ort lassen, an dem ich Bücher und andere Dinge aufbewahrte. Es hatte einen guten Grund, dass Gäste üblicherweise nicht ins Labor durften. Im zweiten Fall musste ich die Architektur des Gasthauses verändern.

Ich war noch nicht bereit, ihn ins Labor zu lassen. Ich war eigentlich auch nicht bereit, ihn sehen zu lassen, wozu ich in meinem Gasthaus wirklich imstande war, aber das erschien mir an dieser Stelle als das kleinere Übel.

Ich klopfte mit dem Besen auf den Boden und ließ meine Magie durch ihn in die Dielen, in die Wände, in den Labortisch unter uns strömen. Holz und Metall zerflossen wie geschmolzenes Wachs. Im Wohnzimmerboden bildete sich ein langer, schmaler Riss. Das Holz tropfte hindurch, das Loch wurde größer, und der Labortisch schob sich nach oben, auf ihm noch immer der Leichnam des Pirschers, nach wie vor gesichert durch Metallbänder.

Ich hatte versucht, eine Autopsie vorzunehmen, und der Brustkorb war geöffnet, die Haut mit Chirurgenklammern seitlich befestigt. Ich war nicht ganz sicher, wie die inneren Organe eines Pirschers aussehen mussten, aber mein Speer hatte seine Innereien ganz schön aufgemischt, und sie bestanden gegenwärtig in erster Linie aus einem Matsch aus zerfetztem Gewebe. Trockenem Gewebe. Das Blut war verdampft, obgleich ich es in Plastik eingetuppert hatte.

»Meine Fresse.« Sean starrte den Tisch an. »Was kann dieses Haus denn sonst noch?«

»Das wüssten Sie wohl gerne?«

»Ja.«

»Wie wäre es, wenn Sie stattdessen den Sender erschnüffeln?«

Sean umkreiste die Leiche. »Ich weiß, dass Sie mindestens zwanzigmal auf es eingestochen haben.«

»Woher?«

»Nun, ein Hinweis ist, dass die inneren Organe komplett zerfetzt sind, aber ich war auch bei den Quirks, nachdem die Bullen weg waren. Die Ostwand hat Kratzer wie von einer Klingenwaffe. Also, was haben Sie verwendet?«

Ihm entging nicht viel. »Einen Speer.«

Sean beugte sich tiefer über die Leiche. Seine Nasenlöcher bebten.

»Nun? Wie lautet Ihre professionelle Einschätzung?«

»Vor ein paar Jahren kam unsere Einheit von einem Auftrag an einem hässlichen Ort zurück. Den gesamten letzten Monat dieses Einsatzes über hatte mein Kumpel Jason Thomas davon geredet, dass er, wenn er wieder zu Hause wäre, zuerst einen Hotdog essen würde. Er wollte einen Hotdog mit allem. Wir kommen also heim, gehen am ersten Abend aus, und er bestellt zwei Hotdogs mit allem. Dann gehen wir einen trinken, und er fängt direkt mit Jose Cuervo an. Um es kurz zu machen, zwei Stunden später hat er in einer Gasse gekotzt.«

»Ja und?«

»Meine professionelle Meinung lautet, dass das hier genau wie die Hotdog-Tequila-Kotze damals riecht.«

Haha. »Das hätte ich Ihnen auch sagen können, ohne Werwolf zu sein.«

Sean schnupperte erneut. »Wissen Sie, ich habe schon früher verrottende Leichen gerochen. Von Menschen und Tieren. Die hier riecht falsch. Wo kommt sie her? Denn sie ist nicht aus der Gegend.«

»Sie kommt aus einer höllischen Ecke des Universums, über die ich quasi nichts weiß.«

»Was versuche ich zu wittern? Metall, Plastik, was?«

»Ich weiß nicht.«

Sean holte erneut tief Luft. »Der Leichnam stinkt zu sehr. Metall und Plastik riechen nicht besonders stark. Wenn da drin etwas ist, überlagert der Gestank den Geruch.«

»Bisher sind Sie keine große Hilfe.«

»Dina, ich weiß noch nicht einmal, wonach ich suche.«

Da hatte er nicht unrecht. Ich war ungerecht. Außerdem war ich schnippisch, und das hatte gar nichts mit Sean und alles mit meiner wachsenden Frustration zu tun. »Würde ein Röntgenbild helfen?«

»Sie haben ihn geröntgt?«

Ich hob die Hand. Das Röntgenbild kam durch den Boden geschwebt, und ich hielt es Sean hin. Er hob es ans Fenster und ließ das Licht hindurchfallen. »Was zum Teufel …?«

»Das habe ich mir auch gedacht.« Ich setzte mich auf den Stuhl. »Ich habe es mit Magneten versucht. Ich habe ihn auf magische Emissionen, Funksignale und Strahlung untersucht und für alle Fälle auch mit einem Spannungsmesser. Nichts.«

»Sind Sie überhaupt sicher, dass es einen Sender gibt?«

»Nein.«

Sean sah mich nachdenklich an. »Wie wär's, wenn Sie mir die Geschichte mal von Anfang an erzählen?«

Ich erzählte ihm von Dahakas, Pirschern und dem zerstörten Gasthaus.

Sean runzelte die Stirn. »Augenblick mal, jemand hat dieses Gasthaus zerstört, und Ihr Rat hat nichts deswegen unternommen?«

Ich schüttelte den Kopf. »Nein. Jeder Wirt ist auf sich allein gestellt. Der Rat setzt nur Standards und bewertet die Gasthäuser, eine Art kosmischer Hotelführer. Wenn jemand hier reinkommt und mich umbringt, unternimmt er gar nichts. Wenn Sie sich beim Rat über mich beschweren, stuft er nur mein Gasthaus als unsicher ein, was bedeutet, dass niemand mehr hier absteigen würde.«

»Ich würde Ihnen also Ihre Lebensgrundlage entziehen.«

Das klang, als würde er sich deswegen Vorwürfe machen. Hm. Na so was, ein Werwolf mit Gewissen. »Nicht nur das, ein Gasthaus ist auch ein Lebewesen. Es existiert in Symbiose mit seinen Gästen. Ohne Gäste wird das Gasthaus schwächer und schläft ein, fast wie ein Bär, der Winterschlaf macht. Wenn ein Gasthaus zu lange schläft, welkt es dahin und stirbt.«

Das Haus um mich herum knarrte, die dicken Balken in seinen Wänden knarzten alarmiert.

»Dazu wird es nicht kommen«, beruhigte ich es. »Du hast doch mich und Caldenia.«

»Ist es ein fühlendes Wesen?« Sean musterte die Wände.

»Das Haus versteht so manches. Ich weiß nicht, ob es so empfindungsfähig ist wie wir beide, aber es ist definitiv ein Lebewesen, Sean.«

Caldenia kam herein. Sie hatte eine Tomatenranke mit vier reifen, roten Tomaten daran in der Hand. Caldenia sah die Leiche des Pirschers. Sie hob die sorgsam gezupften Augenbrauen.

Was jetzt? »Ja, Hoheit?«

»Ich bin froh, dass das Gasthaus nun nach Monaten der Sterbenslangeweile zu einem Hexenkessel interessanter Geschehnisse geworden ist. Ich muss allerdings sagen, das stinkt abscheulich. Was tut ihr?«

»Wir versuchen herauszufinden, ob irgendwo in dieser Leiche ein Sender verborgen ist.«

»Ah. Viel Spaß, aber bevor ihr euch daranmacht, schau dir das hier an.«

Sie zeigte mir die Tomaten.

»Ich habe mich gerade wunderbar mit der Frau, die ein Stück die Straße hinunter wohnt, unterhalten. Ich glaube, sie heißt Emily.«

»Mrs Ward?«

Caldenia wedelte mit den Fingern. »Ja, oder so ähnlich. Offenbar züchtet sie im Garten hinter ihrem Haus Tomaten.«

»Habt Ihr das Gelände des Gasthauses verlassen?«

»Natürlich nicht, meine Liebe, ich bin ja nicht verrückt. Wir haben uns über die Hecke hinweg unterhalten. Ich möchte gern Tomaten züchten.«

Solange es sie beschäftigt hielt ... »Na gut. Ich werde ein paar Pflanzen und Gartengeräte kaufen.«

»Und einen Hut«, sagte Caldenia. »Eines dieser schrecklichen Strohdinger mit Blümchen.«

»Natürlich.«

»Ich werde grüne Tomaten züchten, und die braten wir dann in Butter.«

»Hoheit, Ihr habt noch nie grüne Tomaten probiert.«

»Neue Erfahrungen sind das Wichtigste im Leben.« Caldenia grinste bis über beide Ohren.

»Ich würde sie essen«, sagte Sean.

Ich starrte ihn an.

Er zuckte die Achseln. »Die schmecken gut.«

»Sie haben mich erpresst. Sie sind zu den theoretischen gebratenen Tomaten nicht eingeladen.«

»Unsinn«, sagte Caldenia. »Es sind *meine* theoretischen Tomaten. Du bist eingeladen.«

Ich seufzte. Mehr konnte ich nicht tun.

Caldenia blieb auf halbem Weg die Treppe hinauf stehen. »Apropos. Als ich noch jünger war, brach einmal ein Mann bei mir ein und stahl den Stern von Inndar. Das war ein wunderschönes Juwel, hellblau und hervorragend geeignet zur Speicherung von Lichtdateien. Ich hatte meine Finanzunterlagen darauf. Ich dachte, der Mann sei vielleicht ein Revolutionär, der gekommen war, um mich heldenhaft zu stürzen, doch leider war er nur ein gewöhnlicher Dieb, dem es um Geld ging. Er war ein Karianer und hatte Dutzende von Taschen in seiner Haut verborgen. Ehe man ihn festnahm, hatte er den Stern irgendwo in seinem Körper versteckt. Ich brauchte das Juwel am selben Abend, um eine bestimmte Finanztransaktion abschließen zu können, und hatte nicht genug Zeit, um ihn zu durchwühlen und den Stern dabei möglicherweise zu beschädigen.«

»Was haben Sie also getan?«, fragte Sean.

Diese Frage sollte man nie stellen.

»Ich habe ihn gekocht, mein Lieber. Das ist nach wie vor die einzige sichere Methode, um all das Fleisch von den harten Teilen zu lösen. Ihr habt außerdem den Vorteil, dass euer Gefangener bereits tot ist und seine nervigen Schreie nicht die Nachbarschaft alarmieren werden. Viel Glück.«

Sie ging die Treppe hoch.

Sean sah mich an. »Ist die echt?«

»Oh, und wie.« Ich sah die Leiche an. »Wir haben keine Ahnung, was für Gase oder Gifte wir freisetzen, wenn wir ihn zu kochen versuchen. Wir werden ihn erst einmal draußen lüften müssen, und das wird stinken.« Es würde genau die Sorte Gestank sein, die die gesamte Nachbarschaft dazu bringen würde, 911 anzurufen.

Sean dachte darüber nach. »Funktioniert der Barbecue-Grill, den ich auf der hinteren Veranda gesehen habe?«

»Wahrscheinlich. Wollen Sie ihn etwa da reinstopfen?« Was um alles in der Welt …

»Nein, ich schlage vor, wir grillen uns ein paar Schweinerippchen. Mit jeder Menge Hickoryholz.«

***

Der Leichnam des Pirschers lag auf dem Tisch wie ein grotesker Schmetterling aus einem Drogenalbtraum. Der Großteil des Blutes war zwar verdampft, er wog aber dennoch fast fünfzig Kilo. Wir würden ihn zerlegen müssen.

»Haben Sie einen richtig großen Topf?«, fragte Sean.

»Folgen Sie mir.«

Ich führte ihn in die Küche und zur Tür meiner Speisekammer, die ein paar Schränke vom Kühlschrank entfernt lag. Sean streckte den Kopf aus der Küchentür, überprüfte die Dicke der Wand – es war eine typische 15-Zentimeter-Wand – und fragte: »Wohin? In den Schrank?«

Oh, diese Knalltüte. Ich öffnete die Tür und schaltete das Licht ein. Fünfundvierzig Quadratmeter Speisekammer begrüßten Sean. Die Wände waren von eingebauten Regalen gesäumt, die bis zur zwei Meter siebzig hohen Decke reichten. Auf den vorderen standen Töpfe und Pfannen, dahinter warteten Mehl, Zucker und anderes Trockengut in großen Plastikbehältern, die jeweils ein kleines Etikett hatten. Rechts an der Wand stand eine große Gefriertruhe.

Sean sah sich in der Speisekammer um, machte auf dem Absatz kehrt, überprüfte erneut die Wand und kehrte dann zurück. »Wie?«

Ich wedelte mit den Fingern vor seinem Gesicht herum. »Magie.«

»Aber …«

»Magie, Sean.« Ich ging hinein und nahm vom Regal in der Ecke den riesigen Sechzig-Liter-Topf. »Davon habe ich mehrere.«

»Wo haben Sie das ganze Zeug her?«

»Ehe dieses Gasthaus verwaiste, lief es richtig gut. Viele Gäste bedeuten viele große Mahlzeiten. Die Frage ist jetzt, wie wir die Leichen kochen werden. Ich bin nicht besonders scharf darauf, sie in der Küche zu haben. Ich schätze, wir können uns ein paar Kochplatten besorgen, sie auf der hinteren Veranda aufstellen und dort dann die Töpfe aufsetzen.«

»Mhm.« Sean wirkte nicht überzeugt. »Die Frage ist, ob das heiß genug wird.«

»Das werden wir einfach ausprobieren müssen. Wir wollen sowieso niedrige Hitze.«

Er grinste mich an. »Sie haben wohl schon viele Leichen gekocht?«

»Nein, aber ich habe schon ganz oft Pulled Pork gemacht.«

»Sechzig Liter Wasser zu erhitzen dauert lange.«

»Was wäre die Alternative?«

»Lassen Sie mich nachdenken«, sagte Sean. »Ich fahre dann mal in den Baumarkt. In einer Stunde sollte ich wieder da sein. Muss ich Schweinerippchen mitbringen?«

»Nein.« Ich öffnete die Gefriertruhe. Sean starrte den neunzig Zentimeter hohen Turm aus eingeschweißten Schweinerippchen an. Ich hatte sie wie Brennholz gestapelt.

Sean hatte Mühe, mit den Rippen klarzukommen. Das war offensichtlich für einen Tag eine Überraschung zu viel gewesen.

»Gut«, sagte er schließlich. »Dann frage ich eben. Warum?«

»Beast frisst sie gerne.«

»Das erklärt alles.« Er wandte sich zur Tür.

»Sean, wie viel Geld brauchen Sie?«

Er sah mich ausdruckslos an. Keine Empörung, kein Zorn, nur eine Mauer aus Neins. »Ich bin in einer Stunde wieder da.« Er ging hinaus.

Bevor ich zuließ, dass Sean Evans für mich bezahlte, würde die Hölle zufrieren. Ich würde ihm das Geld aufnötigen. Ich musste es nur schlau anstellen.

Ich sah Beast an. »Ich habe tiefe Zweifel an dieser Partnerschaft.«

Beast antwortete nicht.

Ich musste immer noch irgendetwas mit den Leichen der Pirscher anfangen. Sie in der Mitte zu falten würde nicht reichen. Sie würden trotzdem nicht hineinpassen. Ich nahm meinen Besen und nutzte meine Magie. Das Metall zerfloss und faltete sich zu einer rasiermesserscharfen Machetenklinge.

Das würde hässlich werden.

Zweiundfünfzig Minuten später hörte ich einen schweren Motor. Die Magie erdröhnte, als das Fahrzeug die Auffahrt hochfuhr ... das Haus umrundete und über den Rasen bis zur hinteren Veranda fuhr.

Ich schritt zur Hintertür. Sie öffnete sich für mich, und ich trat auf die Veranda hinaus. Beast folgte mir. Ein orangefarbener Miet-Lkw vom Baumarkt stand auf dem Rasen, so geparkt, dass die Ladefläche in meine Richtung wies. Sie war vollgestapelt mit Pflastersteinen. Daneben lagen Säcke mit Kies und Sand, ein Kantholz, feuerfeste Backsteine ... Sean hüpfte vom Fahrersitz, öffnete die Heckklappe und schnappte sich ohne erkennbare Anstrengung zwei 25-Kilo-Säcke Sand, als seien es Milchflaschen.

»Was ist aus dem Plan mit der Heizplatte geworden?«

»Ich habe nachgedacht. Zum einen wird sie nicht genügend Hitze erzeugen, und zum Zweiten brauchen wir mehr Feuer, um den Gestank zu überdecken.«

»Aha.«

»Ich habe mir die Brandverordnung angesehen, und da steht, dass Feuerstellen dieser Art mindestens sieben Meter fünfzig von jeglichen brennbaren Materialien entfernt sein müssen. Die Terrasse ist zu dicht am Haus, ich werde Ihnen eine neue bauen.«

Ich lächelte ihn an und klopfte mit dem Besen auf die Veranda, sandte einen magischen Impuls hindurch. Der Betonblock hob sich aus dem Boden und glitt über den Rasen. Ich verlagerte ihn etwa zehn Meter nach außen. »Weit genug?«

Sean blinzelte.

»Sean?«

Er fasste sich schnell wieder. »Klar. Spart mir Arbeit.«

»Brauchen Sie Hilfe?«

»Nein, schon gut.«

»Na gut. Dann mache ich uns Limonade.«

Ich ging hinein und setzte mich ins Erkerfenster. Sean ging zur Terrasse hinüber, betrachtete sie eine Weile und trat dann probehalber darauf. Wie erwartet blieb sie, wo sie war. Sean dachte darüber nach.

Oh, das war einfach zu gut. Ich tastete mit meiner Magie nach der Terrasse.

Sean betrat den Beton und belastete ihn mit seinem Körpergewicht. Die Terrasse sank fünfzehn Zentimeter tief ein. Sean sprang hoch, senkrecht in die Luft wie eine erschrockene Katze, drehte sich in der Luft und landete im Gras. Hehe! Ich holte die Terrasse wieder nach oben.

Sean ging einen Schritt darauf zu. Die Terrasse zuckte dreißig Zentimeter zurück. Er ging einen weiteren Schritt. Wieder wich die Terrasse vor ihm zurück.

Sean wirbelte zum Haus herum und sah mich am Fenster. »Lassen Sie das!«

Ich lachte und ging Limonade machen.

KAPITEL 7

Mit einem Pfannenwender holte ich das letzte Stück Röstbrot aus der Pfanne. Ich hatte ein Stück Butter in einer beschichteten Bratpfanne geschmolzen und die einzelnen Scheiben gebraten, bis sie goldbraun waren. Der Trick bestand darin, das Brot nicht komplett durchzubraten, sondern gerade ausreichend zu rösten, dass es eine schöne, goldene Kruste bekam.

Ich hatte ein paar Knoblauchzehen geschält, und jetzt nahm ich eine, schnitt die Spitze ab und begann die Brotscheiben mit Knoblauch einzureiben.

Als ich das Gasthaus übernommen hatte, hatte ich als Erstes in der Küche viel größere Fenster einbauen lassen, neue Geräte gekauft und die gesprungenen, abgenutzten weiß gefliesten Arbeitsplatten ersetzt. Das Geld war knapp gewesen, deshalb hatte ich mich für eine robuste Arbeitsplatte aus Massivholz entschieden. Das Ahornholz ließ die Küche freundlich und einladend wirken, und das Haus konnte sich leichter daran gewöhnen. Alles, was hier verbaut wurde, wurde irgendwann zum Teil des Gebäudes.

Das Gasthaus konnte Holz und Stein künstlich herstellen, doch das verbrauchte viel Energie, und es erleichterte die Sache sehr, wenn man ihm die Grundmaterialien zur Verfügung stellte. Das Gasthaus ernährte sich von seiner Umwelt, doch der Großteil seiner Lebensenergie stammte von den Gästen und mir. Ohne Gäste würde es in einen Energiesparmodus wechseln, und dann verfiel ein Gasthaus und wurde wie jedes andere Gebäude Opfer des Zahns der Zeit. Als ich gekommen war, um das Gertrude Hunt aus seinem Winterschlaf zu wecken, hatte es schon so lange geschlafen, dass die Hausverkleidung verrottet war und Baumwurzeln große Teile der außen liegenden Rohre durchwuchert hatten.

Der Tag war in vollem Gange, draußen herrschte ein goldener, schöner Nachmittag, und die Arbeitsplatten leuchteten, fast als seien sie mit Honig glasiert. Von meinem Platz an der Kücheninsel konnte ich die nördliche Terrasse einsehen, die zur Straße lag. Sie war einer meiner Lieblingsorte. Ich saß gerne in einem der leinenbespannten Stühle und las.

Jetzt befanden sich auf der Terrasse ein Barbecue-Grill und Sean, bewaffnet mit einer riesigen Grillzange. Beast lag neben ihm. Er hatte sie mit Rippchen bestochen.

Der Mann wusste, wie man Feuer machte, das musste man ihm lassen. Ich hielt die Fenster geschlossen, roch aber dennoch das würzige, strenge Aroma von Hickoryrauch. Es roch nach Kindheit und erinnerte mich an die langen, faulen Sommertage, ans Grillen, an Wassermelonen und Wassereis. Wenn ich die Augen schloss, konnte ich mir beinahe einreden, draußen grillte mein Vater, nicht ein anmaßender Werwolf.

Das Beste jedoch war, dass der Rauch alle anderen Gerüche überlagerte. Am vergangenen Abend hatte Sean hinter dem Haus im Freien eine Feuerstelle errichtet. Er hatte einen großen Kreis auf den Beton gezeichnet und dann eine runde Mauer aus Betonklötzen daraufgestellt, die Lücken hatte, um Holz nachlegen zu können. Diese hatte er dann innen mit feuerfesten Backsteinen versehen, die Luftzufuhr dabei nicht vergessen und den Rost installiert.

Wir hatten die Töpfe aufgestellt, sie mit Wasser aus dem Schlauch gefüllt und die ganze Nacht köcheln lassen. Die Hickorychips in der Feuerstelle überdeckten den Großteil des

Gestanks, aber wenn man direkt neben den Töpfen stand, nahm man trotz allem einen beißenden, giftigen Geruch wahr. Doch um nach hinten zu gelangen, mussten Besucher erst an Seans Barbecue-Grill vor dem Haus vorbei, und wer das Aroma dieses Grillguts gerochen hatte, der wollte gar nicht weitergehen.

Sean hob den Deckel an und sah nach dem Fleisch. Er trug Jeans und ein einfaches grünes T-Shirt. Das Shirt schmiegte sich an seine muskulösen Schultern. Sean verfügte über eine sehr spezielle Form der Kraft, er war muskulös und dennoch schlank, schnell und beweglich, ohne dabei aber schwach zu wirken. Wie biegsamer Stahl.

Ich hatte ihn schon viel zu lange angestarrt.

Ich bereitete das Brot zu Ende zu, nahm eine Schale mit Eiercreme aus dem Kühlschrank und bestrich die Brote damit. Die fertigen Scheiben richtete ich auf einer hübschen grünen Servierplatte an.

Die Fliegengittertür flog auf, und Sean kam in die Küche geschlendert. »Was riecht denn hier so gut?«

Er konnte es trotz des Rauchs riechen? »Hier, probier eins.«

Sean schnappte sich ein Sandwich von der Servierplatte und biss hinein. »Mmm. Was ist denn da drin?«

»Eier, Mayonnaise und Knoblauch auf Baguette.«

»Also eine Art Eiersalat. So schmeckt es gar nicht.«

»Das liegt am Knoblauch und am Brot.« Ich hackte Frühlingszwiebeln und streute sie auf die Scheiben. »Wie weit sind die Rippchen?«

»Fast gut. Sie sind gleich so weit.«

Sean griff nach einem weiteren Sandwich. Ich hob das Messer.

»Droh mir nicht, es sei denn, du meinst es ernst«, sagte er.

»Nasch nicht vor dem Servieren, dann muss ich das auch nicht tun.«

Er lachte und ging sich die Hände waschen.

Ich stellte die Krüge mit Limonade und Eistee draußen auf den Tisch. Sean half mir, die Brote, die Maiskolben, Servietten und Pappteller hinauszutragen. Kayley Henderson und ihr Freund Robbie kamen den Gehweg entlang und blieben an der Hecke stehen.

»Grillt ihr?«, fragte Kayley.

»Ja«, bestätigte ich.

»Das riecht man bis zur Bushaltestelle.« Robbie beäugte den Grill.

Sean kam heraus. Kayley hob die Brauen.

»Warum esst ihr nicht einfach mit?«, sagte ich. »Es ist genug für alle da.«

»Danke!«, flötete Kayley.

Sie kamen um die Ecke herum und nahmen sich Stühle. Gleich darauf stieß Caldenia zu uns.

Sean nahm das erste Rippenstück vom Grill und legte es auf einen Holzblock. »Man muss sie ein bisschen ruhen lassen.«

Caldenia schenkte Kayley ein einladendes Lächeln. »Wie läuft's in der Schule?«

Die nächsten zehn Minuten lang unterhielt sie uns mit Geschichten aus der Cedar Creek High. Jemand hatte jemand anderem den Freund ausgespannt, jemand verkaufte seine ADHS-Medikamente, und drei Jungs waren beim Stehlen der Schulflagge erwischt worden. Ich war nicht so viel älter als sie, und die Dinge, die ich durchgemacht hatte, hätten ihr graue Haare beschert, aber als ich all das hörte, war ich wirklich froh, die Highschool hinter mir zu haben.

Sean tranchierte die Rippchen und reichte sie herum. Ich schnitt von meinem Stück einen Bissen ab. Er war köstlich, genau richtig. Süßlich, würzig und leicht scharf.

»He, du!« Margaret kam die Straße entlang, und ihr Zwergspitz hüpfte um ihre Füße herum wie ein kleines Fellknäuel. »Kayley, deine Mutter sucht dich.«

Kayley stand auf. »Können wir das Essen mitnehmen?«

Ich winkte zustimmend. »Aber bitte.«

»Danke, Dina. Die Sandwiches sind großartig.«

Die Jugendlichen machten sich mit ihren Tellern davon.

Misha kam um die Ecke herumgerannt, und Beast jagte den anderen kleinen Hund im Kreis im Garten herum.

»Kommen Sie doch herein«, lud Sean sie ein.

»Grillen Sie für Dina?« Margaret riss die Augen auf. »Ooh.«

»Sind sie nicht ein schönes Paar?«, fragte Caldenia.

Ich unterdrückte das plötzliche Bedürfnis, mit der Gabel auf sie einzustechen. »Wir sind kein Paar. Sean hat meinen Barbecue-Grill repariert, und da wollten wir ihn gleich ausprobieren.«

»Ihr kocht da drin aber keine Leiche, oder?«, fragte Margaret.

Mir wäre fast der Teller in den Schoß gefallen. »Was? Iiih!«

Sean hob die Brauen. »Wie kommen Sie denn auf diese Frage?«

Margaret kam herüber und setzte sich auf den Stuhl. »Habt ihr keine Nachrichten gesehen? Schaltet doch mal Channel Five ein.«

Plötzlich hatte ich das eisige, beklemmende Gefühl, dass etwas Schreckliches geschehen war. Ich erhob mich. »Entschuldigt mich einen Augenblick.«

Sean folgte mir ins Wohnzimmer.

»Bildschirm«, sagte ich. »Channel Five.«

Die Wand glitt beiseite und gab den Blick auf den Bildschirm frei. Er erwachte zum Leben und zeigte Bilder eines Bauernhauses aus der Vogelperspektive, wahrscheinlich aus einem Hubschrauber aufgenommen.

»... Schauplatz einer schrecklichen Tragödie«, sagte die Stimme eines Nachrichtensprechers. »Wie viele Opfer sind inzwischen zu beklagen, Amy?«

Nun war eine blonde Reporterin zu sehen, die in einer Auffahrt stand. Hinter ihr ragte in der Ferne das Haus auf, flankiert von Streifenwagen.

»Ein Polizeisprecher hat bestätigt, dass alle zweiundvierzig Kühe getötet und angefressen wurden, Ryan. Es gibt keine offizielle Aussage zum Zustand von John Rooks Leiche. Gut informierte Kreise haben uns jedoch wissen lassen, dass er dasselbe Schicksal erlitten hat wie sein Vieh.«

»Wollen Sie damit sagen, jemand hat seinen Leichnam gegessen?«

Amy sah aus, als müsse sie sich gleich übergeben. »Es sieht so aus, Ryan. Er wurde nach seinem Tod zerstückelt, und Teile von ihm und den Kühen hat man ... gekocht.«

Ich hätte mich beinahe erbrochen.

»Seit mehreren Tagen hatte niemand mehr John Rook gesehen. Er ist möglicherweise schon eine ganze Weile tot. Wir werden auf den offiziellen Autopsiebericht warten müssen ...«

Am unteren Rand des Bildschirms lief ein Laufband mit den neuesten Nachrichten: Ortsansässiger Landwirt tot aufgefunden, sein Vieh wurde verstümmelt.

Es musste der Dahaka sein. Wie schrecklich. Er hatte den Bauern getötet, gekocht und an seine Hunde verfüttert. Das musste aufhören.

Sean zückte sein Smartphone und tippte darauf herum. »Das ist etwa fünfzehn Kilometer nördlich von hier.«

»Was denkst du?«

»Sagen wir mal, ich bin der Dahaka. Ich habe ein Rudel Pirscher zur Verfügung und muss sie füttern, will aber nicht auffallen. Pirscher brauchen vermutlich viel Fleisch. Sie sind groß und Fleischfresser. Dann finde ich diesen Bauernhof mit der Viehherde. Er ist so abgelegen, dass ich mich dort tagelang verbergen kann. Ich töte den Bauern, fange an, seine Kühe zu schlachten, und lasse die Pirscher an den Grenzen meines

Reviers patrouillieren, damit mir niemand in die Quere kommt. Nur sind die Pirscher wie Hunde, deshalb wird ihnen langweilig, und sie streifen immer weiter herum, bis sie etwas Interessantes finden.«

»Wie unser Viertel.«

»Genau.«

Auf dem Bildschirm war wieder eine Aufnahme der abgeschlachteten Herde zu sehen. Mir wurde fast schlecht. »Zweiundvierzig Kühe. Das ist ein ganzer Haufen Fleisch.«

»Ich habe ein heimlich veröffentlichtes Foto gefunden.« Sean zeigte mir sein Smartphone. Darauf war der blutige, im Gras liegende Kadaver einer Kuh zu sehen. Ihr Kopf, ihr Rücken und ihre Beine waren intakt, aber der Bauch fehlte, und die gesamte Vorderseite des Körpers war eine riesige Masse zerfetztes, rotes Gewebe.

»Sie haben sich auf die Weichteile beschränkt. Ziemliche Verschwendung. Das sagt mir, dass er sie entweder nicht besonders gut im Griff hat oder es ihm egal ist.«

»Jedenfalls braucht er jetzt eine andere Nahrungsquelle.« Ich wusste genau, wo diese Nahrungsquelle lag. Entweder würde er weitere Bauernhöfe überfallen oder sich südwärts wenden, in unsere Richtung.

In Richtung einer Siedlung voller Familien.

Ich holte tief Luft und setzte ein Lächeln auf. Wir mussten rausgehen und mit Margaret reden, ehe sie beschloss, hereinzukommen, um nachzusehen, warum wir so lange brauchten.

***

Ich saß am Küchentisch. Der Werwolf saß mir gegenüber. Zwei vollkommen runde Holzkugeln lagen auf dem Tisch, beide etwa so groß wie eine kleine Kiwi. Ein komplexes Muster aus dunklen, einander überlagernden Spiralen bedeckte das Holz.

Wir hatten sie aus dem Topf gefischt, nachdem sich das Fleisch von den Knochen der Pirscher gelöst hatte. Der Boden rings um das Gasthaus hatte beide Skelette, die widerliche Brühe und die Töpfe verschluckt. Ich hätte die Töpfe ohnehin nie wieder verwendet.

Stumm und untätig lagen die Sender auf dem Tisch. Keine magischen Emissionen. Keine elektromagnetischen Signale. Nur zwei harmlos aussehende Holzstücke. Aber als ich sie magisch berührte, spürte ich einen Funken. Er war tief in ihnen, pulsierend und lebendig, und wartete nur darauf, freigesetzt zu werden, damit er sich entfalten konnte.

Das Gasthaus rings um uns lag ruhig da. Caldenia war schlafen gegangen, nachdem sie mit äußerster Anmut ausreichend Fleisch für drei ausgewachsene Männer verschlungen hatte. Vor den Fenstern ging strahlend die Sonne unter, einer jener großartigen texanischen Sonnenuntergänge, bei denen die Farben intensiv und strahlend waren und lange Wolkenfetzen orangefarben an einem fast purpurnen Himmel leuchteten. Beast lag zu meinen Füßen und nagte an einem Knochen, den Sean ihr gegeben hatte. Im Laufe des Tages hatte sie seinen Status von *Unverzüglich töten* über *Verdächtig* zu *Der Mann mit dem leckeren Fleisch, dem man nicht trauen kann* verändert. Sie hatte den Knochen von ihm genommen, wollte sich aber nach wie vor nicht von ihm streicheln lassen.

Sean betrachtete die Kugeln mit ruhigem Interesse. »Kannst du sie aktivieren?«

»Ja.«

»Haben sich die Sender ausgeschaltet, weil die Pirscher starben?«

»Das glaube ich eigentlich nicht. Den Scans nach zu urteilen, sehen sie einfach aus: einschalten, ausschalten.«

»Der Dahaka hat sie also wahrscheinlich bewusst ausgeschaltet.«

»Wahrscheinlich.«

Sean lehnte sich zurück. »Wenn ich wie er an einem unvertrauten Ort festsäße, würde ich immer wissen wollen, wo sich meine Hunde gerade aufhalten. Er hat die Sender ausgeschaltet. Er versteckt sich, aber nicht vor uns. Vor jemandem, der ihn anhand des Signals, das diese Dinger aussenden, aufspüren kann.«

Ich dachte laut: »Er könnte sich vor jemandem verstecken, den er jagt.«

»Oder vor jemandem, der ihn jagt«, wandte Sean ein.

Wenn jemand einen Dahaka jagte, dann war dieser Jemand bis an die Zähne bewaffnet, skrupellos und mächtig. Mit anderen Worten, man ging ihm am besten aus dem Weg. Oder freundete sich mit ihm an.

Sean nahm eine der Kugeln und sah sie sich genau an. »Du musst dich entscheiden, wie stark du dich einmischen willst.«

»Ich weiß.« Wenn wir den Dahaka sich selbst überließen, würde er wieder töten. Daran hatte ich keinen Zweifel. Es hatte einen Grund, dass er die Sender ausgeschaltet hatte, und er würde wollen, dass sie ausgeschaltet blieben. Wenn wir sie reaktivierten, würde er alles stehen und liegen lassen und direkt hierherkommen, um sich der Sache anzunehmen. Doch nicht nur er, sondern auch jeder andere, der sein Signal auffangen konnte, Jäger oder Beute. »Wir können ihn ignorieren oder ihm ein Ziel anbieten.«

»Korrekt.« Sean lehnte sich in seinem Stuhl zurück.

Solange sich der Dahaka auf das Gasthaus konzentrierte, waren die anderen Leute mehr oder weniger sicher. Ich war besser in der Lage, mit ihm fertigzuwerden, als so ziemlich jeder andere im weiten Umkreis. Und wenn ich sie aktivierte, dann hier. Ich war außerhalb des Geländes des Gasthauses nicht völlig nutzlos, aber doch deutlich schwächer.

Die Sender auf dem Gelände zu aktivieren lief dem Grundprinzip der Wirte zuwider. Die Sicherheit der Gäste musste allzeit gewährleistet sein. Wenn ich die Dinger einschaltete, gefährdete ich Caldenia. Doch der Dahaka war dazu übergegangen, Menschen zu töten. Ich konnte etwas dagegen unternehmen. Andererseits gefährdete ich meine Nachbarn, wenn ich das Gasthaus zum Ziel machte. Ich würde dafür sorgen müssen, dass er sich auf das Gasthaus konzentrierte, wo ich am stärksten war.

Ich ertappte mich dabei, das Porträt meiner Eltern anzustarren. Ich hätte sie so unsagbar gerne um Rat gefragt. Aber genauso gut hätte ich auf einen Sterntalerregen warten können. Ich war allein. Niemand bot mir Hilfe an. Ich war nicht einmal sicher, ob das was genützt hätte. Ich wusste ja, wie ich eigentlich vorzugehen hatte: abwarten, das Gasthaus bewachen und nichts tun.

Jemand musste für den Mord an John Rook bezahlen.

»Was ist mit ihnen geschehen?«, fragte Sean.

»Hmm?«

Er nickte in Richtung des Porträts.

Ich vermisste sie so sehr. Es war wahrscheinlich keine gute Idee, es ihm zu erzählen, doch ich war waidwund, einsam und wollte, dass er die Gründe dafür kannte. »Meine Eltern hatten ein Gasthaus in Georgia. Es war sehr alt und sehr mächtig. Die meisten Gasthäuser kriegen nie mehr als vier Sterne. Das meiner Eltern hatte fünf. Es war ein geschäftiger, magischer Ort, und ich habe gern dort gelebt. Aber ich wollte aufs College. Im zweiten Monat meines ersten Semesters erreichte mich eine Nachricht meines Bruders. Er war von einer langen Reise zurückgekommen und fand das Haus nicht mehr. Ich ließ alles stehen und liegen und fuhr hin. Neben meinem Bruder stand ich an der Stelle, wo das Gasthaus gewesen war. Die Bäume, der

Garten und das Haus waren verschwunden. Da war nur noch ein leeres Grundstück mit kahler Erde.«

Das Grundstück war völlig leblos gewesen. Selbst das Gras war verschwunden gewesen. Ich erinnerte mich an das schreckliche Gefühl der inneren Leere. Als Kind war ich bei einer Freundin zu Hause schwimmen gewesen, und als wir zum Pool rannten, sahen wir auf dem Grund ein totes Kätzchen liegen. Es war ein Streuner gewesen, der den Zaun erklommen und Panik bekommen hatte und ertrunken war. Kellys Vater hatte sich alle Mühe gegeben, das Tier wiederzubeleben. Er versuchte, sein Maul frei zu bekommen, und drückte auf seine Brust, er hielt es sogar kopfunter, während wir weinend dastanden, aber das Kätzchen war tot.

Genau so hatte sich der Anblick dieses leeren Grundstücks angefühlt, furchtbar und endgültig. Dort war etwas Schreckliches geschehen, etwas Unumkehrbares, und die Spur, die es hinterlassen hatte, hatte mein Herz schneller schlagen lassen. Die Angst, die Furcht und das verzweifelte Bedürfnis, es umzukehren, irgendwie die Zeit zurückzudrehen und das Geschehene ungeschehen zu machen, hatten mich gepackt und nicht mehr losgelassen, nicht einmal, nachdem ich mich auf das kahle Fleckchen Erde erbrochen hatte, das einmal unser Vorgarten gewesen war.

»Wohin ist es verschwunden?«, fragte Sean.

»Das weiß niemand.«

»Hatten deine Eltern Feinde?«

»Sie waren wie die meisten Menschen: Sie hatten Bekannte, denen sie aus dem Weg gingen, und manche von denen mochten sie nicht, aber niemanden davon würde ich als Feind bezeichnen. Nach dem Verschwinden des Gasthauses haben mein Bruder und ich mit jedem gesprochen, den wir kannten. Ohne Erfolg.«

»Hast du sie gesucht?«

»Ja.« Ich hatte sie zwei Jahre lang gesucht und war ein weiteres Jahr ziellos umhergezogen, weil ich nicht gewusst hatte, was ich mit mir anfangen sollte.

»Was ist mit deinem Bruder?«

»Klaus? Er sucht sie immer noch.« Klaus war immer schon ein Wanderer gewesen und gab niemals auf. Ich hatte auch nicht aufgegeben. Ich nickte in Richtung des Porträts. »Meine Schwester hatte geheiratet und war weggezogen, aber ich glaube, mein Bruder wird die Suche niemals einstellen. Deshalb ist die Bewertung des Gasthauses so wichtig. Je mehr Sterne wir haben, desto mehr Gäste haben wir auch. Eines Tages wird dieses Gasthaus blühen und gedeihen, und jeder Gast, der durch diese Tür kommt, wird sich das Porträt meiner Eltern ansehen müssen. Irgendwann wird einer von ihnen reagieren, und dann werde ich wieder anfangen zu suchen.«

Vor mir auf dem Tisch lagen die beiden Sender.

»Was würden deine Eltern tun?«, fragte Sean.

»Ich weiß es nicht. Ich weiß aber, dass sie etwas tun würden. Sie hätten niemals geduldet, dass ein Außenstehender in ihrem Viertel Leute umbringt.« Ich sah zu Sean auf. »Wenn du aussteigen willst, ist jetzt der richtige Zeitpunkt.«

»Ich bin dabei«, sagte er. »Keine Bedingungen und ohne Wenn und Aber. Er kann nicht einfach so auf meinen Planeten kommen und unsere Gebeine als Kauknochen für seine Hunde missbrauchen.«

Ich bewegte meine Hand über den Sendern hin und her, fachte mit meiner Macht das winzige Flämmchen der Magie an. Die Spirallinien auf den Kugeln leuchteten ziegelrot auf. Ich hielt den Atem an. Die Kugeln öffneten sich, indem sich Teile des Holzes drehten wie bei einem Zauberwürfel. Die Sender ordneten sich neu an, die Spiralen wurden zu konzentrischen Kreisen, dann lagen die Kugeln still und sandten einen stetigen magischen Impuls aus.

Sean und ich sahen einander an.

»Ich schätze, das war's«, sagte er.

»Hast du erwartet, dass Dinge in die Luft gehen?« Ich hatte das ehrlich gesagt schon ein wenig.

»Ich hatte mit dem Gedanken gespielt.« Sean lehnte sich zurück. »Es ist gut möglich, dass er heute Nacht auftaucht.«

»Möchtest du hier schlafen?«

»Ich glaube, das wäre klug. Ich verspreche, keine Dummheiten zu machen. Es sei denn, du willst es.« Der Wolf zwinkerte mir zu.

»Lass mich eines klarstellen: Wenn du Dummheiten machst, findest du dich mit Stahlbändern, die nicht einmal du zerreißen könntest, auf einen Metalltisch gefesselt wieder.«

Ein Funkeln glomm in seinen Augen auf.

»Tu's nicht«, warnte ich ihn.

Er hob abwehrend die Hände. »Ich werde der reinste Engel sein.«

Haha. Klar. »Was für ein Zimmer hättest du gern?« Er würde etwas Sauberes, Schlichtes wollen. Wahrscheinlich mit einem ländlichen Touch, damit es sich mehr nach Heimat und weniger nach einer spartanischen Kaserne anfühlte. Ich konnte ihm ja nur zum Spaß die Hochzeitssuite geben. Sein Gesichtsausdruck beim Anblick des Himmelbetts wäre sicher unbezahlbar. Ich verschob oben die Wände, formte das Zimmer und holte Möbel aus dem Lager. Ich hatte schon eine Idee …

Er zuckte die Achseln. »Ich brauche nicht viel. Ein Bett. Mit Bad wäre schön. Solange es sauber ist.«

Ich funkelte ihn an. Wie man eine Wirtin in maximal vier Worten beleidigt …

»Was denn?«

»Na ja, es ist dreckig, aber ich dachte, verschimmeltes Essen und tote Nutten unterm Bett machen dir nichts aus.« Das Zimmer war fast fertig.

»Ich habe schon an schlimmeren Orten geschlafen.«

Fertig. Ich erhob mich. »Komm.«

Ich führte ihn die Treppe hoch zum zweiten Zimmer rechts und öffnete die Tür. Vor uns erstreckte sich ein geräumiges, quadratisches Zimmer. Sehr helle Erlenvertäfelung mit vielen Astlöchern bedeckte Wände und Decke und schuf die Illusion einer rustikalen Blockhütte. Ein großes, einfaches Bett, dem es trotz des polierten Kopfteils gelang, den Anschein zu erwecken, es sei grob aus einem beliebigen Holzklotz gehauen, stand an einer Wand, darauf lagen eine weiß bezogene Matratze, weiß bezogenes Bettzeug, eine kleine Armee von Kissen und eine salbeifarbene Tagesdecke. Zwei Nachttischchen, eine Kommode und ein Bücherregal, die stilistisch zwar zum Bett passten, aber eindeutig nicht Teil desselben Sets waren, vervollständigten das Zimmer.

»Hübsch«, sagte Sean.

»Das Bad ist da rechts.« Ich wies mit dem Kinn die Richtung.

Er ging ins Bad, das fast so groß wie das Schlafzimmer war, sah sich die Zinkwanne und die Dusche an und blieb an den kleinen Fenstern stehen.

»Ziemlich groß«, sagte er.

Bäder waren mir wichtig. »Und es ist sauber.«

Er drehte sich um und kniff die Augen zusammen. »Wir sind auf der Südostseite des Hauses. Ich sehe die Straße.«

»Ja.«

»Ich habe mir dein Haus gründlich von außen angesehen.«

»Aha.« Worauf wollte er hinaus?

»Ich weiß genau, dass dort, wo sich das Bad befindet, drei nebeneinanderliegende Rundbogenfenster mit kleinem Balkon sind.« Er deutete auf die beiden rechteckigen, untereinanderliegenden Fensterchen, durch die Licht auf die Wanne fiel.

»Wenn du ein großes Rundbogenfenster möchtest, damit die Menschen dich beim Baden in all deiner nackten Pracht bewundern können – das lässt sich einrichten.«

»Dina«, knurrte er.

»Man sagt, es gäbe Naturgesetze«, erläuterte ich ihm und ging zu der Tür, die zum Schlafzimmer führte. »Ich sehe sie eher als flexible Richtlinien.«

Sean folgte mir nach draußen. Ein Flachbildfernseher materialisierte sich langsam an der Wand gegenüber dem Bett. Die Decke spie eine Fernbedienung aus, und Sean fing sie unwillkürlich auf.

»Danke, dass du bleibst, Sean«, sagte ich zu ihm. »Ich bin froh, dass du da bist. Du weißt ja, wo die Küche ist, wenn du also mitten in der Nacht Hunger bekommst, darfst du dich gerne bedienen. Bitte lass es mich wissen, wenn du sonst noch etwas brauchst.«

Er öffnete den Mund, schloss ihn wieder, als habe er es sich anders überlegt, und sagte: »Klar.«

Ich verließ den Raum und zog die Tür hinter mir zu. Ich brauchte eine schöne, lange Dusche, um den ganzen Rauch aus meinem Haar zu waschen.

Zwei Stunden später lag ich im Bett, las und versuchte, die Tatsache zu ignorieren, dass Sean nur drei Zimmer entfernt lag, als Beast bellte. Wenige Sekunden später hörte ich ein Auto näher kommen und vor dem Gasthaus anhalten. Ich sah aus dem Fenster. Zwei Hummers parkten auf der Straße. Die Türen öffneten sich, und riesige Männer in Trenchcoats kamen zum Vorschein.

Hmm. Wer war das denn?

Der Letzte, der ausgestiegen war, beugte sich noch einmal ins Fahrzeug und entnahm ihm etwas Langes, das in Tuch gewickelt war. Bei meinem Glück war das ein Raketenwerfer. Sprengung erfolgt in drei, zwei, eins …

Der Mann richtete sich auf, und sein Mantel verrutschte. Langes Haar floss ihm über die Schultern.

Kein Regierungsmitarbeiter. Soweit ich wusste, gestatteten weder FBI noch CIA ihren Agenten lange, wehende Locken.

Der Mann überreichte seine Last einem anderen, nahm noch ein paar gleich aussehende aus dem Auto und schloss dann die Tür. Wie auf ein unsichtbares Signal hin erstarrten die Männer und neigten die Köpfe, die Hände legten sie mit angewinkelten Armen wie zum Gebet aneinander. Ich kniff die Augen zusammen. Die Fingerspitzen aneinandergelegt, die Handflächen bildeten einen Winkel, Daumen und Zeigefinger beider Hände waren horizontal ausgestreckt und berührten ihr jeweiliges Pendant an der anderen Hand. Die heilige Pyramide. Alles klar.

Ich schnappte mir meinen BH und zog meine Wirtsrobe aus dem Schrank. Sie würden reden wollen, und sie legten sehr viel Wert auf die Formalitäten, außerdem hatte ich nicht die Zeit, mich richtig anzuziehen.

Zehn Sekunden später ging ich den Korridor entlang, gekleidet in eine lange, graue Robe mit Kapuze, den Besen in der Hand. Sean stand bereits bekleidet vor seinem Zimmer.

»Wer ist das?«

»Die Heilige Kosmische Anokratie. Ich weiß nicht, welches Haus.«

»Das sagt mir gar nichts. Warum bist du angezogen wie ein Mönch?«

»Ich muss dir wirklich mal eine Einführung zu lesen geben.« Ich ging die Treppe hinunter. »Wenn wir Glück haben, sind es nur Waffenknechte. Wenn sie einen Ritter dabeihaben, könnte es kompliziert werden.«

»Wie kompliziert?«, fragte Sean.

»Sehr.«

Ein Klingelzeichen der Magie informierte mich darüber, dass jemand an der Grenze zu meinem Territorium stand. Sie betraten das Gelände nicht. Sie ließen mich nur wissen, dass sie da waren. Ein gutes Zeichen.

Ich erreichte die Tür.

»Dina«, sagte Sean. »Ich muss wissen, womit wir es zu tun haben.«

»Vampire«, antwortete ich ihm. »Bitte lass mich das Reden übernehmen.«

KAPITEL 8

Ich trat hinaus und ging den gewundenen Pfad entlang zum Rand des Rasens, wo sechs Vampire warteten. Sean folgte mir. Die Waffenknechte beobachteten uns. Alle über eins achtzig groß, alle mit identischen Ausbeulungen unter den Trenchcoats, die sie aussehen ließen wie Footballspieler mit Körperpanzerung. Syn-Rüstung. Sie meinten es ernst.

Keine Banner. Seltsam. Üblicherweise hatten sie ein Banner.

»Waffenprotokoll«, murmelte ich. »Maximale Bedrohungsstufe.« Hinter mir verschoben sich Dinge, als sich das Haus kampfbereit machte.

Es war lange her, dass ich mit der Heiligen Kosmischen Anokratie zu tun gehabt hatte, und damals hatte ich immer Rückendeckung von meinen Eltern gehabt. Jetzt bestand meine Rückendeckung aus einem unberechenbaren Werwolf, der dazu neigte, vorschnell zu urteilen und dann mit aller Gewalt nach diesem Urteil zu handeln.

Der größte Vampir trat vor die anderen. Er war hochgewachsen, hatte breite Schultern, und ihm floss eine Mähne grau melierten braunen Haars über den Rücken. Ein kurzer Bart zierte sein kantiges Kinn. Menschenmänner wurden in der Regel massiger, je älter sie wurden. Bei Vampiren war dieser Vorgang sogar noch auffälliger: Sie wurden muskulöser und grauer. Der, der mich jetzt ansah, musste knapp sechzig sein, und weil er mit dem Rücken zur Straßenlaterne stand, konnte ich ihn nicht richtig sehen.

Ich sandte einen magischen Impuls in den Besen. Die Spitze des Stiels leuchtete in sanftem Blau. Das Licht spiegelte sich in den Augen des Vampirs, die fahlrot glühten wie die Iris eines Tigers. Der blaue Schimmer spielte über seine Syn-Rüstung, die sich an die Konturen seiner breiten Brust schmiegte. Unauffällig sah ich mir die dunkelrot leuchtenden Glyphen an. Sein Rang entsprach etwa dem eines Templersergeanten. Nicht gut.

Ich blieb knapp zwei Meter vor der Grundstücksgrenze des Gasthauses stehen.

Ein weiterer Vampir trat vor und zückte eine Röhre, die er etwa auf Augenhöhe horizontal in der Hand hielt. Ein dunkelrotes Tuch entrollte sich, bis es fast das Gras berührte. Ah. Da war ja das Banner.

Der Kopf eines Raubtiers mit großen Fängen und wildem Blick war in Gold auf das rote Tuch gestickt. Es sah aus wie eine Mischung aus Bär und Säbelzahntiger.

»Haus Krahr!«, blaffte der Vampir mit dem Banner leise.

»Krahr«, hauchten die vier anderen Vampire und funkelten mich an.

Üblicherweise brüllten sie ihren Hausnamen aus vollem Hals und versuchten, ihr Gegenüber einzuschüchtern ... Oh. Sie versuchten, unauffällig zu sein. Ich biss mir auf die Lippe, um nicht laut loszulachen. Noch nie zuvor hatte jemand versucht, mich *flüsternd* einzuschüchtern.

»Das Gertrude Hunt grüßt das Haus Krahr und bietet seinen Kriegern seine Gastfreundschaft an«, sagte ich. Das Protokoll zu wahren war wichtig. Es sorgte dafür, dass sich alle benahmen und möglichst wenig Beteiligte entleibt wurden.

»Haus Krahr grüßt die Wirtin«, sagte der ältere Vampir. »Wir wollen Euch nichts Böses.«

»Möchtet Ihr hereinkommen?«, fragte ich.

»Ich bedaure, das ablehnen zu müssen«, sagte der ältere Vampir. »Ich bin Lord Soren, Sohn des Rok, Sohn der Gartena, Baron von Schloss Nur.«

»Dina Demille, Tochter Gerards und Helens. Mein Fürst, warum tragt Ihr Trenchcoats?«

»Wir dürfen nicht auffallen«, sagte er. »Dies ist eine Geheimoperation.«

Nicht lachen, nicht lachen, nicht lachen … »Es ist sehr heiß«, sagte ich. »Trenchcoats sind Kleidungsstücke für kaltes Wetter.«

Sean räusperte sich. »Ein halbes Dutzend Hünen in schlecht sitzenden Trenchcoats, die aus schwarzen Hummers in die Hitze von Texas treten? Sind Sie sicher, dass Sie ›unauffällig‹ und nicht ›auffällig‹ sein wollten?«

Lord Soren zog die buschigen Brauen zusammen. »Gibt es eine Alternative für warmes Wetter?«

»Regenumhänge«, sagte Sean. »Wenn es regnet. Ansonsten am besten übergroße Footballtrikots und Helme.«

»Seid Ihr sicher, dass Ihr nicht hereinkommen möchtet?«, fragte ich.

»Ja. Ich komme gleich zur Sache: Wir sind wegen eines Eurer Gäste hier.«

Ah so. »Mein Fürst, wenn Haus Krahr sich bemüßigt fühlt, die Sicherheit meiner Gäste zu gefährden, habt Ihr, fürchte ich, nicht genug Leute dabei.«

Die Vampire hoben Schusswaffen, Schwerter und Äxte. Ein leises Summen verriet, dass Blutklingen kampfbereit gemacht wurden. Wenn man eine Blutklinge aktivierte, konnte sie einen Telegrafenmast umlegen. Ich hatte es mit eigenen Augen gesehen.

Ich stieß den Besen in den Rasen. Fensterläden schlugen zu, Schusswaffen wurden ausgefahren, und Magie wogte um mich herum und bauschte meine Robe. Sean spannte sich neben mir an, seine Augen waren raubtierhaft, sein Gesicht hart.

»Wartet.« Lord Soren hob die Arme. »Gehen wir ein Stück?«

»Wie Ihr wünscht.« Mich zu entfernen verringerte nicht meine Fähigkeit, sie ins Visier zu nehmen.

Wir schlenderten an der Grenze entlang, er auf seiner Seite, ich auf meiner.

»Wir suchen den Dahaka«, sagte er.

»Warum?«

»Das ist eine Privatangelegenheit des Hauses. Eine Frage der Ehre. Wir haben eine Blutschuld bei ihm, und wir begleichen unsere Schulden immer.«

Der Dahaka hatte jemanden getötet. Jemand Wichtigen. »Ist dies ein Rachefeldzug?«

»Es ist eine Privatangelegenheit«, wiederholte Lord Soren.

»Er ist ein Monstrum. Liefert ihn aus, und das war's.«

»Das kann ich nicht.« *Komm schon, sag mir, warum du ihn willst.*

»Ich möchte nicht auf Gewalt zurückgreifen.«

»Lord Soren, Ihr gehört zu einer Rasse von Raubtieren, deren Mitglieder ihre Opfer zur Strecke bringen, indem sie ihnen die Kehlen durchbeißen. Stets toben immer mindestens fünf Konflikte gleichzeitig zwischen den Häusern der Heiligen Anokratie. Ihr kommt in Syn-Rüstung zu mir, und ich habe gehört, wie Ihr Eure Axt kampfbereit gemacht habt. Ich bin der Ansicht, Ihr müsst gar nicht *bewusst* Gewalt anwenden. Es ist Eure typische Reaktion.«

Lord Soren blieb stehen und starrte mich an. »Ich habe fünf Bewaffnete. Alles erfahrene Veteranen.«

»Ich habe meinen Besen, das Gasthaus und den Werwolf der Generation Alpha.«

Lord Soren sah zu Sean hinüber, der mit vor der Brust verschränkten Armen den fünf Vampiren in den Weg getreten war. »Wirklich?«

»Ja.«

Lord Soren machte ein nachdenkliches Gesicht. Sean hatte mehr Eindruck gemacht als mein Besen oder mein Haus. Offenbar wussten sie mehr über die Werwölfe der Generation Alpha als ich.

»Wenn wir hier aufeinander losgehen, wird es laut und blutig werden. Wir wollen nicht auffallen, aber dies ist nicht unser Planet. Wir werden Euch zermalmen und dann wieder gehen.«

»Ihr könnt es versuchen.«

»Selbst wenn es Euch gelingt, Euch zu verteidigen, werdet Ihr mit den Konsequenzen zu leben haben.«

Er hatte recht. Das würde unangenehm werden.

»Die Erde ist neutraler Boden«, erklärte ich. »Wenn Ihr mich ohne Grund angreift, wird der Rat den Zugang Eures Hauses zu unseren Diensten sperren. Ich bin sicher, Haus Krahr ist ein mächtiges Haus mit Feinden, die Eure Reiseerschwernisse gnadenlos ausnutzen würden.«

Er ragte über mir auf. Das hatte ihm nicht gefallen, was? »Niemand muss wissen, dass Ihr den Dahaka ausgeliefert habt.«

Ich hob die Brauen. »Schlagt Ihr mir vor, unehrenhaft zu handeln?«

Lord Soren hielt inne. Ich hatte ihn in eine Ecke manövriert. Ehre war ein Konzept, gegen das Vampire ungern verstießen. Insbesondere die Ritter.

»Wenn Ihr ihn für unwillkommen erklären würdet, wäre er nicht mehr Euer Gast.«

»Wir liefern unsere Gäste nicht dem erstbesten Bewaffneten aus, der an die Tür klopft.«

Daran hatte Lord Soren eine Weile zu kauen. »Dann werden wir hier kampieren und das Gasthaus beobachten, bis er wieder geht.«

Aus ihm würde ich keine Informationen herausbekommen. Es war Zeit, dem ein Ende zu machen. »Das wäre ziemlich sinnlos, mein Fürst, denn er ist kein Gast.«

»Spielt keine Spielchen mit mir. Wir haben die Signale seines Senders verfolgt.«

»Dieser Sender?«

Ich zog die beiden Sender aus der Tasche.

»Erklärt Euch«, knurrte Lord Soren.

»Sie haben ihr gar nichts zu befehlen«, rief Sean.

Werwolfsgehör. Wesentlich schärfer, als ich angenommen hatte.

»Erklärt Euch *bitte*«, sagte Lord Soren.

»Er tötet Bürger der Erde, Vieh und Hunde. Er hat die Hunde meiner Nachbarn getötet, also habe ich als Vergeltung seine Pirscher umgelegt.«

Lord Soren überdachte die Lage. »Ihr habt die Sender aktiviert. Warum?«

»Um ihn anzulocken.«

»So arbeitet Ihr nicht. Ihr seid neutral.«

»Lord Soren, ich führe ein spezielles Gasthaus, das eine sehr spezifische Klientel hat. Ich mache nicht alles so wie andere Wirte. Ihr und Eure Männer dürft Euch uns gerne anschließen, während wir auf ihn warten.«

Lord Soren sah seine Männer an, dann Sean und wieder mich. »Nein. Wie gesagt, es geht hier um die Ehre des Hauses. Wir erledigen das allein.«

Alles, was ich hätte sagen können, hätte er als Ehrverletzung ausgelegt, und zwar ihm selbst und seinem Haus gegenüber, außerdem als Verletzung der Ehre seiner Männer, ihrer Eltern und Großeltern … »Das ist Euer Vorrecht, mein Fürst.«

Lord Soren musterte die Sender in meiner Hand. »Haus Krahr möchte Euch diese Sender abkaufen.«

»Ich wäre bereit, einen abzugeben.«

»Das wird reichen«, sagte er. »Nennt Euren Preis.«

Ich streckte die Hand über die Grenze und ließ einen der Sender in seine hohle Hand fallen. »Eine Geste des guten

Willens, mein Fürst. Vielleicht werden wir bei unserer nächsten Begegnung unser Gespräch nicht mit Drohungen eröffnen. Ich bitte Euch nur, meine Nachbarn nicht in Eure Schlacht zu verwickeln.«

Er blinzelte überrascht und verbeugte sich. »So sei es.«

Lord Soren hob die Hand mit dem Sender und bleckte die Zähne. Seine zweieinhalb Zentimeter langen Fänge schimmerten im Licht der Straßenlaterne. Die Vampirwaffen verschwanden wie von Zauberhand, und seine Bewaffneten erwiderten sein Grinsen und stellten ihre Sichelzähne zur Schau.

Er wandte sich an Sean. »Dies ist unsere Jagd. Haltet Euch da raus.«

»Mit dem größten Vergnügen«, sagte Sean.

Ich ging zu ihm hinüber, und wir sahen zu, wie sie sich in ihre Hummers quetschten und nordwärts die Straße entlangrasten. »Danke, dass du mir den Rücken gedeckt hast«, sagte ich.

»Kein Problem. Vampire, hm?«

»Mhm.«

»Ich habe einen Herzschlag gehört und einen von ihnen schwitzen gesehen. Es sind keine Untoten.«

»Nein, sie sind eine Menschenrasse mit Raubtiereinschlag. Wir sind situationsbedingte Raubtiere und Allesfresser. Sie sind Fleischfresser.«

»Wie kann man sie mit Leichen verwechseln?«

»Sie haben dicke Haut. Sie erröten nie, ihre durchschnittliche Körpertemperatur ist niedriger als unsere, und du hast ja gesehen, wie blass ihre Lippen sind. Sie versetzen sich auch gerne in sargähnlichen Modulen in Starre, wenn sie wissen, dass sie auf unserem Planeten gestrandet sind und lange werden warten müssen, bis jemand sie abholt. Manchmal vergraben sie diese Module, weil sie nicht wollen, dass jemand sie zufällig findet.«

Wir gingen wieder Richtung Haus.

»Das hat nicht viel mit einer wandelnden Leiche zu tun«, sagte Sean.

»Mythen neigen dazu, außer Kontrolle zu geraten. Heulst du den Vollmond an und entführst Jungfrauen, um sie zu fressen?«

»Kommt auf die Jungfrau an«, sagte er.

Flirtete er mit mir? Fressen passte nicht gut zu Flirten, sein Tonfall hingegen schon. Flirteten Werwölfe so? *He, Baby, wenn ich ein Mädchen töten und fressen müsste, dann käme keine außer dir infrage ...*

Sean schüttelte den Kopf. »Sie sehen aus wie Menschen.«

»Sie ähneln uns. Unsere Spezies sind kompatibel. Es gab schon Halbvampire.«

Er wandte sich mir zu und sah mich an.

»Es gibt Kreuzungen zwischen Werwölfen und Menschen.« Ich zuckte die Achseln. »Der genetische Code ist im Grunde derselbe ...«

Ein Schmerzensgeheul drang durch die Nacht. Es kam aus dem Norden.

Sean wirbelte in Richtung des Geräuschs herum. Er war nur noch undeutlich zu erkennen, und plötzlich erhob sich an seiner Stelle ein Monster. Groß, muskulös, mit ungeheuer breiten Schultern und mit dichtem dunkelgrauem Fell. Sein monströser, annähernd quadratischer Schädel, mehr Wolf als Mensch und mit gewaltigen Kiefern ausgestattet, saß auf einem dicken, muskulösen Hals. Seine Hände mit den fünf Zentimeter langen Klauen hätten meinen Kopf komplett umschließen können. Er war riesig. Die Werwölfe, an die ich mich erinnerte, hätten neben ihm wie Kinder ausgesehen.

Aus purem Instinkt geborene Angst ergriff mich. Mir zitterten die Knie.

Er fauchte, seine Augen waren wie heller Bernstein. Eine tiefe Stimme ertönte: »Bleib hier.«

»Sean!«

»Bleib hier!«

Unwahrscheinlich schnell sprintete er über den Rasen und setzte mit einem einzigen Sprung über die Hecke.

***

Alles in mir schrie mir zu, ihm zu folgen. Aber wenn es in so unmittelbarer Nähe zu Gewalthandlungen kam, musste ich das Gasthaus beschützen. Ich blieb ganz still stehen und versuchte, auf die Geräusche der Nacht zu lauschen. Die Straßen des Viertels lagen im Dunkeln. *Komm schon, Sean. Lass dich nicht verletzen, und halt dich da raus. Irgendjemand wird die Bullen rufen.*

Wenn man ihn festnahm, würde ich Kaution für ihn stellen, keine Frage.

Von rechts erklang ein leises Kratzen. Ich drehte mich um und sah mir das Haus auf der anderen Straßenseite an. Es stand seitlich zu mir, die Vorderfront war der Camelot Road zugewandt. Ich spähte ins Dunkel unter seinen Büschen und suchte nach der kleinsten Bewegung.

Nichts.

Etwas beobachtete mich aus der Dunkelheit. Ich konnte es nicht sehen, aber es war da. Meine Nackenhärchen stellten sich auf. Der Blick lastete auf mir wie eine Rasierklinge, die mir langsam in die Nerven schnitt.

Der Besen floss in meiner Hand in eine neue Form, bildete zwei lange, schwertartige Klingen, an jedem Ende eine.

Zeig dich.

Nichts.

Wenigstens war Beast drinnen eingesperrt. Was ich jetzt am allerwenigsten brauchen konnte, war, dass sie verletzt wurde.

Irgendwo in der Dunkelheit spannten sich Muskeln an und dehnten sich Sehnen, als sich etwas sprungbereit machte. Ich spürte es fast.

»Nicht schießen«, flüsterte ich. Das Gasthaus knarrte zustimmend. Je weniger Lärm, desto besser. Irgendwo weit weg bellte ein Hund.

Die Dunkelheit starrte mich mit bösen, unsichtbaren Augen an. Mir zitterten immer noch die Knie. Jeder meiner Muskeln war angespannt. Dies war nicht mein erster Nahkampf, aber außer gegen den Pirscher hatte ich einem solchen Angriff noch nie allein begegnen müssen. Meine Eltern oder meine Geschwister waren immer bei mir gewesen.

Dies war nicht die Zeit, durchzudrehen. Was immer ich tat, es würde klappen. Es musste klappen. Deshalb übten wir.

Zeig dich.

Ein Pirscher schoss aus dem Dunkel unter den Büschen hervor und rannte so schnell über die Straße, dass er mir vor den Augen verschwamm, bevor er über die Hecke sprang. Alle Gedanken verließen meinen Kopf in einer panischen Stampede. Ich wirbelte den Besen herum und drehte mich in ihn hinein, genau wie beim Üben.

Der Pirscher stürzte durch die Luft auf mich zu.

Die erste Klinge schlitzte die Brust des Pirschers auf. Sein Sprung trug ihn weiter. Meine zweite Klinge verletzte ihn an der Flanke. Er krachte zu Boden. Die Wurzeln des Gasthauses schossen aus dem Rasen. Die langen Holztentakel umschlangen den Pirscher und hielten ihn eine Sekunde lang still. Ich wirbelte den Speer herum und schlug ihm den Kopf ab. Weiße Flüssigkeit quoll aus der Wunde.

Links brach ein zweiter Pirscher aus dem Gebüsch und setzte über die Hecke. Ich drehte mich und zog ihm mitten im Sprung eine Klinge über den Bauch. Fahles Blut spritzte und traf den Stamm der nächststehenden Eiche. Der Pirscher fiel zu

Boden, fauchte mit einer unirdischen Stimme und griff mich an. Ich warf mich ihm entgegen und trieb ihm die Klinge in die Brust. Das Metall durchschnitt Fleisch wie ein Messer eine reife Frucht. Der Pirscher gurgelte, aufgespießt auf meinen Speer, versuchte aber immer noch, mit den Klauen nach mir zu schlagen.

Eine dritte Bestie kam die Straße entlang auf das Gasthaus zugaloppiert. Ich musste die zweite loswerden, ehe ich mich der dritten widmen konnte.

Ich jagte einen magischen Impuls durch den Besen. Die Klinge des Besens teilte sich in ein Dutzend Dornen. Deren Spitzen bohrten sich durch die Brust des Pirschers und traten am Rücken wieder aus, wobei ihre rasiermesserscharfen Spitzen leicht blau leuchteten.

Der Pirscher keuchte und erschlaffte.

Ich riss den Besen aus seinem Körper und fuhr die Stacheln wieder ein. Der dritte Pirscher war fast heran.

Ein muskulöser, fellbedeckter Körper sprang auf die Straße und stellte sich dem Pirscher in den Weg. Sean. Über der Schulter hatte er im Feuerwehrmanngriff eine gerüstete Gestalt hängen.

Der Pirscher griff an.

Der Werwolf riss die Kreatur von den Beinen und zerrte sie hoch, eine gewaltige Klauenhand würgend um die Kehle gelegt. Sean schüttelte die fünfzig Kilo schwere Bestie einmal, eine brutale, ruckartige Bewegung, die ein Geräusch wie ein Peitschenknall erzeugte. Etwas brach. Der Pirscher hing schlaff in seinem Griff. Sein Kopf sackte zur Seite.

Er hatte gerade mit einer Hand einen Pirscher getötet. Puh. Wertvolle Information für die Zukunft, besonders, wenn ich beschloss, ihn noch einmal zu bedrohen.

Von rechts ertönte das rumpelnde Motorengeräusch eines nahenden Autos.

»Sean!«

Der Werwolf ließ den Pirscher auf meinen Rasen fallen und rannte zum Haus. Ich stach noch einmal auf die Leiche ein, nur für alle Fälle, und trat hinter eine Eiche. Sean duckte sich in den Eingang.

Lichtkegel von Autoscheinwerfern durchschnitten die Nacht, und ein einsamer Lkw rollte an uns vorbei und fuhr davon.

Puh. »Sichere die Leichen.«

Gruben öffneten sich unter den Pirschern, als das Haus sie in den Boden zog. Ich joggte zur Tür und verwandelte dabei die Waffe in meiner Hand wieder in einen Besen.

***

Drinnen legte Sean den Vampir auf den Tisch. Eine braune, grau melierte Mähne hing über die Tischkante. Lord Soren. O nein.

»Konsole«, befahl ich.

Eine Kommunikationskonsole hob sich aus dem Boden wie ein Pilz auf einem dünnen Stiel. Blaue Zeichen gleißten auf der glatten Metalloberfläche.

»Was ist passiert?«

»Sie sind in einen Hinterhalt geraten.« Sean zerrte an der Rüstung. »Er hat sie schwer erwischt. Ein Fahrzeug ist komplett schrottreif, als habe jemand es eingefroren und dann in Stücke gehackt. Das andere lag einfach so in einem Graben.«

Etwas gurgelte und pfiff, und ich erkannte, dass Lord Soren atmete.

Sean zerrte wieder an der Rüstung und hob den ausgestreckt daliegenden Vampir dabei fast vom Tisch. »Als ich hinkam, waren ihre Fahrzeuge schon im Graben gelandet, und zwei Pirscher zerrten ihn davon. Er ist ein zäher alter Bastard. Er hat zwei getötet, bevor die anderen ihn erwischt haben. Ich habe nur ihn gefunden. Dina, er verblutet. Wie kriegen wir diese verdammte Rüstung von ihm runter?«

»Gar nicht. Sie ist genetisch mit ihm verbunden. Wenn er nicht das Bewusstsein wiedererlangt oder ein Blutsverwandter auftaucht, können wir nichts tun. Ich kann ihn heilen, aber nicht, solange er die Rüstung trägt.«

»Können wir sie nicht runterschneiden?«

Ich schüttelte den Kopf und nahm einige Einstellungen vor. »Deshalb haben die Leute sie früher gepfählt. Damals, als die Legenden entstanden, waren damit keine kleinen Stöcke gemeint, sondern angespitzte Kanthölzer. Wenn er ein Waffenknecht wäre, könnten wir es wahrscheinlich, aber er ist ein Ritter. Seine Syn-Rüstung ist verstärkt.«

»Er wird also einfach sterben?« Sean starrte mich mit schimmernden Augen ungläubig an.

»Nicht, wenn ich es verhindern kann.«

Endlich bemerkte er die Konsole. »Was tust du da?«

»Wir können ihm die Rüstung nicht ausziehen, andere Vampire hingegen schon. Sie sind sehr schnell hier eingetroffen, und das bedeutet, dass es entweder irgendwo in der Nähe ein Tor gibt oder sie ein Raumschiff im Orbit haben.«

»Da dies ein schneller Zugriff werden sollte, hatten sie nicht vor, lange zu bleiben«, sagte Sean. »In beiden Fällen hätten sie jemanden zurückgelassen, der das Fahrzeug bewacht.«

»Genau. Er sollte irgendwo am Körper ein Hauswappen tragen. Es wird dieser Pantherbär mit den Zähnen sein.«

Sean entfernte das Wappen von der Rüstung und gab es mir. Es hatte etwa die Größe einer Karteikarte. Ich ließ es in den Schlitz der Konsole gleiten, sodass es aufrecht stand, und berührte das Ausrufezeichen auf der Konsole. Ein winziges rotes Licht bildete einen Kreis rings um das Wappen.

»Ausrufezeichen?«, fragte Sean.

»Das allgemeingültige Zeichen für eine Notlage. Wenn andere Mitglieder seines Hauses in der Nähe sind, werden sie bald eintreffen. Bis dahin können wir es ihm nur bequem machen.«

Eine blassrosa Linie erschien an der Wand über dem Tisch. Sie bewegte sich, bildete Spitzen und Täler. »Puls?«, riet Sean.

Ich nickte. »Wenn der aufhört, ist er tot.«

Wir sahen einander an. Die rosa Linie beschrieb eine sanfte Zickzacklinie an der Wand.

Jetzt konnten wir nur noch warten.

KAPITEL 9

Die Magie machte sich bemerkbar. Etwas streifte die Grundstücksgrenzen des Gasthauses. Der Impuls blieb eine Weile gleich, verlosch, nahm kurzfristig massiv zu und war dann wieder gleichbleibend. Jemand klopfte.

Ich sah Richtung Treppe. Sean war ins Bad gegangen, um sich das Blut abzuwaschen, weil es »laut roch« und es erheblich erleichterte, ihn aufzuspüren. Lord Soren lag nach wie vor auf dem Tisch. Ich hatte ihn in einen Sauerstofftank verfrachtet, der die für ihn ideale Atmosphäre schuf. Vampire bevorzugen vierundzwanzig Prozent Sauerstoffgehalt in der Luft. Der Tank war transparent, und Soren sah nun aus wie eine groteske Version von Schneewittchen in ihrem Glassarg.

Das Klopfen dauerte an. Es fühlte sich nicht an wie ein Vampir, der gekommen war, um einen Artgenossen zu retten. Es war von einer Art gedankenloser Effizienz, beharrlich und rüde.

Ich setzte die Kapuze meiner Robe auf, nahm meinen Besen und trat hinaus.

Die Nachtluft schlug mir ins Gesicht und war erfüllt von allerlei Gerüchen: feuchtes Gras, ein Hauch von Rauch in der Ferne und noch etwas. Etwas Fremdes. Ein trockener, bitterer Geruch. Mein Körper schrak davor zurück wie ein Pferd, das vor einem Hindernis bockt. Es stank furchtbar. Es war ein böser, übler Gestank, durchsetzt mit Pheromonen und Magie, und es war überhaupt keine gute Idee, seiner Quelle zu begegnen.

Ich blieb im Schatten der Eiche stehen und konzentrierte mich.

Die Magie umwirbelte mich. Der Gestank kam von oben. Ich hob den Blick.

Er saß über mir, auf der Straßenlaterne, und krallte sich mit zwei großen Klauenfüßen fest. Eine blau und grün gesprenkelte Rüstung bedeckte seinen vage menschenähnlichen Körper. Ein Helm aus sich überlappenden Platten schützte seinen Kopf, ließ aber die beiden dreieckigen Ohren frei. Er hatte zwei Beine, zwei Arme und einen Kopf, doch damit endete die Ähnlichkeit zum *Homo sapiens* auch schon. Sein Rückgrat war gekrümmt, er wirkte nicht bucklig, doch die Krümmung reichte aus, um sich leicht auf alle viere fallen zu lassen. Dennoch war die Kreatur fast zwei Meter dreißig groß. Ihr Hals war dick, ihre Schultern breit, und ihre Hüften standen in einem seltsamen Winkel vom Körper ab, denn sie mussten einen schweren Echsenschwanz tragen. Trotz des muskulösen Körpers wirkte der Dahaka gelenkig wie ein Affe. Er sah irgendwie falsch aus, so fremdartig, dass mein Gehirn es kaum erfassen konnte, obwohl es meinen geistigen Rolodex bekannter Tiere durchging und verzweifelt versuchte, eine passende Assoziation zu finden – vergeblich.

Die Kreatur starrte mich mit leuchtenden, purpurnen Augen an. Sie hatte keine Pupillen, nur neonviolette Iris. Der Blick in diese Augen ließ mich erstarren. Ich wusste sofort, dass das Wesen brutal und grausam war und mich als Beute ansah. Meine Gedanken und Gefühle waren ihm vollkommen egal. Wenn es die Chance dazu bekam, würde es mich jagen und fressen.

»Ziel«, sagte ich.

Scheppernd richtete das Gasthaus seine schweren Geschütze auf die Kreatur.

Sie huschte den Laternenpfahl herunter, rutschte das letzte Stück und sprang unmittelbar außerhalb der Begrenzung des Gasthauses auf den Gehsteig. Sie stieß ein dumpfes Geräusch aus, halb unterdrücktes Brüllen, halb Schnauben. Meine Nackenhaare stellten sich auf. Mein Körper drohte, vollkommen zu erstarren.

Ich funkelte den Dahaka an. Niemand schüchterte mich auf meinem eigenen Gebiet ein.

Ein Metallplättchen auf seiner linken Wange leuchtete in dunklem Purpur auf. »Gib mir den Vampir, Fleisch«, verlangte der Dahaka. Es klang genau wie erwartet. Als sei er ein Dämon, der aus irgendeiner tiefen Grube hervorgekrochen war.

»Nein.«

»Dann stirbst du.«

Ich durfte nicht nachgeben. »Komm näher, dann schauen wir mal, wer stirbt.«

Der Dahaka hob den Kopf und drehte ihn wie ein Hund, der ein seltsames Geräusch gehört hatte.

Ich zog die Magie an mich. Unter der Robe zitterten mir die Knie. Die Luft zwischen uns war spannungsgeladen.

Der Dahaka wirbelte herum und hetzte die Straße entlang davon.

Hinter mir flog eine Tür auf. Ich drehte mich um und sah Sean auf der Veranda. Er war in Menschengestalt. Ein roter Stern erglomm über uns, raste herab und explodierte knapp zehn Meter über dem Gehsteig, verwandelte sich in eine leuchtende Kugel, die mit rot gezackten Blitzen überzogen war.

Sean legte die Entfernung zwischen uns in einer halben Sekunde zurück.

Die Kugel pulsierte rot und spie einen Mann aus, der auf einem Knie auf dem Gehsteig landete. Er trug eine schwarze, mit Karmesinrot durchsetzte Rüstung. Sein langes, aschblondes Haar fiel über die breiten Schultern auf seine Brustplatte.

In den Händen hielt er einen langen Speer mit dem blutroten Banner des Hauses Krahr.

Ein Marschall. Meine Güte. Er war der militärische Führer seines Hauses.

»Die stehen auf große Auftritte, was?«, murmelte Sean. »He, du da! Glaubst du, es ist dir gelungen, schon alle aufzuwecken? Vielleicht solltest du noch an die Türen hämmern oder ›Feuer‹ schreien.«

Der Ritter hob den Kopf und richtete sich auf.

Ich starrte ihn an. Genau so stellte ich mir Luzifer vor seinem Fall vor. Er war etwa dreißig und nicht nur gut aussehend, sondern schön, aber es war eine Schönheit mit einem Hauch von Gefahr. Er hatte die Sorte Gesicht, die den Verkehr zum Erliegen bringen konnte, und wenn schließlich alle Autos zum Stehen gekommen waren, würde er ob dieser Tatsache leise vor sich hin lachen.

»Mylady«, sagte der Vampir mit tiefer, volltönender Stimme. »Ich bin gekommen, um meinen Onkel abzuholen. Dürfte ich um Eure Erlaubnis bitten, einzutreten?«

***

Der Marschall sah mich an, wartete auf meine Antwort. In Anbetracht der Tatsache, dass drinnen sein Onkel starb, gab es nur eine Antwort.

»Bitte tretet ein.«

»Danke, Mylady.«

»Folgt mir.«

Er kam den Weg entlang. Sean verschränkte die Arme und schloss sich uns mit einem Kopfschütteln an. Ich führte sie zur Tür. Der Marschall rammte seine Flagge in den Boden, zog den Kopf ein und betrat das Haus, in dem sein Onkel ihn im Sauerstofftank erwartete. Ich deutete auf die Flagge. »Versteck das.«

Die Flagge versank im Boden.

Ich nickte und trat ein. Der Marschall stand mit erstarrter Miene über seinen Onkel gebeugt.

»Tank entfernen«, murmelte ich dem Haus zu.

Ein Holztentakel entsprang der Wand und hob das Glas über dem Körper an, setzte es ab, rollte sich ein und verschmolz wieder mit der Wand.

Der Vampir beugte sich über den ausgestreckten Körper. Sein Gesicht wurde grimmig. Er beugte sich über die Rüstung, legte die Handflächen auf die Brustplatte und drückte. Unter seinen Fingern leuchtete es rot. Wahrscheinlich nahm die Rüstung seine Fingerabdrücke oder scannte seine DNS-Signatur.

Die Rüstung klickte, öffnete sich und fiel auseinander. Stücke der Brustplatte und der Beinschützer klapperten zu Boden. Lord Sorens blutiger Körper lag reglos da. Ein hellroter Fleck verunzierte seine linke Seite. Wäre er ein Mensch gewesen, hätte ich gesagt, er befände sich direkt unter dem Herzen.

Eine schmale Klinge glitt aus dem rechten Panzerhandschuh des Marschalls. Mit einer raschen Bewegung der Klinge schnitt er das Hemd auf, und zum Vorschein kam ein blutiges Loch, das in Lord Sorens Brust klaffte. Der linke Handschuh des Marschalls teilte sich am Unterarm, und eine Scheibe aus miteinander verzahnten, seidenglatt polierten Metallteilen wurde sichtbar. Er nahm sie heraus und drückte sie an den Seiten zusammen. Spitze, nach unten gerichtete Stacheln schoben sich aus dem Rand der Scheibe. Der Marschall hielt sie über die Wunde und rammte sie in Lord Sorens Körper. Rote Glyphen huschten über die Oberfläche der Scheibe. Der Marschall drehte sich zu mir um.

»Ich habe eine Feld-Erste-Hilfe-Einheit angebracht. Sie hat die Verletzung diagnostiziert und wird die erforderlichen Medikationen vornehmen. Er ist schwer verwundet. Mir ist klar, dass ich hier einfach so eingedrungen bin, aber ich bitte in aller

Bescheidenheit um etwas Privatsphäre. Ich muss für meinen Onkel beten.«

»Natürlich.«

»Danke.«

Ich sah Sean an. Er saß auf dem Stuhl neben dem Couchtisch. »Sean? Willst du nicht mit hochkommen und in dein Zimmer gehen?«

»Ich mag diesen Stuhl. Er ist sehr bequem.«

Klar. Er hatte beschlossen, dort sitzen zu bleiben und den Vampir zu beobachten. »Das ist nicht nötig.«

»Es macht mir überhaupt nichts aus«, sagte der Marschall. »Ich an seiner Stelle täte dasselbe.«

Ich hätte Sean da wegholen können, aber in dieser Situation Gewalt anzuwenden und dadurch möglicherweise massiv Unruhe zu stiften wäre respektlos gewesen. Ich jagte einen kleinen magischen Impuls durch meinen Stab. »Wachprotokoll.«

Die Wand neben Lord Sorens Körper war nun in ein leichtes Licht getaucht. Ein weitläufiger Garten wurde sichtbar, in dem sich ein langer Weg zwischen Blumen und Pflanzen hindurchschlängelte, die es auf der Erde nicht gab. Der Weg führte einen Berg hinauf, vorbei an Wasserfällen und riesigen Bäumen. Eine Glocke erklang, melodiös und leise, gefolgt von einer traurigen Melodie, die unvermittelt in der Luft lag. Eine Prozession von Gestalten in weißen Roben, deren Gesichter in tiefen Kapuzen verborgen waren, erschien auf dem Pfad. Die langen blauen und schwarzen Bänder, die sie um ihre Hände gewickelt trugen, bewegten sich im Wind. Jede Gestalt hatte eine lange Stange in der Hand, an deren Ende an einer Kette eine runde Laterne hing. Die Laternen, perfekt gerundete Milchglaskugeln, verbreiteten ein sanftes, gelbes Licht.

Eine Frauenstimme fiel in die Melodie ein. Andere Stimmen folgten, die einzelnen Klänge waren wie Stämme desselben Baums, die rasch wuchsen und sich um die Stimme der ersten

Sängerin wanden. Der Duft nach Blumen, Bergamotte und Zitronen lag in der Luft. Ein Gefühl tiefen Friedens erfüllte den Raum, als lege sich die Ruhe des Gartens und der Sänger um uns, nicht um uns von der Welt zu isolieren, sondern um deren Schärfe behutsam in eine besänftigende Entspannung zu verwandeln. Weiches Licht fiel von der Decke auf den Marschall und zeichnete ein komplexes Kreismuster auf den Boden.

Er wandte sich mir mit weit aufgerissenen Augen zu. »Die Liturgie für die verwundete Seele. Woher kennt Ihr sie?«

Meine Eltern hatten schon früher verletzten Vampirrittern Unterschlupf geboten. »Ich bin Wirtin«, antwortete ich ihm.

Er trat einen Schritt auf mich zu und verneigte sich. »Danke.«

»Bitte. Möge die Große Heilerin sein Leid lindern.«

»Möge geschehen, was sie bestimmt.«

Er wandte sich wieder Lord Sorens Körper zu und kniete sich in den Lichtkreis, sein Haar strahlte geradezu. Sean, der noch auf seinem Stuhl saß, verdrehte die Augen.

»Bist du sicher, dass du dich nicht ein bisschen ausruhen willst?«, fragte ich ihn.

Er beugte sich vor, schnappte sich eine Häkeldecke von der Rückenlehne des Sofas und deckte sich damit zu. »Siehst du? Total bequem.«

»Gute Nacht.«

»Gute Nacht.«

Ich ging nach oben. Ich hatte einen verwundeten Vampirritter, einen Marschall eines Vampirhauses, der für ihn betete, und einen reizbaren Werwolf, der beide im Auge behielt, damit sie nicht auf dumme Gedanken kamen. Wenn jetzt noch meine Eltern da gewesen wären, hätte sich das angefühlt wie zu Hause.

KAPITEL 10

Ich wachte davon auf, dass die Morgensonne hell durch die Lücke zwischen meinen Vorhängen fiel und das Schlafzimmer in honiggelbem Licht badete. Alles war ganz ruhig. Üblicherweise sangen Vögel vor meinem Fenster, aber ich hatte wohl verschlafen.

Der gesunde Menschenverstand verlangte von mir, mir einen Plan zum Umgang mit dem Dahaka einfallen zu lassen. Ich brauchte Informationen, und zwar von den beiden Vampiren. Ich hatte mich über das Haus Krahr schlaugemacht. Es war ein mittelgroßes Vampirhaus mit langer Ahnenreihe und einer unverbrüchlichen Tradition extremer Gewalt im Namen der Heiligen Anokratie. Bisher hatte es nie den Hierophanten, den religiösen Führer der Anokratie, oder den Kriegsfürsten, den Oberkommandierenden aller Streitkräfte der Anokratie, der diese im Falle einer Invasion von außen führen würde, gestellt. Doch die Ritter von Krahr waren finanziell solide, politisch klug, bei Freund und Feind angesehen und neigten nicht dazu, Beleidigungen ungesühnt zu lassen.

Mit anderen Worten, sie waren ein traditionelles Haus, was bedeutete, sie waren vermutlich verschwiegen und misstrauisch und nahmen es schon persönlich, wenn der Wind aus der falschen Richtung wehte. Von den beiden würde ich also vermutlich keine Antworten kriegen. Schon um den Namen des Marschalls zu erfahren, würde ich ein Stemmeisen brauchen.

Ich sah hinauf zur Holzdecke. Leider tauchten auf den Brettern auch keine Antworten auf. Ich hatte im Laufe meines Lebens mehrere Schlafzimmerstile durchgemacht, und das Gasthaus meiner Eltern war meinen Wünschen immer nachgekommen.

Als kleines Mädchen hatte ich ein Prinzessinnenschlafzimmer gehabt, samt Himmelbett und Wolken an der Decke. Mit etwa zehn hatte ich eine Dokumentation über eine Dale-Chihuly-Glasausstellung gesehen und war wie besessen von den seltsamen, bunten Formen gewesen. Das Gasthaus meiner Eltern hatte Glastentakel in allen Farben des Regenbogens aus der Decke wachsen lassen. Wenn morgens die Sonne darauf fiel, hatte mein Zimmer geschillert wie der Palast einer Meerjungfrau inmitten eines magischen Riffs tief unter dem Meer.

Mit dreizehn hatte ich ein komplett schwarzes Zimmer gewollt. Mit sechzehn war ein Teil der schwarzen Wände weißen gewichen, was einen schroffen, modernen Look ergeben hatte. Ich hatte das damals als sehr erwachsen empfunden. Die Zeit im College war die seltsamste Erfahrung meines Lebens gewesen, denn zum ersten Mal hatte sich mein Zimmer geweigert, sich meinen Stimmungen anzupassen.

Als ich ins Gertrude Hunt gezogen war, war es mir nicht gut gegangen. Ich war etwa drei Jahre vergeblich durchs halbe Universum gezogen, um meine Eltern zu finden. Ich hatte Klaus gesagt, ich wolle nicht weiter suchen, aber er konnte nicht aufhören. Für Kinder von Wirten gab es drei Möglichkeiten. Ein paar führten ein ganz normales Leben und tauschten die manchmal gefährliche Umgebung der Gasthäuser gerne gegen die Sicherheit, sich nicht um seltsame Dinge wie zwei Ifrits Gedanken machen zu müssen, die unterschiedlichen Horden angehörten, sich im Foyer prügelten und dabei das Haus in Brand steckten. Andere wurden auch Wirte, und noch weniger wurden *Ad-hal*. Doch die meisten von uns brachen in die unendlichen Weiten des Kosmos auf, weil es sie von der Erde wegzog. Mein Bruder war einer dieser Reisenden. Es gab zu viel zu sehen, zu viel zu tun. Er liebte mich, aber er wollte nicht mit mir zusammen sesshaft werden, nur weil ich unsere Eltern vermisste.

Sobald ich ein wenig Geld beisammenhatte, kehrte ich zur Erde zurück, trat vor den Rat und bestand mit fliegenden Fahnen. Es gab nicht viele freie Stellen für neue Wirte, und ein gutes Ergebnis war wichtig. Normalerweise ersetzte ein neuer Wirt einen, der in Pension gehen wollte, oder eröffnete ein ganz neues Gasthaus, aber aus unbekannten Gründen hatte man mir das Gertrude Hunt angeboten, ein altes, verlassenes Gasthaus, das so tief schlummerte, dass niemand genau wusste, ob man es überhaupt noch wecken konnte. Irgendwie erschien mir das passend: Wir waren beide verwaist und ungewollt. Ich hatte das Angebot angenommen und das Gertrude Hunt aus seinem Winterschlaf geweckt.

Als ich das Gasthaus umgebaut und meine Suite erschaffen hatte, hatte ich es bequem haben und mich zu Hause fühlen wollen. Ich hatte es satt, keinen Ort zu haben, der nur mir gehörte. Ich hatte schon immer diese romantische Vorstellung von einer einsamen Berghütte irgendwo zwischen Schneeverwehungen gehabt. Ich wollte sie nicht komplett kopieren, aber es ging schon stark in diese Richtung. Über mir verliefen schwere Holzbalken quer zu den Kiefernlatten mit den zahllosen Astlöchern.

Die Decke hatte eine Schräge, damit es aussah, als schliefe ich in einem Raum unter dem Dach. Ihr niedrigster Punkt lag in der Nähe des schmalen Doppelbetts, der höchste an der gegenüberliegenden Wand, in der sich auch das hohe Fenster befand, durch das Licht in mein Schlafzimmer fiel. Die Wände waren in einem beruhigenden Beige gestrichen, der dicke Bettvorleger war eierschalenfarben, aber die Bodendielen waren aus demselben astlochübersäten Kiefernholz wie die Decke. Es war nicht schick, aber warm, bequem und gehörte ausschließlich mir.

Ich lag in meinem bequemen Bett und überdachte die Lage. Aktuell hielten sich im Gasthaus drei Wesen auf, die weder Gäste noch Personal waren. Fremde im Gasthaus waren ganz schlecht. Wenn ein Gast im Gasthaus abstieg, waren sowohl er als auch der Wirt an die Regeln der Gastfreundschaft gebunden. Der Wirt versprach, den Gast zu beschützen und ihm Zuflucht zu gewähren, während der Gast zusicherte, sich an die Regeln des Gasthauses zu halten. Die Rechnung wurde im Voraus beglichen, und der Handel galt als geschlossen.

Weder Sean noch die Vampire hatten versprochen, sich an die Regeln des Gasthauses zu halten. Sie befanden sich in einer undefinierten Grauzone, und ich bevorzugte Klarheit. Ich wurde das Gefühl nicht los, dass ich irgendwie die ganze Sache in den Sand setzte. Selbst mein Schlafzimmer fühlte sich nicht mehr so sicher an wie noch eine Woche zuvor.

Doch brütend im Bett zu liegen brachte gar nichts. Ich stand auf und ging ins Bad, um meine Morgentoilette zu erledigen. Ich putzte mir gerade die Zähne, als das Haus knarrte. Unten war irgendetwas los.

Ich zog mich an und ging die Treppe hinunter. Lord Soren lag noch immer auf dem Tisch, und der Marschall kniete immer noch neben ihm. Rings um ihn wuchs ein Kreis salbeigrüner Sprösslinge, und an der Spitze der zarten, etwa sechzig Zentimeter hohen Stiele saß jeweils eine zierliche Knospe.

Sean saß immer noch auf seinem Stuhl. Beast lag auf der Decke auf seinem Schoß. Beide starrten den Vampir mit demselben fassungslosen Ausdruck in den sehr unterschiedlichen Gesichtern an.

Sean sah mich, deutete auf den Vampir und formte mit den Lippen die Worte: »Was zum Teufel …?«

Ich ging zu ihnen hinüber. »Hat er sich gar nicht bewegt?«

»Nein. Er lag die ganze Nacht so da. Siehst du das?«

Damit hatte ich gerechnet. »Er betet und verströmt dabei viel Magie. Das Gasthaus reagiert ein wenig darauf. Keine Sorge. Unter normalen Umständen hätte ich für mehr Privatsphäre für die beiden gesorgt, aber wir hatten es ja eilig.«

Wenn sich alles wieder beruhigt hatte, würde ich einen leicht zugänglichen Raum speziell für Notfälle einrichten müssen. Wenn das Geld nicht mehr ganz so knapp war, konnte auch ein Krankenzimmer nicht schaden.

Lord Soren holte tief und zitternd Luft. Er riss die Augen auf. Die Knospen brachen auf und öffneten sich zu Blüten mit je fünf tiefblauen Blättern. Ganz innen wurden die Blütenblätter plötzlich hellpurpurn und bildeten eine schmale, kreisförmige Umrandung um fünf mit gelbem Blütenstaub bedeckte Stempel.

Der Marschall hob lächelnd den Kopf. »Hallo, Onkel.«

»Arland«, sagte Lord Soren mühsam und schluckte.

Arland erhob sich. »Warum habt ihr nicht auf mich gewartet?«

»Uns lief die Zeit davon. Ich hatte Angst, er würde den Planeten verlassen.« Lord Soren räusperte sich. »Ich habe versagt.«

»Nein.« Arland schüttelte den Kopf. »Du hast ihn gefunden.«

»Fünf Männer.« Lord Sorens Stimme bebte. »Fünf gute Männer.«

»Das ist vorbei. Du musst dich ausruhen, Onkel. Wir werden dich brauchen. Wir werden deine Kraft brauchen.«

Lord Soren hob ruckartig die Hand und umfasste den Arm seines Neffen. »Folge ihm nicht allein. Versprich mir das.«

»Du hast mein Wort.« Arland berührte die Metallscheibe und ließ Lord Soren sanft wieder auf den Tisch sinken. Der große Mann seufzte und schloss die Augen. Sein Atem wurde gleichmäßiger.

Arland wandte sich mir zu. »Danke für die Gastfreundschaft. Ich fürchte, ich muss Euch noch länger zur Last fallen. Ich möchte ein Zimmer für mich und meinen Onkel mieten.«

Das war meine Chance, ihn auszuquetschen. »Ihr und Euer Onkel stellt eine erhebliche Bedrohung für meine Gäste dar. Ich werde Euch gern ein Zimmer geben, aber ich muss um eine Erklärung bitten.«

»Ihr bittet mich, vertrauliche Angelegenheiten meines Hauses offenzulegen. Das kann ich nicht.«

»Dann kann ich Euch kein Zimmer vermieten.«

Arland starrte mich an. Seine Augen passten perfekt zu den Blumen am Boden – das gleiche tiefe, intensive Blau.

»Mylady, Ihr lasst mir keine Wahl.«

»Sie haben eine Wahl«, sagte Sean. »Sie können jederzeit gehen.«

Beast bellte einmal.

Arland hob die Brauen. »Ein Shih-Tzu-Chi. Was für ein hübsches Tier. Meine Schwester hatte auch einen.«

Er ging mit erhobenen Händen einen Schritt auf sie zu. Beast fletschte die Zähne und knurrte ihn leise an. Arland beschloss, es sei eine großartige Idee, die Hand sinken zu lassen.

»Ich muss auf diese Form der Offenheit bestehen«, sagte ich.

Arland drehte sich zu mir um. »Ich bitte um Zuflucht.«

Ringsum knarrte das Gasthaus wartend. Das war eine uralte Bitte. Sie bedeutete, dass ein Gast sich in unmittelbarer Gefahr befand. Ihn jetzt abzuweisen wäre ein Schlag ins Gesicht all dessen gewesen, wofür Wirte standen. Er hatte mich ausmanövriert.

Ich hob die Hand. »Zuflucht gewährt.« Magie wogte durch das Gasthaus.

»Was heißt das?«, fragte Sean. »Heißt das, dass er bleiben kann, ohne uns sagen zu müssen, was hier läuft?«

»Ja.«

»Scheiß drauf.«

»Habt Ihr ein Problem mit mir?«, fragte Arland.

Sean erhob sich. »Ja. Das habe ich in der Tat.«

»Seid Ihr Gast hier?«

»Was hat das denn mit irgendwas zu tun?«

Arland nickte. »Dachte ich's mir doch. Ihr seid weder Gast noch Angestellter, also ist Euer Problem irrelevant.«

Sie funkelten einander an. Der Raum wurde mit jeder Sekunde testosterongeladener.

»Dann mache ich es relevant.« Seans Stimme wurde leiser, klang jetzt gefährlich eisig.

»Wenn du versuchst, auf dem Gelände des Gasthauses einen Kampf vom Zaun zu brechen, werde ich euch beide fesseln«, sagte ich.

»Ich war schon immer ein neugieriges Kind«, sagte Arland. »Ich habe mir die Zeit genommen, mich bezüglich des Volksglaubens verschiedener Orte fortzubilden.«

»Ja und?«, fragte Sean.

Der Marschall kniff die Augen zu Schlitzen zusammen. »Ich bin weder aus Hölzern noch aus Stroh.«

»Was soll das denn heißen?«

»Es bedeutet, Ihr solltet Euch ein anderes Haus suchen, das Ihr umpusten könnt.«

Ha!

Sean spannte sich an. Plötzlich sah er aus wie ein wildes Tier. »Jetzt reicht's. Raus. Es sei denn, Sie wollen sich hinter Dina verstecken.«

»Perfekt.« Arland wandte sich an mich. »Ich bitte für diese rüde, aber unvermeidliche Unterbrechung unseres Gesprächs um Entschuldigung. Ich verspreche, ich werde es so kurz halten wie möglich.«

»Genau.« Sean nickte mit furchterregendem Gesichtsausdruck. »Es wird höchstens eine Minute dauern.«

Der Vampir und der Werwolf gerieten außer Kontrolle. »Das ist doch Quatsch.«

Sean öffnete die Vordertür. »Nach Ihnen, Goldlöckchen.«

Arlands Augen verfinsterten sich. »Mit Vergnügen.«

Er schritt zur Tür. Sean sah hinaus und schloss die Tür ruckartig wieder. »Ein Bulle kommt auf das Haus zu.«

Magie klingelte. Ich eilte zur Tür und spähte durch den Glaseinsatz hinaus. Officer Marais. Natürlich.

Ich berührte die Wand und erteilte dem Gasthaus einen raschen Befehl. Der Tisch mit Lord Soren glitt den Korridor entlang davon.

»Bleibt außer Sicht«, zischte ich.

»Nein«, sagte Sean.

»Auf keinen Fall«, sagte Arland.

Dafür hatte ich keine Zeit. »Er ist Polizist. Was soll er mir schon tun?«

»Ich gehe kein Risiko ein«, sagte Sean. »Hier läuft so viel durchgeknallte Scheiße, dass er möglicherweise gar kein Bulle ist.«

»Ein guter Punkt«, sagte Arland.

Argh. »Ihr tragt eine Rüstung.«

»Sie hat recht«, sagte Sean. »Sie sollten sich verstecken, Tinkerbell.«

»Langsam reicht es mir«, knurrte Arland.

Officer Marais war fast an der Tür.

»Los, den Gang entlang, die erste Tür links ist ein Einbauschrank. Zieht normale Klamotten an, und versucht Euch wie ein Mensch zu benehmen. Sean, hilf ihm. Los.«

Es klingelte an der Tür.

Ich nahm jedes Quäntchen an Einschüchterungspotenzial zusammen, das ich aufbringen konnte, und flüsterte: »Los, sonst ersäufe ich euch beide in ungeklärtem Abwasser.«

Sie entfernten sich den Gang hinunter.

Wieder klingelte es. Beast bellte und sprang auf und ab. Ich wartete noch eine Sekunde, um sicherzugehen, dass sie auch bestimmt verschwunden waren, und riss dann die Tür auf. »Officer Marais. Was für eine nette Überraschung.«

***

Officer Marais sah mich ausdruckslos an.

»Möchten Sie einen Kaffee?«, fragte ich.

»Nein.«

»Nun, ich schon. Folgen Sie mir doch bitte in die Küche.« Ich ging voran, holte einen Becher aus dem Schrank und drückte den Knopf meiner Nespresso. Das Gertrude Hunt war kein luxuriös ausgestattetes Gasthaus, aber am Kaffee zu sparen, war ich nicht bereit. Officer Marais folgte mir wie ein stoischer Schatten.

»Sind Sie sicher, dass Sie nicht auch eine Tasse wollen?«

»Ja. Ms Demille, wo waren Sie letzte Nacht zwischen dreiundzwanzig und drei Uhr?«

Ich nippte an meinem Kaffee. »Oben im Bett.«

Wir standen uns gegenüber wie zwei Duellanten.

»Haben Sie etwas Außergewöhnliches gehört?«, griff Marais an.

»Was meinen Sie mit außergewöhnlich?«, parierte ich.

»Haben Sie überhaupt irgendetwas gehört?«

»Nein. Ich habe geschlafen. Darf ich fragen, worum es geht?«

»Ja. Ihre Nachbarn weiter die Straße entlang haben berichtet, Schreie gehört zu haben, gefolgt von einem hellroten Lichtblitz.«

Danke, Arland. »Ich habe keine Schreie gehört. Hat ein Mann oder eine Frau geschrien? Ist etwas Schlimmes passiert?«

»Wie kommt es, dass jeder in der Straße außer Ihnen Schreie hörte?«

»Ich habe einen tiefen Schlaf.«

Wir hielten inne, um Atem zu holen. Sean und Arland kamen in die Küche. Arland trug Jeans und ein weißes T-Shirt. Ohne seine Rüstung sah er weniger riesig aus. Sean war schlanker, seine Muskeln waren straffer und definierter. Arland war ein paar Zentimeter größer, hatte breitere Schultern und war muskulöser. Sean konnte mit einem 25-Kilo-Rucksack kilometerweit rennen, während Arland augenscheinlich dafür da war, Löcher in massive Wände zu schlagen.

»Officer Marais, das ist Mr Arland. Er ist Gast meiner Frühstückspension. Ein langjähriger Freund von Mr Evans.«

Mr Evans gab sich alle Mühe, keinen Hustenanfall zu bekommen.

»Haben Sie letzte Nacht etwas Außergewöhnliches gehört?«, fragte Officer Marais Sean.

Sean zuckte die Achseln und nahm den kleinen Kaffeebehälter aus dem Einsatz. »Nein. Du?«

Arland schüttelte den Kopf. »Nein.«

»Wo kommen Sie her, Mr Arland?«, fragte Officer Marais.

Schön, jetzt reichte es. Ich stellte meine Tasse ab. »Officer, kann ich Sie kurz sprechen?«

Ich ging ins Foyer, ehe er Nein sagen konnte. Officer Marais folgte mir.

»Seit ich hier eingezogen bin, sind Sie acht Mal an meiner Tür aufgetaucht. Ich halte mich an die Gesetze, ich zahle meine Steuern und habe, seit ich den Führerschein habe, keinen einzigen Strafzettel bekommen. Doch wenn in der Gegend irgendetwas vorfällt, tauchen Sie bei mir auf. Ich wette, wenn irgendwo im Viertel ein Meteorit einschlagen würde, stünden sie hier und würden mich fragen, ob ich ihn persönlich aus meiner Apokalypsekanone abgefeuert habe.«

»Ma'am, bitte beruhigen Sie sich.«

»Ich bin vollkommen ruhig. Ich habe nicht die Stimme erhoben. Sie können herkommen und mich fragen, was Sie wollen, aber wenn Sie meine Gäste belästigen, dann ist der Rubikon überschritten. Sie hindern mich daran, in Ruhe meinen Geschäften nachzugehen.«

»Nein, ich stelle Ihnen Fragen.«

»Bei allem Respekt, ich muss Ihnen keinerlei Fragen beantworten. Warum mögen Sie mich nicht, Officer Marais? Weil ich nicht von hier bin?«

»Mir ist egal, woher Sie stammen. Sie sind jetzt hier, und es ist meine Aufgabe, Sie und alle anderen hier zu beschützen. Ich erfülle diese Aufgabe und halte nichts von Ihrem dramatischen Getue. Mit Ihnen und diesem Grundstück stimmt etwas nicht. Hier passieren seltsame Dinge. Ich weiß nicht, was hier läuft, aber ich werde es herausfinden. Sie könnten sich die Sache erleichtern, indem Sie mir alles erzählen.«

»Na gut. Dies ist eine magische Frühstückspension, und die beiden Typen in der Küche sind Außerirdische.«

»Ja, klar.« Officer Marais wandte sich ab. »Ich finde allein raus.«

Er ging. Ich musste all meine Willenskraft aufbieten, um ihn nicht von der Tür hinauszuschubsen zu lassen. Das wäre kleinlich gewesen.

Caldenia kam hinter mir die Treppe herunter. »Du hast dich von ihm provozieren lassen.«

»Ich weiß. Er geht mir auf die Nerven.«

Officer Marais war ein Problem. Es würde sich noch zeigen, wie groß das Problem genau war. Schließlich tat er nur seinen Job. Er kam mir nicht wie ein Mann vor, der Beweise fälschte, also musste ich nur klüger und diskreter sein und vermeiden, dass etwas seinen Verdacht noch nährte.

Ich folgte Caldenia in die Küche. Arland sah sie, stellte seinen Becher ab, erhob sich und neigte ehrerbietig den Kopf.

»Letere Olivione.«

Er benutzte ihren angestammten Titel.

»Was für ein höflicher Junge.« Caldenia lächelte. »Hier bevorzuge ich Hoheit. Man muss sich schließlich an den örtlichen Bräuchen orientieren. Haus Krahr, ja?«

»Ja, Hoheit.« Arland lächelte und nahm einen tiefen Schluck aus seinem Becher.

»Ich glaube, ich habe deinen Großvater gekannt, den Blutmetzger von Odar.«

»Korrekt.«

»Ich erinnere mich an ihn. Ein entzückender Mann mit einem wunderbar trockenen Humor.«

Arland blinzelte überrascht. »Man hat meinen Großvater zu seinen Lebzeiten als so manches bezeichnet. Der Begriff entzückend war nicht dabei. Er erinnert sich übrigens auch an Euch. Ihr habt versucht, ihn zu vergiften.«

Caldenia winkte ab. »Irgendwann habe ich jeden schon einmal zu vergiften versucht. Nimm's nicht persönlich.«

»Natürlich nicht«, sagte der Vampir und trank einen weiteren großen Schluck.

Moment. »Was ist in dieser Tasse?«

»Kaffee«, sagte Sean.

»Köstlich.« Arland trank noch einen Schluck.

Oh, Scheiße. »Du hast einem Vampir Kaffee gegeben?«

»Ja.« Sean runzelte die Stirn. »Wo ist das Problem? Er mag ihn sehr. Das ist schon seine zweite Tasse.«

»Das wird ausgesprochen amüsant werden.« Caldenia setzte sich.

Arland bewegte die Schultern, als versuche er, ein unsichtbares Gewicht loszuwerden, das auf ihnen ruhte.

»Euer Lordschaft, kann ich bitte Eure Tasse haben?«, fragte ich.

Arland gab mir seinen Becher. Er war leer. O nein. Vielleicht war sein Stoffwechsel stark genug, und das Schlimmste würde uns erspart bleiben.

Arland schenkte mir ein strahlendes Lächeln und zeigte dabei seine Fänge. »Habe ich schon erwähnt, wie ungeheuer schön Ihr seid?«

Nein, das Schlimmste war schon eingetreten. Ich wappnete mich.

»Ich habe einen Vetter, dessen Stiefbruder eine Frau von der Erde geheiratet hat. Er sagt ...«

»Euer Lordschaft, es schickt sich nicht, dass Ihr über die Frau des Stiefbruders Eures Vetters sprecht.«

Arland riss die Augen auf. »Ihr habt recht«, sagte er erstaunt. »Persönliche Ehre. Sehr wichtig.« Er drehte sich zum Fenster. »Es ist so schön da draußen. Ihr habt einen wunderbaren Planeten, und Ihr, Dina, seid genauso wunderbar. Habe ich das schon erwähnt?«

»Ja«, sagte Sean.

»Mein Guter.« Arland trat zu Sean und knuffte ihn gegen den Arm. »Das war tolles Zeug. Wir sollten mehr davon trinken. Ich muss hier raus.«

»Nein«, sagte ich. »Euer Lordschaft, Ihr müsst Euch hinlegen.«

Arland öffnete die Hintertür und ging hinaus. Ich rannte zur Tür. Er blieb mitten auf dem Rasen stehen und riss sich das T-Shirt vom Leib, wodurch er uns den Anblick seines muskulösen Rückens präsentierte.

»Er wird also von Kaffee betrunken«, sagte Sean.

»Vampire haben einen sehr empfindlichen Stoffwechsel«, sagte Caldenia.

»Er hat gerade die Entsprechung einer gesamten Flasche Whisky getrunken«, erläuterte ich ihm. Arlands Jeans folgten seinem T-Shirt. Er trug nichts darunter.

»Ooh«, sagte Caldenia. »Wie sagt man so schön? Vollmond!«

Ich fuhr mir mit der Hand übers Gesicht. Arland warf seine Jeans in die Luft und sprintete durch den Obstgarten.

»Ich habe noch nie verstanden, warum sich manche Typen ausziehen, wenn sie voll sind.« Sean grinste.

»Das ist nicht witzig. In meinem Obstgarten rennt ein nackter, betrunkener Vampir herum.«

Arland lief im Zickzack zwischen den Bäumen hin und her.

Sean presste die Lippen zusammen, sein Gesichtsausdruck war angestrengt.

»Das ist nicht witzig!«

Sean lehnte sich gegen die Tür und lachte.

»Es ist deine Schuld. Du hast ihm Kaffee gegeben. Geh ihn holen, ehe er das Gelände verlässt und Marais ihn sich schnappt«, knurrte ich.

»Jawohl, Ma'am. Wird erledigt.«

Er sprintete in den Sonnenschein hinaus und rannte im Zickzack auf Arland zu.

»Ich bin so froh, dass du beschlossen hast, dich über die Regeln hinwegzusetzen«, sagte Caldenia. »Das Leben hier wird mit jeder Minute spannender.«

KAPITEL 11

»Nackt?« Arland nahm das nasse Küchenhandtuch lange genug vom Gesicht, um Sean entsetzt anzuschauen.

»Machen Sie sich nichts draus«, sagte Sean. »Hätte jedem passieren können.«

Er klang nonchalant, aber Sean beobachtete Arland, als sei er eine giftige Schlange: ruhig, aber bereit, ihn zu zertreten, falls er sich in seine Richtung bewegen sollte.

Arland stöhnte und bedeckte sein Gesicht wieder mit dem Handtuch. Irgendwie war es Sean gelungen, ihn zu beruhigen und dazu zu bringen, in die Küche zurückzukehren und sich wieder anzuziehen, und wenige Augenblicke später hatte der Koffeinentzug mit voller Wucht zugeschlagen. Jetzt saß der Vampir an die Wand gelehnt in der Küche, ein eiskaltes Handtuch auf dem Gesicht. Tylenol und Ibuprofen kamen nicht infrage. Ich hatte keine Ahnung, wie der Stoffwechsel des Vampirs darauf reagieren würde, und seine eigene Med-Einheit hatte alle Hände voll damit zu tun, seinen Onkel am Leben zu halten.

Eine Vampirin hatte mir gegenüber den Koffeinkopfschmerz einmal als schlimmsten Schmerz bezeichnet, den sie je erlitten hatte, und sie hatte schon ein Kind zur Welt gebracht. Bisher gab sich Arland größte Mühe, ihn heldenhaft-stoisch wegzustecken.

Die Kapselmaschine hörte auf zu summen. Ich nahm die Tasse, gab einen Teelöffel Zucker hinein, kauerte mich neben Arland und hob einen Zipfel des Handtuchs an. Er sah mich an. »Was ist das?«

»Pfefferminztee. Der ist gut gegen Kopfschmerzen. Keine Nebenwirkungen, versprochen.«

Er nahm die Tasse. »Danke. Habe ich zufällig meinen Vetter erwähnt, während ich ... betrunken war?«

»Mehrfach«, sagte Sean.

Arland stöhnte. »Entschuldigung.«

»Kein Problem«, versicherte ich ihm.

»Habe ich sonst noch etwas gesagt?«

»Was, das mit der Blutschuld, dem Töten des Dahaka und dass es um die Ehre Ihres Hauses geht?«, fragte Sean. »Nein, das haben Sie nicht erwähnt.«

Arland strich sich mit der Hand übers Gesicht.

»Du musst nicht so fies sein«, sagte ich.

Sean zuckte die Achseln. »Wieso bin ich fies? Ich lebe hier. Das ist meine Heimat. Ich beschütze sie und dich.« Seine Stimme bekam einen ruhigen, methodischen Tonfall. »Also, schauen wir mal: Zuerst taucht der Onkel dieses Typen hier auf, bedroht dich, ignoriert deine Warnung, geht den Dahaka jagen, wobei seine Leute getötet werden, und stirbt beinahe. Ich rette ihn, du hältst ihn am Leben, und dann taucht in einem roten Lichtblitz Prinz Rapunzel hier auf, zwingt dich, ihn zu beschützen, bringt dich und die gesamte Nachbarschaft in Gefahr und erklärt nichts.«

Ja, das waren die Tatsachen.

Sean fuhr fort: »Der Dahaka ist wegen der Vampire hier. Sie versuchen offenbar, ihn gefangen zu nehmen oder zu töten, und bisher haben sie das in jeder nur erdenklichen Weise vermasselt. Dein Gast könnte wenigstens erklären, warum. Unserem Wissensstand nach könnten auch die Vampire die Auslöser dieser ganzen Situation sein. Vielleicht haben sie den Planeten des Dahaka in die Steinzeit zurückbombardiert, seinen Sensei getötet oder was auch immer, und jetzt strebt er zu Recht nach Rache, während du Arland den Schweiß von der Stirn wischst und ihm Tee holst.«

Arland erhob sich. Es war eine augenblickliche Reaktion. Eben hatte er noch auf dem Boden gesessen, dann stand er, die Schultern gereckt und mit entblößten Fängen. »Ihr habt mir also den Kaffee gegeben, um mich zum Reden zu bringen.«

Sean trat vor ihn. »Nein. Ich habe Ihnen Kaffee gegeben, weil ich dachte, Sie sind erwachsen und könnten mit einem Getränk für Erwachsene umgehen.«

»Wusstet Ihr, welchen Effekt er haben würde?«

»Bis Ihr Onkel hier fauchend auftauchte und sich in die Brust warf, wusste ich nicht mal, dass es Vampire wirklich gibt.«

»Mein Onkel ist ein Veteran von sieben Kriegen, Vater zweier Ritter und ein Ehrenmann«, presste Arland zwischen zusammengebissenen Zähnen hervor. »Ihr seid es nicht wert, in seinem Schatten zu wandeln.«

Sean verschränkte die Arme vor der Brust. »Mir ist egal, wer Ihr Onkel ist oder was er getan hat. Bisher bin ich nicht beeindruckt. Je schneller Ihre gerüstete kleine Spaßtruppe unseren Planeten verlässt und aufhört, uns zu nerven, desto besser.«

»Euren Planeten. Witzig, als ich aus dem Weltraum heruntergeschaut habe, habe ich Euren Namen nicht darauf gesehen.« Arland beugte sich vor. »Euer Planet ist ein Haufen toter Felsbrocken in der leeren Schwärze. Ihr habt weder Heim noch Haus noch Ehre. Ihr seid ein Ausgestoßener.«

»Genug«, sagte ich. Wenn ich nicht sofort eingriff, würden die beiden in einer Minute über meinen Küchenboden rollen und aufeinander einprügeln.

»Ich bin hier geboren.« Sean deutete auf den Boden. »Auf diesem Planeten. Er ist meine Heimat. Ich weiß nicht, wo Sie herkommen, aber wenn Sie Probleme haben, heimzufinden, kann ich Ihnen helfen.«

»Ihr versucht, die Frau zu beeindrucken«, sagte Arland. »Das verstehe ich, aber es wird Euch nicht gelingen. Macht Euch keine Sorgen – ich werde mich um die Schulden meines Hauses kümmern. Hätte ich gewusst, dass mir ein räudiger Hund im Weg stehen würde, hätte ich darauf geachtet, eine höhere Markierung an den Apfelbäumen zu setzen.«

Offenbar war Seans kreatives Pinkeln nicht unbemerkt geblieben. Das überraschte mich nicht – Vampire waren Raubtiere, und alle Sinne, die ihnen halfen, Beute aufzuspüren, waren hoch entwickelt.

Sean bleckte die Zähne. Gewalt loderte in seinen Augen und wartete nur darauf, entfesselt zu werden.

»Genug!« Ich stieß den Besen auf den Boden und sandte ein magisches Beben durch das Gasthaus. Das Gebäude erbebte.

Der Vampir und der Werwolf verstummten.

»Ich werde in meinem Gasthaus keine Kämpfe zulassen.« Ich wandte mich an Arland. »Euer Lordschaft, Euer Zimmer ist dort hinten. Zieht Euch zurück.«

Er öffnete den Mund.

»Zieht Euch zurück, oder ich werde Euer Willkommen widerrufen, Zuflucht hin oder her.«

Arland kehrte uns den Rücken zu und entfernte sich steifbeinig, die Tasse Pfefferminztee immer noch in der Hand.

Ich wandte mich an Sean.

Der Werwolf schüttelte den Kopf. »Weißt du, was, mir reicht's. Ich finde allein raus.«

Er machte auf dem Absatz kehrt und ging.

Ich zuckte die Achseln. Das erlebte jeder Wirt, die meisten eher früher als später. Wenn man Gäste von überall her im Universum hatte, prallten die unterschiedlichsten Persönlichkeiten aufeinander, und wenn man nicht aufpasste, tanzten sie einem auf der Nase herum. Wirte wandelten unaufhörlich auf dem schmalen Grat zwischen Höflichkeit und Tyrannei.

Aber Sean hatte recht. Arland und sein Haus hatten uns alle in Gefahr gebracht, und mir war nicht klar, warum. Dass sie Informationen zurückhielten, überraschte mich nicht, aber es erleichterte mir auch nicht gerade das Leben. Die meisten Wirte hätten in meiner Situation seinen Onkel zum Sterben auf die Straße gelegt. Wir mischten uns nur ein, wenn etwas das Gasthaus direkt bedrohte.

Sean war noch weniger verpflichtet einzugreifen als ich. Er war mit schockierenden Informationen gut klargekommen – auch wenn er knurrig reagiert hatte –, versuchte aber weiterhin ständig, die Situation in den Griff zu bekommen, indem er Verantwortung übernahm, und sie glitt ihm trotzdem ständig durch die Finger. Ich hatte Mitleid mit ihm, aber meines Wissens war ich keinem Werwolf Rechenschaft schuldig. Genauso wenig wie irgendwelchen Vampiren.

Apropos Vampire … Ich öffnete den Kühlschrank. Vampire brauchten eine bestimmte Form der Ernährung, viel frisches Fleisch, aber auch viel frische Kräuter. Getrocknete vertrugen sie nicht. Ich würde richtige brauchen: frische Petersilie, Dill, Basilikum und vor allem Minze. Minze – Pfefferminze, Grüne Minze und andere Vertreter der Gattung *Mentha* – wirkte bei Vampiren geradezu Wunder. Sie stärkte ihr Immunsystem und verkürzte die Heilzeiten von Verletzungen, und Lord Soren würde welche brauchen, sobald er wieder essen konnte.

Petersilie und Dill waren kein Problem. Die zog ich selbst unter den Bäumen im Obstgarten. Aber Basilikum und Minze würde ich kaufen müssen. Auch war die Zitronenlimonade ausgegangen, die dafür sorgte, dass Caldenia glücklich und zufrieden blieb, und ich hatte schon alle Hände voll zu tun, ohne dass sie zickig wurde. Beasts Futter war ebenfalls fast aufgebraucht, und ich musste ein paar Vorräte nachkaufen, etwa Kaffeeweißer.

Ich nahm einen Krug Milch vom Regal, hob den Deckel an und roch daran. Igitt. Milch brauchte ich auch.

Es war fast zehn. Die Sonne strahlte. Dies war der perfekte Zeitpunkt, um einkaufen zu gehen. Wenn Hollywoods beste Special-Effects-Künstler den Dahaka und seine Pirscher zu sehen bekommen hätten, hätten sie vor lauter Neid kollektiv einen Schlaganfall bekommen. Er konnte bei Tageslicht nicht ins Freie. Jetzt oder nie.

Ich nahm den Autoschlüssel aus der Schublade und schnappte mir meine Handtasche. »Ich fahre zum Supermarkt. Bin gleich wieder da. Falls Sean zurückkommt, lass ihn nicht herein. Wenn die Vampire gehen wollen, lass sie, aber warne sie, dass das riskant sein könnte.«

Das Haus knarrte zustimmend. Ich ging hinaus, schloss ostentativ die Haustür ab, falls Officer Marais sich irgendwo in der Nähe herumdrückte, und begab mich zu meinem Auto.

***

Morgens durch den Supermarkt zu gehen hatte etwas beinahe Andächtiges. Der saubere Fliesenboden schien endlos, nur unterbrochen von sechs Meter hohen Regalen und Warenstapeln, die zu hübschen, bunten Inseln in einem Meer aus grauem Beton arrangiert waren.

Vielleicht war es das Gefühl des Überflusses. Alles war übergroß. Es gab Ware in Umverpackungen und Literflaschen statt kleiner Fläschchen – ein falsches, aber angenehmes Gefühl, viel auf einmal zu kaufen und dadurch Schnäppchen zu machen. Ich könnte zehn Riesengläser Erdnussbutter kaufen und sie in meinen Kofferraum stopfen. Mein Zuhause war ein Schlachtfeld für einen angesäuerten Werwolf und einen arroganten Vampir, und ein mordgieriger Außerirdischer versuchte, uns zu töten, aber die Erdnussbutter würde mir nie wieder ausgehen, und noch dazu hätte ich sie für einen Spottpreis gekauft.

In meiner Tasche vibrierte mein Handy. Ich sah aufs Display. Sean. Woher hatte er meine Nummer? Ich ließ es summen. Er sprach nicht auf die Mailbox. Dann war es auch nicht dringend.

Ich steuerte meinen Einkaufswagen an den Verkaufstischen mit Klamottenstapeln vorbei in Richtung der Ecke des Ladens, in der Riesenpackungen Papierhandtücher und Klopapier meiner harrten. So früh am Tag war der Markt praktisch leer. Hier und da schob eine Mutter mit einem Kleinkind im Schlepptau einen Einkaufswagen. Ein Rentnerehepaar stritt darüber, welche Großpackung Kaffee es kaufen sollte. Ein normaler Morgen in einem normalen Laden. Genau wie ich es mochte. Ruhig und friedlich.

Leider bekam ich üblicherweise auch einen klaren Kopf, wenn ich allein durch einen ruhigen, friedlichen Supermarkt schlenderte. Diesmal ging das ganz schnell, und mir kam rasch ein unschöner Gedanke: So oder so musste ich den Dahaka loswerden, ich hatte keine Ahnung, wie.

Wie ich es auch drehte und wendete, Arland war meine beste Option. Er kannte alle Antworten. Doch die Regeln der Gastfreundschaft schrieben vor, ihn als Gast zu behandeln. Er hatte um Zuflucht gebeten, und ich hatte sie ihm gewährt. Unsere mündliche Vereinbarung war bindend und konnte nur unter sehr spezifischen Umständen gebrochen werden. Die Gewährung von Zuflucht konnte man zurücknehmen, wenn der Gast hinsichtlich des Ernstes der Lage gelogen hatte, wenn seine Anwesenheit im Gasthaus eine Gefahr für andere Gäste darstellte, die der Wirt nicht abwenden konnte, oder wenn der Gast wissentlich und willentlich gegen das Geheimhaltungsgebot verstieß.

Arland hatte den Ernst der Lage korrekt dargestellt. Sein Onkel war wirklich halb tot, und sie waren beide eindeutig in unmittelbarer Gefahr. Auf die zweite Klausel berief man sich üblicherweise, wenn ein Gast ein gewalttätiger Irrer war, der versuchte, die anderen Gäste des Gasthauses anzugreifen. Das traf auf Arland nicht nur nicht zu, ein Rückgriff auf diese Klausel führte außerdem fast immer dazu, dass das Gasthaus heruntergestuft wurde. Es war ein Eingeständnis des Versagens des Wirts. Wenn ein Wirt wusste, dass er mit einem gewalttätigen Gast nicht würde fertigwerden können, hätte er ihn gar nicht erst einlassen dürfen. Sobald er das tat, musste er den Gast im Griff haben, sonst wäre er besser nie Wirt geworden. Es war, als hielte man ein Schild mit der Aufschrift »Hallo, ich bin inkompetent« hoch. Ich rief mir ins Gedächtnis, dass das Gertrude Hunt es sich nicht leisten konnte, einen Stern zu verlieren.

Bei der letzten Klausel ging es um Gäste, die bewusst und wissentlich den Schleier des Geheimnisses verletzten, der Gasthäuser umgab. Jeder Planet und jede Welt, deren Bürger Zuflucht in Gasthäusern suchten, hatten geschworen, deren Existenz und die der Wirte geheim zu halten. Unser Planet war insgesamt noch nicht bereit für die Enthüllung der wahren Größe des Universums. Es hatte dahin gehende Versuche gegeben – beispielsweise im Oktober 1938 –, und die Ergebnisse waren negativ gewesen. Doch Arland neigte nicht dazu, sich beliebigen Fremden auf der Straße zu nähern, zu verkünden, dass er ein Vampir aus einer entlegenen Ecke der Galaxie war, und ihnen anzubieten, seine Fänge zu berühren. Also zurück an den Anfang.

Ich nahm eine Packung Papierhandtücher und schob sie unten in meinen Einkaufswagen. Vielleicht würde ich mir auf dem Weg nach draußen ein Slush gönnen. Das würde mir zwar auch keinen Ausweg aus diesem Kuddelmuddel aufzeigen, aber ich würde mich zumindest besser fühlen.

Ich umrundete das Regal. Bald würde ich auch einmal einen Ausflug in einen Baumarkt machen und Holz, Farbe und PVC kaufen müssen. Wenn sich das Gasthaus ausdehnen sollte, würde ich ihm die Rohmaterialien dafür zur Verfügung stellen müssen. Das Gertrude Hunt hatte einen Altersvorteil – das Gasthaus war wirklich tief verwurzelt, aber es hatte so lange leer gestanden. Auch wenn das Chaos der jüngsten Zeit ihm nicht wirklich etwas ausmachte, wollte ich lieber auf Nummer sicher gehen …

Eine rundliche, dunkelhaarige Frau vor mir blieb plötzlich wie angewurzelt stehen, und ich wäre fast mit dem Einkaufswagen in sie hineingefahren.

»Entschuldigung.« Ich lächelte.

Sie sah mich mit weit aufgerissenen Augen an. »Haben Sie das gesehen?«

»Was denn?«

»Da drüben.« Die Frau deutete auf die über zwei Meter hohen Gefrierschränke.

Ich sah mir die Gefrierschränke an. Bunte, quadratische Packungen Tiefkühlpizza, Beutel mit Mais, Erbsen und Mischgemüse. Alles normal.

»Ich glaube, ich drehe durch.« Die Frau runzelte die Stirn.

»Was glauben Sie, gesehen zu haben?«

Ein schabendes Kratzen zerriss die Stille. Etwas Scharfes kratzte über Metall. Ich hob den Blick. Über dem Gefrierschrank hing an der weißen Wand ein Pirscher, der sich mit den gewaltigen Klauen an der Trockenbauwand festklammerte.

Die Frau keuchte.

Ach du Scheiße. Am helllichten Tag.

Kein Besen. Überwachungskameras. Ein fleischfressendes, außerirdisches Monster in einem Markt voller ahnungsloser Kunden. In Sekundenbruchteilen verschaffte ich mir einen Überblick über die Regale vor mir und meinen Einkaufswagen.

Regale: Papierhandtücher, Pappteller, Servietten. Einkaufswagen: zehn Dreiliterflaschen Zitronenlimonade, ein großer Sack Hundefutter, Plastiktüten voller Pfefferminze und Basilikum, Kekse, zwei Flaschen Rohrreiniger, Olivenöl …

Der Pirscher drehte den Kopf. Seine bösen, grausamen Augen schätzten die Distanz zwischen ihm und uns ab.

»Was zum Teufel ist das?«, flüsterte die Frau.

Der Pirscher wandte sich um, drehte seinen Körper, als habe er keine Knochen.

»Laufen Sie«, schrie ich, packte die Metallregale und jagte einen präzisen Impuls durch das Gebäude. Die Magie fuhr durch die Regale in den Boden.

Mein Gott, war dieser Markt riesig. Ich strengte mich mehr an, Magie strömte aus mir heraus und raste durch die Kabel unter dem Fußboden und in den Wänden.

»Was?« Die Frau starrte mich ungläubig an.

Der Pirscher spannte die Muskeln.

»Laufen Sie!«

Die Frau rührte sich keinen Millimeter. »Kommt gar nicht infrage! Der Laden ist voller alter Leute und Kinder.«

Da geriet ich ein Mal außerhalb des Gasthauses in einen Kampf, und die unschuldige Zeugin wollte sich wehren, statt davonzurennen.

Die Magie fand, was sie suchte, und legte sich um die richtigen Kabel. Die Überwachungskameras schalteten sich ab.

Der Pirscher sprang, die Klauen zum tödlichen Schlag erhoben. Ich riss die Vierliterflasche Rohrreiniger aus dem Einkaufswagen und schwang sie wie eine Keule. Die Flasche traf den Pirscher mit einem dumpfen Geräusch und schleuderte ihn zur Seite. Er richtete sich im Flug auf wie eine Katze, landete im Gang und rutschte ein Stück rückwärts. Klauen kratzten über den Beton.

Die Bestie griff mich an. Wieder schwang ich den Rohrreiniger. Der Pirscher wich nach links aus. Die dunkelhaarige Frau schnappte sich eine Sechserpackung Del-Monte-Dosenmais aus ihrem Einkaufswagen und schleuderte sie nach der Kreatur. Sie knallte dem Viech gegen die Schulter. Es taumelte und wandte sich mir zu. Ich zog ihm den Rohrreiniger über. Der Pirscher zuckte zurück und kratzte mit den Klauen über die Flasche – doch das Plastik hielt.

Eine große Dose Tomatenmark traf die Bestie an der Seite. Der Pirscher schnappte nach der Frau und schlug gleichzeitig mit den Klauen zu. Die Spitzen seiner Krallen fuhren über den Unterarm der Frau, und sie schrie auf. Ich schnappte mir eine Flasche Olivenöl aus ihrem Einkaufswagen und schlug damit zu wie mit einem Hammer. Der Pirscher sprang zurück. Ich warf die Flasche nach ihm.

Der Pirscher stieß ein unheimliches, flüsterndes Knurren aus, das dazu führte, dass sich jedes einzelne Härchen an meinem Körper aufstellte. Die Frau warf eine Dose nach der anderen aus ihrem Einkaufswagen auf die Kreatur. Der Pirscher zog sich vor der Dosensalve zurück und fletschte hässliche rote Zähne. Ein Schritt, dann noch einer. Hinter ihm ragten die Regale auf.

Der Pirscher sprang senkrecht nach oben, setzte so schnell, dass man ihm mit den Augen nicht folgen konnte, über den eingeschweißten Inhalt der Regale hinweg und schoss direkt auf mich zu. Ich hatte keine Zeit, zu reagieren. Die riesigen Klauen erwischten meine Arme und zerfetzten meine Jacke. Schmerz durchzuckte meine Schultern. Die Wucht seines Aufpralls schleuderte mich zurück, und ich knallte mit dem Rücken gegen die Metallregale. Drei Zentimeter vor meinem Gesicht schlugen die roten Zähne aufeinander. Stinkender, saurer Atem hüllte mich ein.

Ich schraubte den Rohrreiniger auf und schüttete ihn ihm in die hässliche Fratze. Der Schrei des Pirschers klang wie Fingernägel auf einer Tafel.

Die Frau nahm Anlauf und rammte ihn mit ihrem Einkaufswagen, was ihn von mir wegriss. Der Einkaufswagen und die Kreatur donnerten in die Regale. Eingeklemmt zwischen dem Metallgestell und dem Einkaufswagen wand sich der Pirscher.

Ich stieß mich von den Regalen ab. Wenn er Rohrreiniger mochte, sollte er Rohrreiniger bekommen. Ich rannte los und schüttete der Bestie den gesamten Inhalt der Flasche ins Gesicht. Der Rohrreiniger drang dem Vieh in Augen und Maul.

Der Pirscher krümmte sich. Der Einkaufswagen flog durch die Luft, Dosen und Fleisch schlitterten über den Beton. Die Kreatur schlug um sich, zuckte und verdrehte die Gliedmaßen. Krämpfe durchzuckten ihren Körper. Sie stieß sich vom Boden ab, fiel zurück wie ein Fisch auf dem Trockenen, und ihr Kopf krachte mit einem feuchten, knirschenden Geräusch auf den Beton. Ihr Schädel bekam Risse, aus denen weißer Schleim quoll. Sie hämmerte den Schädel auf den Boden, wobei feuchte Flecken zurückblieben.

Die Bestie bäumte sich auf, schlug die Klauen in die Luft und bewegte sich nicht mehr.

Die Frau hob eine eingeschweißte Papppalette Dosen vom Boden auf. Sie schwang zehn Dosen Baked Beans hoch über ihren Kopf und ließ sie mit einem dumpfen, knirschenden Krachen auf den Schädel des Pirschers herabsausen. Eins zu null für *Homo sapiens*.

Die Frau starrte den malträtierten Körper an. Blut troff von ihrem Arm. Ihr Gesicht war rot gesprenkelt – Blutspritzer, die sie wahrscheinlich getroffen hatten, als sie mit den Dosen zugeschlagen hatte. Sie wischte sich mit dem linken Unterarm übers Gesicht und trat mit einem Fuß, der in einem Turnschuh steckte, nach der Leiche des Pirschers.

»Leg dich nicht mit Texanern an.«

Ich sah sie an.

Sie zuckte die Achseln. »Schien mir gerade passend.«

Ich hatte einen toten Pirscher mitten im Supermarkt. Ich konnte ihn nirgends verstecken. Selbst wenn es mir auf wundersame Weise gelang, ihn irgendwie hinter irgendwelche Pappteller zu stopfen, würde er anfangen zu stinken, und dann würde man ihn finden, ganz abgesehen von der Tatsache, dass es eine Augenzeugin gab, die wahrscheinlich die Wahrheit berichten und jeden, der auch nur andeutete, sie könne verrückt sein, mit einer großen Dose Gemüse niederschlagen würde.

Wir standen kurz davor, in vollem Umfang aufzufliegen. Mir lief es eiskalt den Rücken herunter. Meine Gedanken schossen wie wild durcheinander, stolperten übereinander. Man würde den Körper bergen, Gewebeproben entnehmen, Bilder machen und den Vorfall dokumentieren. Innerhalb weniger Minuten wäre alles im Internet. Sobald die Leiche den Supermarkt verließ, würde ich all das nicht mehr aufhalten können, und ich würde unwiderruflich in Verbindung damit stehen. Ich hatte die Kameras und die Festplatte zerstört, doch meine Fingerabdrücke waren überall. Die Frau würde mich identifizieren. Meine Kleidung war mit Blut und außerirdischem Schleim verschmiert. Darum musste ich mich auf der Stelle kümmern.

Ich musste den Körper verstecken.

Sofort.

»Was zum Teufel ist das?«

»Ich habe keine Ahnung, aber Sie müssen sich um Ihren Arm kümmern.« Ich gab mir alle Mühe, jegliches Zittern aus meiner Stimme herauszuhalten. »Das sieht nicht sehr hygienisch aus.«

»Stimmt. Es hat Sie auch erwischt. Meinen Sie, ich sollte den Marktleiter holen gehen?« Sie sah mich an.

Ich umklammerte die Flasche Rohrreiniger so fest, dass es wehtat. »Aufwischen in Gang fünf.« Ich lächelte.

Sie kicherte. Ich kicherte mit. Es klang ein wenig durchgeknallt. Wie bei einer irren Mondsüchtigen, die gerade den Vollmond erblickt hatte. Ich verbiss mir das Kichern. »Gehen Sie den Marktleiter holen. Ich behalte das da im Auge, was auch immer es ist.«

»Gut. Ich bin gleich wieder da.«

»Warten Sie!«

Sie wandte sich um.

»Unauffällig«, sagte ich. »Alte Leute und Kinder.«

Sie nickte und ging.

Ich hastete zu der Leiche und überschüttete den Pirscher mit dem Inhalt einer weiteren Flasche Rohrreiniger.

Er lag auf einem gegossenen Betonboden. In einem Gebäude, das kein Gasthaus war.

Nicht nachdenken. Einfach nicht nachdenken. Es bedeutet gar nichts, dass alle immer behaupten, so etwas gehe nicht.

Das Olivenöl. Ich machte auf dem Absatz kehrt, rannte den Gang entlang, schnappte mir die Flasche und übergoss den Körper damit. Der Gang war mit Dosen übersät. Ich musste sie aufheben.

Keine Zeit.

Ich kauerte neben der Leiche, presste die Handflächen auf den Boden und konzentrierte mich. Warum konnte es auch kein Holz sein? Dann hätte ich einzelne Dielen hochreißen können.

Die Magie strömte aus mir heraus, sammelte sich im Beton wie eine unsichtbare Pfütze.

Wirte hatten ihre Grenzen. Einfacher Poltergeist war das Beste, worauf man in einem Nicht-Gasthaus hoffen durfte.

Wenn man Kabel manipulieren konnte, war man den anderen ein ganzes Stück voraus.

Nicht nachdenken. Es ist nur unmöglich, weil es noch nie jemand getan hat. Ich hatte keine andere Wahl. Ich musste es schaffen.

Meine Haut wurde taub, aber die Innenseiten meiner Arme taten weh, als hätte jemand einen Haken unter meinen Adern eingehängt und zöge sie jetzt langsam aus meinem Körper.

Himmel, tat das weh.

Nicht nachdenken. Einfach machen.

Ich zitterte vor Anstrengung. Der Schmerz legte sich um mein Rückgrat. Ich bekam kaum noch Luft. Es war nicht einfach nur Schmerz, es war Agonie, die Sorte, die alles andere ausblendete.

Der Beton hatte sich mit Magie vollgesogen. Mehr hatte ich nicht zu geben. Ich versuchte es dennoch.

Der Schmerz durchzuckte meinen Rücken wie eine weiß glühende Peitsche. Ein Haarriss breitete sich im Gang aus. Der Boden tat sich auf.

Genau so. Ganz genau so.

Der Spalt wurde breiter. Die Flasche Olivenöl fiel hinein.

Nur noch ein bisschen. Ich biss die Zähne zusammen und riss den unbelebten Beton auf. Die Leiche fiel hinein.

Ja.

Vor meinen Augen verschwamm alles. Ich verlor nicht das Bewusstsein. Ich hing nur an diesem schrecklichen Ort zwischen Leben und Tod fest, und er bestand aus Schmerz. Ich stand über den Spalt gebeugt da und dachte eine Sekunde lang, ich würde auch hineinfallen.

Es reichte nicht, ihn geöffnet zu haben. Ich musste ihn auch wieder schließen. Ich zog den Beton wieder zusammen. *Komm schon.* Genauso gut hätte ich versuchen können, einen Tieflader aus dem Weg zu schieben. *Komm schon.*

Meine Arme und Beine zitterten. Langsam, Zentimeter für Zentimeter, bewegte sich der Beton. *Komm schon.*

Ich konnte es nicht. Ich konnte den Spalt nicht schließen.

Doch. Es war meine Pflicht. Ich würde ihn schließen. Der Schmerz umgab mich wie eine lodernde Decke.

Der letzte Zentimeter des Spalts verschwand. Der Beton glättete sich.

Ich konnte nicht mehr aufstehen. O nein.

Ich griff nach dem Metallregal, hielt mich daran fest und zog mich hoch. Mir war schwindlig. Ich stützte mich auf meinen Einkaufswagen und schob ihn vorwärts. Ich musste weg. Ich musste raus aus dem Markt. Ich zwang mich, weiterzugehen. Es mussten Nadeln innen in meinen Schuhen gewachsen sein, denn das Gehen tat weh.

Ich bog hinter die Gefrierschränke ein und marschierte weiter. Durch die Lücke zwischen den Regalen sah ich die dunkelhaarige Frau herbeieilen, gefolgt von einem Mann in einem schwarzen Polohemd und Khakihose. *Tut mir leid. Sie haben mir geholfen, und meinetwegen werden jetzt alle denken, Sie seien verrückt.* Wenn ich je die Gelegenheit dazu bekam, würde ich den Gefallen erwidern.

Ich ging durch einen weiteren Gang, wischte mit meinem Shirt den Griff meines Einkaufswagens ab und entfernte mich vom Schauplatz des Geschehens. Meine Schultern bluteten. Ich bog in Richtung der Tische mit den Klamotten ab und schnappte mir ein dunkles Sweatshirt. Es tat weh, es anzuziehen. Das Preisschild deutlich sichtbar in der Hand, begab ich mich zur Kasse.

In der kürzesten Schlange standen vier Leute.

»Ma'am, stellen Sie sich doch auch hier an!« Ein Mann. Mittelgroß. Dunkles Haar. Namensschild des Supermarkts.

Ich folgte ihm und zeigt ihm das Preisschild.

»Nur das Sweatshirt?«, fragte er.

Ich zwang mich, »Ja« zu sagen.

»Ihre Kundenkarte.«

Ich griff in die Handtasche, fummelte an meinem Geldbeutel herum, zog die Karte heraus, scannte sie, gab ihm einen Zwanziger, bekam einen Dollar Wechselgeld, und dann war da die Tür, und ich schritt hindurch und hinaus in die Sonne, den Autoschlüssel in der Hand.

Mein silberner Chevy HHR stand ganz am Ende der Parkreihe. Ich parkte immer ganz am Ende des Parkplatzes, zum einen, weil man dann leichter wegkam, und zum anderen, weil so mein Auto so weit weg von den Überwachungskameras stand wie möglich. Diese Angewohnheit würde mich nun teuer zu stehen kommen.

Vor mir dehnte sich der Asphalt. Ich setzte einen Fuß vor den anderen. Der Parkplatz hüpfte und sprang vor meinen Augen, dass mir schwindlig wurde. Die Hitze des texanischen Sommers drang auf mich ein. Ich zog das Sweatshirt aus.

Wenn ich auf dem Parkplatz bewusstlos wurde, wäre das schlecht. Es wäre geradezu furchtbar.

Ich schwankte und schaffte es, das letzte Stück zurückzulegen, während ich die Fernbedienung meines Autoschlüssels drückte. Die Türen klickten, und ich glitt auf den Rücksitz, schloss die Tür und legte mich zurück.

Fühlte sich so Sterben an? War es mir gelungen, mich umzubringen? *Mom? Dad? Wisst ihr, was jetzt passiert?*

So ging das nicht. Ich zog mein Handy aus der Jeanstasche und mühte mich mit den Symbolen ab. Anrufliste. Sean.

»Hallo«, sagte Seans Stimme in mein Ohr.

Ich wollte etwas sagen, aber meine Stimme versagte.

»Dina, ist alles in Ordnung?«

Was war nur mit meiner Stimme los?

»Bist du verletzt?«

…

»Wo bist du?«

Ich versuchte, den SMS-Knopf zu drücken. Jemand hatte meine Finger in schlaffe Dinger verwandelt, die mir den Gehorsam verweigerten. Da. S … U … P … Das Textfeld zeigte völliges Kauderwelsch. Okay, das würde nicht klappen.

Bild anhängen. Anhängen. Beim dritten Versuch gelang es mir, und ich hielt das Handy senkrecht nach oben. Die Kamera klickte. Ich drückte den »Senden«-Knopf.

Das Handy entglitt mir.

Wenn ich auf dem Parkplatz vor dem Supermarkt starb, würde ich im Jenseits sehr unglücklich sein.

KAPITEL 12

Ich verlor nicht das Bewusstsein. Zuerst dachte ich es, doch ich lag nur auf dem Rücksitz, schnappte nach Luft wie ein Fisch auf dem Trockenen und hatte Schmerzen. Ich hatte einen bitteren Geschmack im Mund. Dazu kam dieses absurde Gefühl, meine Zunge sei vertrocknet und verschrumpelt wie ein verwelktes Blatt. Jeder Atemzug dauerte ewig.

Das war wirklich, wirklich dumm gewesen. Wenn ich überlebte, würde ich das nie wieder tun. Nun, zumindest nicht, ohne zuvor lange zu üben. Sehr sorgfältig, und zwar so, dass es nicht so wehtat wie im Augenblick.

Ich wollte wirklich nicht sterben. Der Gedanke an den Tod versetzte mir einen Stich. Plötzlich war ich so unerträglich traurig, dass ich geweint hätte, wenn ich dazu in der Lage gewesen wäre. Ich wollte nicht sterben. Ich wollte leben. Es gab noch so viel zu tun und zu sehen. Ich wollte Jahre. Jahre, um das Gasthaus auszubauen, um seltsamen Gästen zu begegnen, um die kleinen, beglückenden Annehmlichkeiten des Lebens zu genießen. Jahre, um mich zu verlieben und glücklich zu sein. Jahre, um meine Eltern zu suchen und zu finden.

Mama ... Ich habe solche Angst. So furchtbare Angst. Ich wünschte, du wärst hier. Ich wünschte, du wärst bei mir. Du hast immer dafür gesorgt, dass alles besser wurde.

Sean würde nicht kommen. Er wusste wahrscheinlich nicht einmal, wo ich war. Ich musste aufstehen. Ich musste etwas tun.

Ich versuchte, den rechten Arm zu bewegen. Er lag einfach so da. Ich bemühte mich wirklich. Nicht einmal meine Finger zuckten. Ich war in meinem eigenen Körper gefangen.

Niemand würde mich finden. Ich lag mitten auf einem Parkplatz auf dem Rücksitz eines Autos mit getönten Scheiben. Es war noch nicht einmal Mittag, und im Auto war es bereits furchtbar heiß. Die Hitze drohte mich zu ersticken wie eine dicke, luftundurchlässige Decke. Selbst wenn es mir gelang, bei Bewusstsein zu bleiben, würde ich bald an einem Hitzschlag sterben.

Steh auf. Du wirst nicht aufgeben und hier einfach auf dem Rücksitz deines eigenen Autos sterben. Hör auf, im Selbstmitleid zu versinken.

Ich konzentrierte mich auf meine Hand. Keine Reaktion. Ich wurde immer schwächer.

Ich musste mir nur mein Handy schnappen, den Notruf wählen und sprechen. Eine Kleinigkeit. Ich hatte mich noch nie so hilflos gefühlt.

Wie sehr ich auch innerlich strampelte und schrie, mein Körper weigerte sich zu reagieren. Schweißperlen liefen mir übers Gesicht.

Die Beifahrertür öffnete sich. Die heiße Luft drang in einem großen Schwall nach draußen, und ich sah Seans Gesicht. Er beugte sich über mich, und seine Augen wurden groß. Sein Gesichtsausdruck änderte sich nicht. Er wurde nur etwas blasser. Ich musste furchtbar aussehen.

»Kannst du sprechen?«

…

»Krankenhaus?«

»Gggg…«

»Gasthaus?«

Ich versuchte zu nicken.

»Keine Sorge. Ich kümmere mich um dich.«

Er beugte sich herein, sein Körper war so dicht über meinem, dass ich seine Körperwärme spürte, dann schnappte er sich die Autoschlüssel vom Boden und verschwand. Die Tür schloss sich.

Nicht weggehen.

Die Fahrertür öffnete sich, und Sean ließ sich auf den Fahrersitz fallen. Der Motor sprang an, und wir fuhren los.

Zehn Minuten. So lange brauchte ich üblicherweise bis zum Supermarkt. Fünfzehn, wenn alle Ampeln rot waren.

Fünfzehn Minuten konnte ich noch durchhalten.

Ich klammerte mich ans Leben. Das Auto fuhr, die Schatten der Bäume, an denen wir vorbeikamen, glitten als lange Streifen über uns hinweg. Ein kalter Luftstrom strich über mich. Er musste die Klimaanlage eingeschaltet haben. Es fühlte sich himmlisch an.

»Keine Sorge«, sagte Sean. »Wir fahren gerade an der Redford vorbei. Sind fast da. Alles wird gut.«

Mein Rücken wurde taub. Ich fühlte mich, als schwebte ich ...

Ich spürte genau, in welchem Augenblick er die Grenze überquerte. Die Magie durchzuckte mich wie ein Stromstoß. Ich keuchte.

»Fast da«, informierte mich Sean. »Halte durch.«

Ich fand meine Stimme wieder. »Danke ...«

Der Wagen hielt an. Die Tür ging auf. Sean hob mich hoch, rückte mich in seinen Armen so zurecht, dass ich an seiner Schulter lehnte, und rannte zum Gasthaus. Die Vordertür öffnete sich, er zog den Kopf ein, und wir waren drinnen.

Das Gasthaus erbebte. Alle Wände, Dielenbretter, Deckenbalken und Träger ächzten im Chor. Es war ohrenbetäubend. Die Wände streckten sich uns entgegen. Das gesamte Gebäude bog sich. Irgendwo rechts jaulte Beast mit ihrer hohen Kleinhundestimme.

Sean straffte die Schultern und versuchte, mich zu beschützen.

»Schon gut«, flüsterte ich. »Es hat nur Angst. Setz mich ab.«

Langsam, den Blick immer noch zur Decke gerichtet, legte er mich auf den Boden. Mein Rücken berührte das Holz. Ein warmes, beruhigendes Gefühl erfüllte mich. Als ich Jahre zuvor mit meiner Familie auf den Florida Keys gewesen war, hatte ich während der Flut auf einer Sandbank gelegen. Das Meerwasser war so warm gewesen, dass es aus einer warmen Badewanne hätte stammen können, und war zunächst unter mir hindurchgeflossen, dann hatte es mich überspült, bis die Flut mich vom Sand gehoben hatte und ich im Licht der untergehenden Sonne und mit dem Neumond am Himmel über mir dahingetrieben war. Genau dasselbe Gefühl hatte ich jetzt wieder.

»Kann ich irgendetwas tun?«, fragte Sean.

Der Boden bog sich. Dicke, gefurchte Tentakel aus poliertem Holz legten sich um mich, hoben mich empor. Sean trat einen Schritt zurück.

»Bring mir meinen Besen. Bitte.«

Er wandte sich um und schnappte sich den Besen, der an seinem angestammten Platz in der Ecke lehnte. Die Tentakel schlangen sich ineinander, bildeten einen Kokon, schlängelten und wanden sich umeinander, hielten mich dreißig Zentimeter über dem Boden. Sean drehte sich um, sah den Kokon und wich einen Schritt zurück.

»Schon in Ordnung«, beruhigte ich ihn.

Langsam streckte mir Sean den Besen hin. Ein Tentakel schnappte ihn sich und schob ihn neben mir in den Kokon. Der Kokon hob sich in seine Richtung, brachte mein Gesicht dicht an seines.

»Danke«, flüsterte ich.

Einen Augenblick lang verharrten wir so, nur fünf Zentimeter voneinander entfernt, dann zogen und trugen die Tentakel mich rasch über den Boden, durch eine neu entstandene Lücke in der Wand und tief ins Herz des Gasthauses.

***

Ich öffnete die Augen. Mich erwartete beruhigende, sanfte, warme Dunkelheit. Schwache blaue Lichter umschwebten mich wie ein Schwarm trüber elektrischer Glühwürmchen auf dem Weg zu ihrem Nest.

Die Tentakel, die mich umschlungen hatten, hatten sich zu einer Säule umgewandelt, die den Boden mit der Decke verband. Warme Energie durchfloss sie, das Herzblut des Gasthauses, das pulsierte wie vom Schlag eines riesigen Herzens. Es ließ die Tentakel von innen sanft grün leuchten, machte das Holz durchscheinend, sodass die Maserung kaum noch sichtbar war. Die Luft roch sauber und frisch, wie tief im Wald an einem Sonnentag.

Ein weiterer Schwarm schwebte vorbei. Die Magie war hier so konzentriert, dass man sie hätte löffeln können.

Ich war schon einmal an diesem Ort gewesen, gleich nach meiner Ankunft. Ich war tief ins Gasthaus vorgedrungen – es hatte geschlummert, und ich hatte mir den Weg durch die Wände bahnen müssen –, und dann hatte ich mich hierhergesetzt, ans damals leblose Wurzelgeflecht des Gasthauses, ihm die Hände aufgelegt und es mit Magie gefüttert, bis die Wurzeln sich regten. Das Gertrude Hunt hatte jahrelang geschlummert, hatte in einer Art Todesschlaf gelegen. Es hatte lange gedauert, es aus diesem Tiefschlaf zu wecken.

Jetzt umschlangen mich die Tentakel, teilten die Magie des Gasthauses mit mir. Der Kreis hatte sich geschlossen. Ich hatte Glück gehabt. Meine Verletzungen waren durch den überhasteten Einsatz von Magie entstanden. Das Gasthaus hatte mir einen Teil seiner Macht abgegeben. Hätte ich schwere körperliche Verletzungen erlitten, hätte die Rekonvaleszenz viel länger gedauert.

»Danke«, sagte ich. »Aber es wird Zeit. Ich bin schon zu lange hier.«

Die Tentakel zogen sich schützend ein wenig zusammen, sanft, aber fest.

Die Wirte waren schon immer uneins darüber, ob Gasthäuser wirklich zu Empfindungen fähig waren oder nicht. Wir wussten, dass sie reagierten, aber ob sie uns liebten oder uns einfach aus einem symbiotischen Bedürfnis heraus dienten, war nie abschließend geklärt worden. Ich hatte da meine eigene Meinung.

»Es wird Zeit«, flüsterte ich erneut und streichelte die Wurzeln.

Die Tentakel lösten sich voneinander. Ich glitt zu Boden und trat auf das warme Holz. Ich war vollkommen nackt.

Etwas Kleines brach aus den Schatten hervor und leckte mir den Fuß. »Hallo, Beast.«

Das Hündchen raste hektisch im Kreis um mich herum.

Ein Tentakel erhob sich. Daran hing meine Robe. Wie zögernd schwebte sie da vor mir. Es war so schön hier in der ruhigen Dunkelheit. Aber ich hatte ein Gasthaus zu beschützen. Ich streifte meine Robe über und ergriff meinen Besen.

Vor mir teilte sich das Dunkel, Wände und Dimensionen zogen sich zusammen und wirbelten in schwindelerregendem Tempo umher. Der Anblick hätte gereicht, um einer ganzen Universität voller Physiker, die der Stringtheorie anhingen, Anfälle zu bescheren. Das Geräusch von Männerstimmen, die in der Ferne stritten, drang an mein Ohr. Natürlich. Ich hatte sie ein paar Stunden allein gelassen. Ich warf einen letzten Blick auf das Herz des Gasthauses hinter mir, seufzte und trat durch das chaotische Durcheinander in den Korridor, der zum Foyer führte.

***

»Wenn Dina stirbt, werde ich dich fressen, mein Lieber.« Caldenia sprach mit unerschütterlicher Ruhe.

»Das könnte schwierig für Euch werden, Hoheit«, antwortete Arland.

»Nein, das wird ganz einfach sein, wenn ich erst einmal mit Ihnen fertig bin«, sagte Sean.

Caldenia lächelte. »Es erheitert mich, dass du glaubst, ich könnte Hilfe brauchen, aber nun gut, du darfst ihn zuerst haben. Ich mag mein Fleisch schön weich geklopft. Bitte versuch, Komminutivfrakturen so weit wie möglich zu vermeiden.«

»Was bitte?« Sean runzelte die Stirn.

»Trümmerbrüche. Wenn Knochen so richtig splittern. Es ist immer ziemlich schwierig, sich die kleinen Fragmente aus den Zähnen zu pulen, ohne Anstand und Würde komplett zu vernachlässigen.«

Ich berührte die Wand mit der Hand und sandte einen Impuls aus, um den Raum zu isolieren.

Die Vordertür zerschmolz und verwandelte sich in eine Wand. Das Licht draußen veränderte sich leicht, bekam einen fahlen Orangestich. Der Durchgang zur Küche schloss sich. Dasselbe galt für den oberen Treppenabsatz, auch wenn dieser von unten aus nicht zu sehen war. Mein Körper protestierte gegen den Magieeinsatz, aber wenn man einen Vampir schlagen möchte, dann muss man ihn hart treffen. Das würde eine ganz harte Nummer werden.

»Ich habe nichts fal…«, begann Arland.

Die Nordwand gehorchte meinem Willen und zerschmolz. Arland unterbrach sich mitten im Wort. Sean erstarrte. Caldenia erhob sich langsam.

Draußen erstreckte sich unter einem purpurnen Himmel eine orange Ebene. Die Wand hatte sich am oberen Rand einer Klippe geöffnet, und von hier aus gesehen schien sich die Ebene unendlich weit auszudehnen. Die Sonne war untergegangen, aber in der Ferne loderte der Westen immer noch karmesinrot und gelb. Der riesige Mond nahm den halben Horizont ein und hing links über uns am dunklen Himmel. Dahinter zeichneten sich hell und klar die Sterne ab. Darunter kroch fahlgelbes Gras die schroffen, flammenfarbenen Dünen empor. Dürre Bäume mit trockenen, knorrigen Ästen standen hier und da. Sie trugen flache Kronen aus grünen Nadeln.

Die Ebene starrte sie an und atmete ihnen ins Gesicht, erfüllte den Raum mit dem trockenen, bitteren Geruch von Gras und noch etwas anderem. Etwas Tierhaftem, Wildem. Es war ein wilder, ekelhafter Geruch, der auf die Instinkte einstach wie ein Messer und allen, die ihn wahrnahmen, direkt in den Geist flüsterte: »*Etwas Großes naht. Etwas Hungriges, Bösartiges.*«

Der Boden bebte. Eine riesige Kreatur schob sich auf sechs gigantischen Beinen ins Bild, von denen jedes einzelne problemlos ein Auto hätte plätten können. Sie bewegte sich schnell, die Klauen an den sechs Beinen gruben sich in den Boden, während sie dahintrottete, und der lange, gegliederte Schwanz mit dem schweren Stachel am Ende zuckte im Takt. Das ersterbende Licht spielte über ihre purpurne Haut.

Sean öffnete den Mund und ließ ihn einen Augenblick lang offen. Arlands rechte Hand versuchte sich um einen nicht vorhandenen Schwertknauf zu schließen.

Das Monster hielt inne und richtete sich plötzlich auf, stützte sein Gewicht auf seine Schwanzwurzel und ragte wie ein senkrecht stehender Sattelzug über der Ebene auf. Sein Dinosaurierhals krümmte sich, als es den breiten Kopf zuerst nach rechts, dann nach links schwenkte. Sechs rot-orangefarbene Augenpaare suchten das Gras ab. Das Tier atmete ein, seine Nüstern bebten. Wir mussten seltsam riechen.

Das Tier öffnete sein riesiges Maul so weit, dass es aussah, als habe ihm etwas den Kopf gespalten, und entblößte einen

Wald von Zähnen in der Größe von Absperrkegeln. Die Kreatur brüllte.

Es war ein Geräusch, das die meisten zivilisierten Wesen niemals hören würden, doch wenn, dann würden sie es nie wieder vergessen. Sie würden es noch im Schlaf erkennen, und wenn sie es wieder hörten, würden sie aufhören, zu reden und zu denken, und sich dann ins nächste finstere Loch verkriechen.

Arland und Sean spannten die Muskeln an und sahen sich um.

»Die Ausgänge sind verschwunden«, sagte Arland.

»Ich habe es gesehen.« Sean lockerte die Schultern, als wolle er gleich lossprinten.

Ich trat aus den Schatten und stellte mich zwischen sie. Als ich ins Licht des Sonnenuntergangs trat, wurde meine Robe rotbraun und veränderte ihren Schnitt leicht, um sich der anderen Welt anzupassen.

»Was ist das für ein Ort?«, fragte Arland.

»Kolinda. Das Gasthaus existiert an mehreren Orten gleichzeitig. Es gibt Türen zwischen den Welten, und manche davon führen hierher. Es gibt auf Erden zwei Arten von Bewahrern: die Wirte und die *Ad-hal*.«

Das Monster auf der Ebene wandte sich uns zu, nachdem es endlich die Quelle der seltsamen Gerüche aufgespürt hatte. Ich kehrte ihm den Rücken zu.

»*Ad-hal* ist ein altes Wort. Es bedeutet Geheimnis.«

»Dina«, sagte Sean, der über meine Schulter schaute.

»Wer unsere Welt betritt, unterliegt dem vom kosmischen Senat ratifizierten Abkommen, und dessen wichtigste Bestimmung ist, dass es geheim bleiben muss.«

Der Boden bebte, und der Fußboden des Gasthauses vibrierte. Das Monster galoppierte auf uns zu.

»Wer sein Gasthaus verliert, wird manchmal zu *Ad-hal*, genau wie die Kinder von Wirten«, sagte ich. »Sie dienen dem

Senat hier auf Erden. Wenn jemand aktiv versucht, die Wirte auffliegen zu lassen, erscheinen sie auf der Bildfläche. Das kommt nur sehr selten vor, doch es kommt vor. Sie ergreifen die Schuldigen und bringen sie an solche Orte.«

Jetzt bebte das gesamte Gasthaus. Die sechsbeinige Bestie erklomm die Klippe, kam in unsere Richtung.

»Mylady!« Arland trat einen Schritt vor.

»Es wird kein Shuttle geben«, sagte ich. »Kein Dimensionstor, kein magisches Portal. Keine Rettung, keine Möglichkeit zur Kontaktaufnahme mit daheim. Es gibt nur Euch und die Wildnis.«

Ich drehte mich langsam um, genau rechtzeitig, um die wütenden Augen und die nun riesigen Zähne zu sehen.

Eine Wolke übel riechenden, heißen Atems schlug über mir zusammen. Ich klopfte mit dem Besen auf den Boden. Die Mauer erschien wieder, diesmal aber transparent. Die Bestie fauchte verwirrt, doch wir hörten es nicht. Sie schlug die Klauen in die leere Luft vor ihr, doch wir waren außerhalb ihrer Reichweite. Wieder gestaltete sich meine Robe um.

»Heute hat mich der Pirscher am helllichten Tag vor Zeugen in einem gut besuchten Markt angegriffen. Ich tat alles in meiner Macht Stehende, um zu verhindern, dass das Wissen darüber nach außen dringt, und wäre infolgedessen beinahe gestorben. Indem Ihr mir Informationen vorenthaltet, werdet Ihr und das Haus Krahr Komplizen dieses Verstoßes.«

Arland kniff die Augen zusammen. »Ist das eine Drohung?«

»Ich drohe meinen Gästen nicht, Euer Lordschaft. Dazu besteht keine Notwendigkeit. Ich zähle nur die Fakten auf. Wenn der Dahaka weiter angreift, kann ich nicht garantieren, dass ich das immer unter der Decke halten kann. Das kann niemand versprechen, weil es ihm völlig egal ist. Wenn die Viehherde, die er abgeschlachtet hat, nicht ausgesehen hätte, als hätten wilde Tiere sie angegriffen, wären die Geheimnisbewahrer schon hier.

Wenn die *Ad-hal* Euch holen kommen, werde ich Euch nicht beschützen. Ich kann es nicht nur nicht, ich werde es auch nicht. Eure Geheimnisse gefährden uns alle, und die Sicherheit meiner Gäste ist meine oberste Priorität. Wenn Ihr auffliegt, wird Euer Haus entehrt sein und von der Erde verbannt werden.«

Ich setzte mich.

»Wir hier auf der Erde pflegen zu sagen: ›Ihr seid am Zug.‹ Ich glaube, in Eurer Sprache gibt es einen ähnlichen Ausdruck.«

»Der Krahr frisst deine Pferde«, sagte Arland. Er schaute grimmig. »Welche Garantien habe ich, dass dieses Wissen in diesem Raum bleibt, wenn ich es Euch erzähle?«

»Mit wem sollten wir denn darüber reden?«, fragte ich.

Arland sah Caldenia an. Sie zuckte die Achseln. »Ich bin Dauergast in diesem Gasthaus, wie du vielleicht schon gehört hast.«

Der Vampir drehte sich zu Sean um.

»Klar, ich bringe es in die Abendnachrichten, weil ich schon immer als kompletter Idiot dastehen wollte. Ich fände es super, wenn man mich für den Rest meines Lebens wegsperrt, und meine Eltern, die immer noch Außerirdische und auf diesem Planeten sind, wären unsagbar stolz auf mich.«

»Ein einfaches Ja hätte genügt«, sagte Arland.

Wir warteten. Er setzte sich und begann zu sprechen: »Es begann alles mit einer Hochzeit.«

Kapitel 13

»Wie amüsant.« Caldenia hob die Brauen. »Üblicherweise kommt die Hochzeit am Ende.«

»Wer hat denn geheiratet?«, fragte ich, machte die Mauer hinter mir wieder opak und öffnete die Ausgänge. Ich hatte meine Position klargemacht, und es zehrte an den Ressourcen des Gasthauses, das Tor offen zu halten.

Arland zuckte die Achseln und nahm Platz. »Mein Vetter zweiten Grades. Ich war aufgrund meines Ranges involviert, und es war ein Albtraum. Kleinigkeiten gehen schief, und Leute, die normalerweise ganz vernünftig sind, neigen plötzlich zur Hysterie. Allein die Blumenfrage ... Wenn ich heirate, beabsichtige ich, alle Vorbereitungen jemand anderem zu überlassen. Solange man mir sagt, wo ich aufzutauchen habe, ist mir herzlich egal, wie die Bänder gefältelt sind und ob sie den richtigen Rotton haben.«

Arland nickte in Richtung Küchentür. »Ihr habt die Türen geöffnet. Heißt das, Ihr stuft mich als vertrauenswürdig ein?«

»Nein, ich will nur eine Tasse Tee.« Ich erhob mich und ging in die Küche. »Möchte noch jemand etwas?«

Sie schüttelten den Kopf.

Ich machte mir eine Tasse Earl Grey und setzte mich dann wieder.

»Eine Reihe unserer Freunde und Verbündeten waren zur Hochzeit eingeladen, auch Haus Gron«, fuhr Arland fort.

»Unsere Häuser stehen schon lange auf gutem Fuße miteinander, und vor drei Jahren haben wir einen Bruderschaftspakt unterzeichnet.«

»Bruderschaftspakte sind selten«, sagte ich zu Seans besserem Verständnis.

»Ja«, bestätigte der Vampir. »Es werden ständig Verträge geschlossen und gebrochen. Ein Bruderschaftspakt ist bindend. Wir besiegelten die Allianz in einer Kathedrale der Ketten und des Lichts. Das kann man nicht einfach mit einem Dolchstoß in den Rücken ungeschehen machen.«

»Warum sich so festlegen?«, fragte Caldenia. »Solche Bindungen erweisen sich zumeist als Klotz am Bein.«

Arland seufzte. »Das ist eine komplexe Angelegenheit, bei der es unter anderem auch um Handelswege, gemeinsame Feinde und ein uneheliches Kind geht. Ich könnte sie Euch auseinandersetzen, es mag aber genügen, wenn ich sage, dass eine Allianz sehr in unserem Interesse war. Wir betreiben eine Operation, die von sehr viel gemeinsamer Planung abhängt. Die Hochzeit sollte das unverbrüchliche gegenseitige Miteinander der Häuser zementieren.«

»Lassen Sie mich raten«, sagte Sean mit finsterem Gesicht. »Jemand wurde umgebracht.«

»Die Bandträgerin«, sagte Arland.

»Sie verwenden Armbänder und -reifen statt Ringe«, teilte ich Sean mit. »Die Bandträgerin bewahrt die Bänder während der Zeremonie. Es ist eine Ehre, dieses Amt auszuüben.«

»Die Bandträgerin war eine hoch angesehene Ritterin und extrem schwer zu töten«, sagte Arland. »Jemand brachte sie auf recht widerwärtige Weise aus dem Hinterhalt heraus um. Wir fanden sie am Hochzeitsmorgen. Als sich die Tore der Kathedrale öffneten, sah die gesamte Hochzeitsgesellschaft ihre blutige Leiche von der Decke hängen, mit den heiligen Ketten um den Hals.« Er zog die Brauen zusammen, sein Ausdruck wurde hart. »Sie war meine jüngste Tante. Unser Haus war entehrt, unsere heilige Stätte geschändet, und an der Leiche fand sich die DNS eines Angehörigen des Hauses Gron.«

Es war eine unsagbare Beleidigung. Nicht nur hatte sich jemand ins Herz des Territoriums des Hauses Krahr eingeschlichen, er hatte auch eine Ritterin bei einer Hochzeit in einer Kirche getötet. Haus Krahr musste schnell Rache nehmen, sonst hätte es sein Ansehen bei der Anokratie verloren.

»Was habt ihr getan?«, fragte Caldenia.

»Wir behielten die Ergebnisse der Molekularanalyse für uns, sonst hätte es auf der Stelle ein Blutbad gegeben. Nur eine Handvoll Leute kennt sie. Inoffiziell trafen wir uns mit Haus Gron, das alle Vorwürfe zurückwies. Das Haus konnte nicht erklären, wie das fremde Blut auf Olinias Leichnam kam, aber ich kenne Sulindar Gron, seit wir vier waren. Wir sind beste Freunde und Waffenbrüder. Er schwor, dass seine Leute unschuldig seien, und ich bin geneigt, ihm zu glauben.«

Caldenia kniff die Augen zusammen. »Warum? Wegen sentimentaler Gefühle aufgrund einer Sandkastenfreundschaft?«

»Nein, weil Sulindar ein heimtückischer, hinterhältiger Bastard ist. Das Ganze war viel zu offensichtlich für ihn«, sagte der Vampir.

»Habt Ihr den Tatort je gefunden?«, fragte ich.

Arland schüttelte den Kopf. »Nein. Aber meine Tante hatte ihren Angreifer verletzt. Er hatte einen Verdampfer benutzt, um das Blut zu verbergen, das er vergossen hatte, doch wir fanden an ihren Zähnen Spuren einer unbekannten Flüssigkeit. Wir brauchten drei kostbare Tage, um sie zu dem Dahaka zurückzuverfolgen. Dahakas sind selten, und er wäre aufgefallen, er war also nicht auf dem normalen Wege angereist. Wir wissen nicht, wie er hin- und wieder wegkam.«

»Langsam wird es spannend«, sagte Caldenia.

»Es war ein Auftragsmord.« Arland bleckte die Fänge. »Das allein ist schon ein Zeichen von Schwäche. Welcher Vampir muss denn bitte einen Auftragskiller anheuern? Wichtiger noch, das Ganze sollte einen Keil zwischen Krahr und Gron treiben. Ihr habt keine Ahnung, wie lange wir an dieser gemeinsamen Offensive gearbeitet hatten. Diese ganze Situation ist ein *hissot.*«

»Was heißt das?«, fragte Sean.

»Ein Nest von Giftschlangen, das in seiner Widerwärtigkeit seinesgleichen sucht.« Frustration schwang in Arlands Stimme mit. »Zwei Jahreszeiten des Planens vertan. Fünfzigtausend Anhänger des Hauses Krahr verlangen die Bestrafung der Schuldigen, wer auch immer sie sind, und eine etwa gleiche Anzahl an Gron-Gefolgsleuten steht in Alarmbereitschaft, weil ihre Führung glaubt, wir würden sie als Vergeltungsmaßnahme überfallen. Es reicht nicht, dass der Dahaka stirbt. Wir müssen seinen Auftraggeber finden. Er könnte für unsere Feinde, für eine dritte Partei, ja vielleicht sogar für Gron arbeiten. Deshalb ist mein Onkel verletzt. Er hat nicht versucht, den Dahaka zu töten. Er wollte ihn gefangen nehmen.«

Sean beugte sich vor. »Ich habe gesehen, was er den Männern Ihres Onkels angetan hat. Vertrauen Sie mir, wir haben nicht die Mittel, ihn gefangen zu setzen.«

»Gesprochen wie ein Sergeant«, sagte Arland.

Sean starrte ihn ausdruckslos an.

»Versteht mich nicht falsch, Sergeanten sind das Herz jeder Armee. Einen guten sollte man in Gold aufwiegen. Aber ihnen geht es nicht ums große Ganze. Hier geht es nicht nur um Rache. Es geht um die Stabilität zweier Häuser. Wir müssen den Dahaka lebend kriegen.«

Sean verschränkte die Arme.

»Allein kann ich nichts gegen ihn ausrichten«, sagte Arland. »Aber wir haben doch gemeinsame Interessen. Ihr wollt genau wie ich, dass der Dahaka von Eurem Planeten verschwindet. Gemeinsam hätten wir zumindest eine Chance.«

»Wir haben nicht genügend Leute, um ihn gefangen zu nehmen«, sagte Sean. »Das ist einfach so. Wenn Sie mal kurz darüber nachdenken, werden Sie zum selben Schluss kommen.«

»Wir könnten ihn aufs Gelände des Gasthauses locken.«

»Das wird nicht klappen«, sagte ich.

»Was macht Euch da so sicher, Mylady?«, fragte Arland.

»Ich habe mit ihm gesprochen.«

Der Vampir starrte mich an. Genau denselben Gesichtsausdruck hatte ich schon bei Sean gesehen.

»Wann?«, fragte Arland leise.

»Als Sean Lord Soren hereinholte. Ich spürte eine Störung, ging hinaus und sah ihn auf dem Laternenpfahl. Wir haben uns unterhalten.«

»Und Ihr habt es nicht für nötig gehalten, mir das zu erzählen?«, fragte Arland.

»Nein.«

Sean wusste es schon – er hatte den Dahaka wegrennen sehen. Aber da die Vampire nicht gerade freigiebig mit Informationen gewesen waren, hatte ich es für mich behalten.

Arland öffnete den Mund, sagte aber nichts. In ihm schien irgendein gewaltiger Tumult zu toben. Schließlich sagte er: »Das war äußerst unklug.«

»Genau wie der Entschluss, uns nicht zu verraten, warum Sie auf diesem Planeten sind.« Sean lächelte sein Charmanter-Teufel-Lächeln.

Arland dachte über seine Worte nach. »Touché. Das habe ich verdient.«

Sean sah mich an. »Was ich dich schon die ganze Zeit fragen wollte: Warum ist er hier?«

»Lord Soren.«

Sean runzelte die Stirn. »Warum?«

»Ein Bonus«, murmelte Caldenia.

Wir sahen sie an. Mit einer eleganten Geste winkte sie ab. »Ignoriert mich.«

»Der Dahaka kam mir klug und brutal vor. Er verabscheut uns zutiefst – er nannte mich ›Fleisch‹. Aber er hat mich nicht angegriffen, und keiner seiner Pirscher hat ernsthaft versucht, das Gasthaus zu stürmen. Er weiß, was ich bin, und achtet sehr sorgfältig darauf, das Gelände nicht zu betreten.«

»Könntet Ihr ihn binden, wenn er es täte?«, fragte Arland.

»Hier auf dem Gelände möglicherweise. Im Haus mit Sicherheit. Aber er wird sich wahrscheinlich nicht hereinlocken lassen.«

Arland lehnte sich zurück und atmete frustriert aus. »Es muss doch einen Weg geben, ihn in eine Falle zu locken. Bei allem Respekt, Ihr seid nur eine Wirtin, Mylady, keine erfahrene Jägerin.«

Ah, ja. Schön, dass wir darüber gesprochen hatten.

»Vielleicht könnten wir ihn aufscheuchen«, sagte Arland.

»Nicht, ohne Aufmerksamkeit zu erregen«, sagte Sean. »Und Aufmerksamkeit ist das Letzte, was wir brauchen.«

»Sehe ich auch so.« Der Vampir bleckte die Fänge.

Sie starrten einander an und sahen dann mich an.

Ich zuckte die Achseln. »Ich bin keine große Jägerin. Ich bin nur eine Schönheit aus dem Süden, die daheimbleibt, Kuchen backt und möglicherweise großen Jägern Eistee serviert, wenn sie zufällig vorbeikommen.«

Arland blinzelte verwirrt.

»Sie haben's verbockt, nun müssen Sie es auch wieder geradebiegen«, sagte Sean.

Der Vampir beugte sich vor und fixierte mich. Sein Blick wurde warm, und ein charmantes, selbstironisches Lächeln erhellte sein Gesicht.

Wow.

»Ich habe meine Worte ungeschickt gewählt, Mylady. Ich bin schließlich nur ein Mann und ein Soldat, dem die Gebote der Höflichkeit zuweilen fremd sind. Ich stehe im Dienste meines Hauses. Mein Geschäft sind Blut und Tod, und ich hatte bisher nicht das Glück, durch die sanfte Hand einer Frau gesellschaftlichen Schliff zu erlangen.«

Sean hustete hinter vorgehaltener Faust. Einer seiner Huster klang verdächtig nach »Bullshit«.

»Ich bitte Euch in aller Bescheidenheit um Verzeihung. Weder verdiene ich sie, noch erwarte ich sie, doch appelliere ich an Euer Mitleid. Sollte ich in den Genuss Eurer Verzeihung kommen, verspreche ich, dass so eine Verfehlung nie wieder passieren wird.«

Zu Arlands Pech war er nicht der erste Vampir, dem ich begegnet war. »Ein Vampir aus einem anderen Haus hat mir einmal etwas ganz Ähnliches versprochen. Er ging dabei sogar auf ein Knie.«

»Habt Ihr ihm verziehen?« Arland schenkte mir ein weiteres Vampirlächeln. Vampirlächeln sollte man wirklich verbieten.

»Während ich noch darüber nachdachte, sprang er mich an und versuchte, mir mit seinen Zähnen den Hals zu brechen, also: nein.« Ich war damals fünfzehn gewesen, und es war eine hervorragende Lektion in Sachen Vampirmanieren gewesen. Trotz ihrer schönen Gesichter, ihrer Religion, ihrer Zeremonien und ihres Charmes waren Vampire Raubtiere. Wenn man das auch nur eine Sekunde lang vergaß, riskierte man sein Leben, weil es ihnen selbst nie entfiel.

Arland öffnete den Mund.

»Ich bin nicht böse auf Euch, Euer Lordschaft. Ich habe nur keine Ahnung, wie wir den Dahaka in eine Falle locken könnten. Oder töten.«

»Kann ich einen Tee haben?«, fragte Caldenia.

»Natürlich.« Ich ging in die Küche und holte ihren Lieblingsbecher aus dem Schrank.

»Vielleicht mit einem Hochleistungsgewehr?«, fragte Sean.

»Was für einem?«, fragte Arland.

»Stealth Recon Scout«, sagte Sean.

»Verschießt es Metallgeschosse?«

»Ja.«

»Wie schnell?«

»Schnell genug, um einen Menschen auf zwei Kilometer zu töten.«

»Ich glaube nicht.« Arland verzog das Gesicht. »Der Dahaka verfügt wahrscheinlich über magnetische Disruptoren, Rüstung, Helm und einen extrem dicken Schädel.«

Ich brachte Caldenia eine Tasse Zitronentee. Sie nahm sie mit einem Nicken entgegen.

»Wir könnten es mit panzerbrechender Munition versuchen«, sagte Sean.

»Wenn ich auch einmal etwas sagen dürfte …« Caldenia rührte in ihrem Tee. »Ihr stellt die falschen Fragen.«

»Welches wären denn die richtigen, Hoheit?«, fragte Arland.

»Hat jemand von euch je einen Auftragskiller angeheuert?« Caldenia hob mit den langen Fingern ihre Teetasse an die Lippen. Ihre Fingernägel waren zwar manikürt und sorgsam geschnitten, ähnelten aber dennoch nach wie vor Klauen.

»Nein«, sagte Arland.

Sean schüttelte den Kopf.

»Das ist immer ein Riesenchaos. Wenn man einen anheuert, um einen Geheimauftrag auszuführen, muss man ihn auch töten lassen, und dann braucht man wieder jemand anderen, der den Mörder tötet … Das ist wie bei Dominosteinen. Es hört gar nicht mehr auf.« Caldenia zuckte die Achseln. »Ein guter Auftragskiller sichert sich immer ab. Er behält irgendein Unterpfand, einen Beweis, mit dem er seinen Auftraggeber bedrohen kann, wenn er Gefahr läuft, eliminiert zu werden, was der zuvor erwähnte Auftraggeber in jedem Fall versuchen sollte, wenn er klug ist.«

»Das ist eine Zwickmühle«, sagte Sean.

»Ein Dilemma«, sagte Caldenia. »Die meisten Auftraggeber versuchen, den Killer nach getaner Arbeit zu eliminieren, und erwartungsgemäß wollen die meisten Killer am Leben bleiben. Fragt euch vor diesem Hintergrund doch einmal, warum der Dahaka hier ist.«

Arland runzelte die Stirn. »Ich kann Euch nicht folgen.«

»Warum ist er nicht auf seinen Planeten voller anderer Dahakas zurückgekehrt?«

»Wir wissen gar nicht wirklich, ob es ein Er ist«, murmelte ich.

»Man sollte einem Gegner gedanklich immer ein Geschlecht zuweisen«, sagte Caldenia. »Dann kommt man nicht auf den Gedanken, man hätte es mit einem dummen Tier zu tun. Warum bleibt er hier auf einer neutralen Welt und riskiert, entdeckt zu werden, wenn er die Früchte seiner Arbeit auf seinem eigenen Planeten genießen könnte, wo ihm niemand etwas anhaben kann?«

Gute Frage. »Vielleicht kann er nicht heim? Vielleicht hat man ihn verbannt, aber auch dann sollte er weiterziehen, nicht hierbleiben.«

Caldenia nickte und sah Arland an. »Was passiert noch mal, wenn ein Raumschiff in die Atmosphäre eures Planeten eintritt?«

»Dasselbe wie bei allen sechs Planeten der Anokratie«, sagte Arland. »Die Orbitalabwehr kontaktiert das Schiff, das dann mittels eines Hauswappens einen Passcode übermittelt. Wenn das Raumschiff auf das Gebiet eines bestimmten Hauses zufliegt, wird es erneut kontaktiert, diesmal von der Luftabwehr. Wieder übermittelt das Wappen einen Passcode. Wir haben beispielsweise Angehörigen des Hauses Gron zeitweilig erlaubt, unsere Atmosphäre zu betreten, und zwar für die Woche, die der Hochzeitsbesuch in Anspruch nahm.«

O nein. »Kann man das Hauswappen fälschen?«, fragte ich.

»Nein. Es ist durch einen genetischen Code mit einem ranghohen Mitglied des Hauses verbunden und entwickelt sich mit den Taten seines Trägers. Es ist Kommunikationseinheit, Notenergiespeicher und vieles andere in einem. Ein Vampir würde niemals sein ...«

Caldenia lächelte in ihren Tee.

Arland verstummte. Dann sagte er: »Ich bin ein Idiot.«

»Der Dahaka hat ein Hauswappen«, vermutete Sean.

»Nur so kann er an der Luftabwehr des Hauses vorbeigekommen sein. Wir dachten, jemand hätte ihn eingeschmuggelt, fanden jedoch keine Aufzeichnungen über ein Schiff, das innerhalb des Zeitfensters des Mordes auf den Planeten zurückgekehrt war oder ihn verlassen hatte. Aber wenn er ein Wappen hatte, dann gibt es keine Aufzeichnungen. Die Übertragungen von Hauswappen funktionieren wie Schlüssel: Sie sorgen für sicheres Geleit, aber es wird nicht aufgezeichnet, welche wann aktiviert werden.«

»Sieht nach einer Sicherheitslücke aus«, sagte Sean.

»Wir lassen uns nicht gern überwachen. Wenn der Dahaka ein Wappen hat, kann er irgendwo in der Wildnis gelandet sein, meine Tante ermordet und den Planeten wieder verlassen haben.«

In Arlands gesamtem Körper spannten sich die Muskeln. Er sah aus wie eine sprungbereite Raubkatze. Seine Augen leuchteten rot. »Wie kann man nur so tief sinken, einem Außenstehenden sein Wappen zu überlassen? Das ist ein Frevel gegen das Haus. Wer immer das tat, muss verzweifelt gewesen sein.«

»Richtig«, sagte Caldenia. »Endlich denkst du in die richtige Richtung.«

»Er hat es noch«, fauchte Arland. »Er hat das Wappen noch, sonst hätte er den Planeten nicht verlassen können.«

»Wenn Sie es in die Finger bekommen, könnten Sie feststellen, wem es gehört?«, fragte Sean.

»Ja.«

Arland ließ die Fänge aufblitzen, und ich verspürte den Drang, zurückzuweichen. Beast knurrte unter meinem Stuhl. Das war der wahre Vampir. Ein unaufhaltsamer, rasender Mörder. Deshalb waren sie so gute Krieger. Hätte es bei ihnen nicht so viele interne Auseinandersetzungen gegeben, hätten sie ihre Ecke der Galaxie schon vor langer Zeit erobert.

»Wenn wir auf der Erde jemanden anheuern, bezahlen wir fünfzig Prozent als Vorschuss«, sagte ich, »und die zweite Hälfte nach Erledigung des Auftrags.«

»So halten wir das auch«, sagte Arland.

»Wenn er das Hauswappen also noch hat …«, begann ich.

»Wartet er darauf, dass der Besitzer es abholen kommt«, sagte Sean. »Das Wappen ist seine Versicherung. Er tauscht es für den Rest seines Geldes ein und geht. Deshalb ist er noch hier. Er kann nicht nach Hause, weil die Vampire ihm dorthin nicht folgen werden und er sein Geld will.«

»Aber in der Heiligen Anokratie kann er nicht bleiben, weil dort jeder Dahaka, dessen man ansichtig wird, sofort festgenommen würde«, sagte Arland. »Die Frage ist: Wessen Wappen hat er? Gron oder Krahr?«

Caldenia beugte sich mit plötzlich aufmerksamem Gesichtsausdruck vor. »Denk nach. Denk an deinen Onkel.«

Arlands Augen wurden schmal. »Der Dahaka wollte ihn töten. Warum …? Nicht um seine Überlegenheit zur Schau zu stellen. Der Dahaka hatte meinen Onkel bereits besiegt und musste nichts mehr beweisen. Es kann keine Trophäenjagd sein, denn Auftragsmörder müssen so diszipliniert sein, dass sie keine

Trophäen sammeln, und es fehlt ja auch kein Stück vom Körper meiner Tante. Der Dahaka tötet für Geld.«

In meinem Kopf fügten sich die Mosaiksteinchen zusammen. Ich sah Caldenia an. »Ein Bonus.«

Sie nickte.

Arland ging auf und ab. »Der Dahaka hätte für meinen Onkel noch einen Aufschlag bekommen. Soren war sein spezifisches Ziel. Wenn eine dritte Partei einen Keil zwischen Krahr und Gron treiben wollte, dann war ihr dies bereits gelungen. Warum also einen Aufschlag für meinen Onkel bezahlen? Wenn umgekehrt Gron für den Mord verantwortlich war, ergibt es keinen Sinn, Soren zu töten. Er ist pro-Gron und ein verlässlicher Partner für mich und die Hausführung, aber er ist politisch nicht ausschlaggebend. Wenn jemand aus dem Hause Gron Soren aus persönlichen Gründen aus dem Weg hätte schaffen wollen, hätte er ihn direkt gefordert. Ein Auftragsmord ist ehrlos.«

Arland starrte ins Leere. Ich konnte fast spüren, wie sein Hirn arbeitete.

»Wenn Soren wegfällt, gehen sein Besitz und die Befehlsgewalt über seine Truppen an Renadra über. Sie ist jung und unerfahren, würde also unter normalen Umständen wahrscheinlich jegliche Entscheidung mittragen, die die Hausführung trifft, doch sie liebt auch ihren Vater, wenn er also getötet würde und man Gron die Schuld dafür gäbe, würde sie Vergeltung üben. Ihre Großmutter mütterlicherseits ist die Blutarchimandritin der Karmesinroten Abtei. Ehe es zum Krieg zwischen Gron und Krahr kommen könnte, müsste der Pakt gebrochen werden. Man braucht einen Dispens von einem Hochritter der Kirche, um einen Bruderschaftspakt zu brechen. Renadras Großmutter könnte diesen gewähren. Renadra ist ihre einzige Enkelin, und sie liebt sie sehr. Sie würde ihr diesen Gefallen tun. Die Archimandritin würde diesen Krieg absegnen.«

»Wäre das dem Haus Gron bekannt?«, fragte Sean.

»Nein.« Arlands Stimme war leise und bösartig. »Wäre es nicht.«

»Du weißt, wer es ist«, sagte Caldenia in vertraulichem, eindringlichem Tonfall. »Du weichst der Antwort aus, weil schon der Gedanke daran dir Schmerzen bereitet. Die Person ist ein Verwandter, ein Freund. Aber du hast die Zeichen gesehen, die kleinen Dinge, hast das unzufriedene Flüstern gehört, den falschen Ausdruck in jemandes Gesicht. Lass dich darauf ein. Du kannst es nicht beweisen, aber hier geht es nicht um Beweise, hier geht es um Wissen.«

Arland starrte sie an. Seine Augen leuchteten in reinem, intensivem Rot wie die einer albtraumhaften Dschungelkatze, die aus dem Halbdunkel heraus den Eindringling in ihrem Revier anstarrte. Meine Nackenhaare richteten sich auf.

»Der Dahaka erwartet seine Bezahlung«, sagte Arland. »Der Verräter hat sein Wappen nicht, aber er kann einen Code senden, auf den sein Wappen reagiert. Das kann ich auch. So finden wir unsere Toten.«

Caldenia nickte. »Es besteht noch Hoffnung für dich, mein Junge.«

»Was, wenn ich mich irre?«

Sie zuckte die Achseln. »Wer nicht wagt, der nicht gewinnt. Aber es wäre schon besser, wenn du dich nicht irrst.«

»Es sind nach wie vor nur wir zwei gegen ihn und seine Pirscher«, sagte Sean.

»Drei«, widersprach ich ihm.

Der Vampir und der Werwolf starrten mich mit identischem Gesichtsausdruck an.

»Nein«, sagte Sean.

»Absolut nicht«, stimmte ihm Arland zu. »Außerhalb des Gasthauses seid Ihr am schwächsten.«

»Dann lasst Euch von ihm nicht zu weit vom Gasthaus weglocken«, sagte ich. »Ihr werdet mich brauchen.«

»Dina, wir beide werden alle Hände voll zu tun haben, um ihn beschäftigt zu halten«, sagte Sean ruhig. »Die Pirscher werden über uns herfallen. Arland trägt eine Rüstung, und ich habe die Fähigkeit, meine Wunden sehr schnell zu heilen. Du hast keines von beidem. Sie werden sich auf dich konzentrieren, und ich kann wenig dagegen tun.«

»Ich habe vielleicht etwas, das gegen Pirscher hilft«, sagte ich. »Je nachdem, wie viel Geld ich zusammenkratzen kann.«

»Haus Krahr ist nicht mittellos«, sagte Arland.

»Ich werde es Euch wissen lassen, wenn ich darauf zurückgreifen muss.«

Arland nickte. »Wenn wir den Dahaka anlocken wollen, brauchen wir eine abgelegene Stelle, wo es keine Zeugen gibt und wir Bewegungsfreiheit haben, die sich aber nicht zu weit vom Gasthaus entfernt befindet.«

»Hinter dem Obstgarten liegt eine Wiese«, sagte Sean. »Sie ist abgelegen und auf allen Seiten baumumstanden.«

»Ja, das war früher einmal eine Pferdeweide. Den Zaun gibt es nicht mehr, aber ich mähe regelmäßig das Gras«, sagte ich. »Woher kennst du sie?«

»Ich habe dein gesamtes Grundstück kartografiert«, sagte Sean. »Es liegt in meinem Revier.«

Natürlich.

Arland erhob sich. »Ich würde mir diese Wiese gerne mal ansehen.«

»Ich komme mit«, sagte Sean.

Gute Idee. Es war unmöglich zu sagen, wo Arland landen würde, wenn wir ihn allein losziehen ließen.

Der Vampir ging zur Tür. Sean blieb neben meinem Stuhl stehen. »Ich möchte nicht, dass dir etwas passiert.«

»Ich weiß deine Sorge zu schätzen.«

Er runzelte die Stirn. »Wir müssen reden. Unter vier Augen.«

»Ich gehe in etwa einer halben Stunde einkaufen. Du kannst gern mitkommen.«

Er nickte und folgte Arland.

Ich trank meinen inzwischen kalt gewordenen Tee aus.

»Du gehst einkaufen?«, fragte Caldenia.

»Ja, Hoheit.«

»Möchtest du ein paar Namen?«

»Nein danke.« Ich stand auf. Für diesen Einkaufstrip würde ich mehr brauchen als nur eine Robe. Wenn ich Glück hatte, würde er mich nur meine sämtlichen Ersparnisse kosten, sodass ich zwar arm, aber sonst unversehrt heimkehren würde.

»Dina?«

Ich wandte mich um.

Die ältere Frau lächelte. »Warum hilfst du ihnen?«

»Weil jetzt das Gasthaus und seine Gäste in Gefahr sind.«

»Die Tatsache, dass beide echte Herzensbrecher sind, hat natürlich nichts damit zu tun?«

»Sie sind sehr hübsch anzusehen. Aber der Dahaka hat mich in meinem eigenen Haus bedroht. Das werde ich nicht dulden.« Der harte Unterton in meiner Stimme überraschte mich selbst.

Caldenia lachte leise.

Ich ging mich umziehen. Hierfür würde ich festes Schuhwerk brauchen.

KAPITEL 14

Ich war angezogen und aufbruchsbereit, als Sean das Gasthaus betrat. Er sah mich und hob die Brauen. Ich trug ein dunkelviolettes T-Shirt, Jeans und schwere Stiefel sowie einen Gürtel mit einem großen Messer daran.

Ich zog meine Robe über. Sie war zu warm, aber es ging nicht anders. »Wo ist Arland?«

»Rapunzel hat beschlossen, im Wald spazieren zu gehen, um ›ein Gefühl für das Schlachtfeld zu bekommen‹. Er wird das Gelände nicht verlassen und hat versprochen, das Gasthaus ›mit all seiner Leibeskraft‹ zu verteidigen. Ich habe ihm gesagt, wenn er Probleme kriegt, soll er versuchen, hübsch zu singen, damit ihm all die Waldtiere zu Hilfe eilen. Ich glaube, er hat die Anspielung nicht kapiert.«

»Bist du so weit?«, fragte ich.

»Klar.«

Ich nahm einen langen, grauen Umhang vom Stuhl und hielt ihn ihm hin. Er kam herüber.

»Warum?«

»Weil es weniger wahrscheinlich ist, dass man dich angreift, wenn die Leute nicht genau wissen, welche Waffen du trägst oder wo dein Geld ist.«

»Muss ich mit einem Angriff rechnen?«

»Möglicherweise.«

Ich legte ihm den Umhang um die Schultern und schloss ihn vorn. Er reichte bis zum Boden.

Ich sah zu ihm auf und begegnete dem Blick seiner bernsteinfarbenen Augen. Das war ein Fehler. Seine Augen waren faszinierend, hypnotisch, voller seltsamer Wildheit, gefährlich, aber zugleich verlockend. Sie war immer da, aber üblicherweise verbarg er sie halb, besonders, seit die Vampire aufgetaucht waren. Ich hatte Andeutungen davon gesehen, wie einen Wolf, der zwischen den Bäumen dahinhuscht, aber jetzt drehte sich der Wolf ohne Vorwarnung zu mir um und erwiderte meinen Blick mit amüsiertem Interesse, als wolle er mich provozieren, näher zu kommen und ihn mir genauer anzuschauen.

In mir läuteten alle Alarmglocken.

Ich stand zu dicht bei ihm.

Und ich berührte ihn.

Sean war kein zahmer Wolf. Es war keine gute Idee, ihm in die Augen zu starren.

»Wo genau gehen wir einkaufen?«, fragte er ruhig. Seine Lippen kräuselten sich leicht. Er wusste ganz genau, welche Auswirkungen es hatte, wenn er mich so ansah.

Ich ließ die Hände sinken, trat zurück und lächelte. »Nach Baha-char. Komm.«

Ich nahm meinen Besen, schnappte mir meinen Rucksack vom Boden und ging den Gang entlang. Beast rannte voraus. Am Besenstiel bildeten sich haarfeine Risse, die neonblau leuchteten, und der Besen zerfloss und verwandelte sich in einen knotigen Stock. An der Spitze bildete sich eine rasiermesserscharfe Klinge mit einer faustgroßen Kugel in der Mitte. Ich schulterte meinen Rucksack und rückte ihn zurecht.

»Lass mich den tragen«, sagte Sean.

»Das geht schon. Du bist mein Leibwächter. Du brauchst vielleicht die Hände frei.«

»Es ist ja keine Handtasche. Ich werde ihn nicht in den Händen tragen.« Er zeigte hinter sich. »Sondern auf dem Rücken.«

Seinem Gesichtsausdruck nach zu urteilen, war es einfacher, ihm seinen Willen zu lassen. Er würde vorher keine Ruhe geben.

Ich reichte ihn ihm. »Musst du immer so schwierig sein?«

»Nur in wichtigen Angelegenheiten.« Er schwang sich den Rucksack auf die Schultern.

»Bleib in meiner Nähe. Bitte setz dich nicht ab. Bitte brich keine Kämpfe vom Zaun. Wenn jemand dich angreift, kannst du ihn töten, aber ich wäre dir verbunden, wenn du tödliche Gewalt nur einsetzen würdest, wenn es gar nicht anders geht.«

Vor uns tat sich das Tor auf. Helles Licht fiel in den Korridor.

»Bereit?«

»Immer.«

Ich machte eine große Geste in Richtung des Tors. Er trat hindurch, und ich folgte ihm ins Licht.

***

Hitze hüllte mich ein, die trockene, unerbittliche Hitze einer Savanne mitten in der Trockenzeit. Einen Augenblick lang sah ich nur das helle Sonnenlicht, das den Himmel erfüllte, golden, allerdings irgendwie leicht lavendelfarben eingefärbt. Dann stellten sich die großen, blassgelben Steine, mit denen die Straße vor mir gepflastert war, scharf.

Gleich darauf sah ich auch die hohen Gebäude, die sich zu beiden Seiten der Straße erhoben. Sie waren aus Sandstein erbaut, mit geometrischen Fliesen verziert und erhoben sich fünfzehn Stockwerke hoch gen Himmel. Jedes Geschoss war überzogen mit einer Ansammlung von Terrassen, Balkonen,

Simsen und Brücken, die mit denselben geometrischen Flie-sen verziert und von Pflanzen überwuchert waren. Hier und da flatterten in der Brise strahlend burgunderfarbene, goldene und türkise Banner zwischen seltsamen Ranken, die an den Wänden emporkrochen.

Wir standen in einer verlassenen Gasse. Irgendwo vor uns summte es.

Sean blinzelte in die Sonne und sah dann mich an. »Das ist real, oder?«

Ich schloss die Tür zum Gasthaus und ging die Gasse ent-lang. »Kommen Sie, Mr Wolf.«

Die Gasse wurde schmaler, bog ab und öffnete sich auf die Straße.

Sean erstarrte.

Eine belebte Hauptverkehrsstraße von der Breite einer sechsspurigen Autobahn erstreckte sich in die Ferne. Zu beiden Seiten erhoben sich hohe Gebäude, deren reliefierte Simse und Balkone von Pflanzen geradezu überquollen. Gefährlich hohe Steinbrücken spannten sich über die Straße. Hier und da stan-den unter bunten Markisen Marktstände, die seltsames Obst in verzierten Kisten, Roboterteile, hochmoderne Steuerungstech-nik, Parfüm, Farbe, Tiere in Käfigen, Waffen und Schmuck feil-boten. Offene Türen, über denen leuchtende Schilder prangten, luden Kunden ein, und die Händler zeigten der Menge auf der Straße Hologramme ihrer Waren.

Zwischen alldem bewegte sich eine bunte, vielgestaltige und laute Ansammlung von Kreaturen. Manche waren Men-schen, manche hatten Fell, andere Gefieder, wieder andere trugen Stoff oder eine Rüstung. In der Luft lagen Hunderte feilschende Stimmen und das Geräusch von Schritten, Huf-schlag und Krallen, die über die Fliesen kratzten, dazu der Duft gekochten Fleisches, frischer und bitterer Gewürze und der viel-schichtige, komplexe Geruch der Menge.

Über alldem ging am purpurnen Himmel ein riesiger, lavendelfarbener Planet auf, ätherisch und bleich. Gewaltige Stücke davon hingen reglos neben dem eigentlichen Planeten, als sei er aus Ton und jemand habe den Rand mit einem präzisen Hammerschlag zerstört.

»Was ist das?«, flüsterte Sean neben mir.

»Der Knotenpunkt. Dies ist Baha-char. Der Ort schlechthin, wenn man etwas kaufen möchte.«

Er sah völlig schockiert aus. Seine Nasenflügel bebten. Er musste wohl all die verschiedenen Gerüche identifizieren. Ich war mit fünf das erste Mal am Knotenpunkt gewesen. Für mich war er spannend, aber vertraut. Mit all den verschiedenen Geräuschen, Gerüchen und Kreaturen war er für ihn wahrscheinlich überwältigend.

»Komm.« Ich mischte mich unter die Menge. Er folgte mir. Wir wandten uns nach rechts und ließen uns von der Menge mitziehen. Beast lief ein paar Schritte voraus, eindeutig die Leiterin unserer Expedition.

Links huschte eine kleine, vermummte Gestalt durch die Menge. Eine große Frau, klapperdürr und in Hunderte von Silberketten gewickelt, verfolgte sie brüllend. Die Kreatur eilte im Zickzackkurs durch die Menge und wandte sich schließlich nach rechts. Die Frau versuchte, ihr zu folgen, und prallte gegen eine große, vermummte Kreatur. Diese wirbelte herum, ihr Gesicht war eine seltsame Mischung aus Dinosaurier und Mensch, und sprang sie an. Die Frau heulte auf und schlug mit langen Klauen nach ihr. Sie rollten über den Boden und schlugen aufeinander ein. Die Menge machte den beiden fauchenden und knurrenden Kontrahenten Platz, ohne stehen zu bleiben.

»Nett hier«, sagte Sean.

»Was immer man sucht, in Baha-char findet man es«, sagte ich. »Das gilt auch für Ärger.«

Wir überquerten die Straße und bogen links in eine Seitenstraße ein, die nur wenig schmaler war. Hier herrschte weniger Verkehr. Leicht links vor uns gingen zwei Männer Seite an Seite. Der erste trug eine Lederhose, ein weißes Hemd mit weiten Ärmeln und darüber eine Lederweste. Den linken Unterarm umschloss ein breiter Lederhandschuh.

Sein Haar, das in einem seltenen, fast goldenen Blond schimmerte, hing ihm als Pferdeschwanz auf den Rücken. Er bewegte sich mit lässiger, aristokratischer Eleganz und einem ausgeprägten Gleichgewichtssinn. Wenn man ihm zusah, hatte man das Gefühl, wenn die Straße sich plötzlich in ein Drahtseil verwandelt hätte, wäre er einfach weitergelaufen, ohne auch nur einmal kurz innezuhalten.

Mein Vater bewegte sich so. Ich ging etwas schneller. Als ich zu ihm aufschloss, sah ich ein schmales Schwert an seiner Seite. Das hatte ich mir gedacht. Ein erfahrener Schwertkämpfer. Ich sah ihm ins Gesicht und blinzelte überrascht. Er war bemerkenswert attraktiv.

Der Mann zu seiner Linken war größer und breitschultriger und strahlte mühsam beherrschte Aggression aus. Er ging nicht, er schritt, und man konnte an seinen Bewegungen ablesen, dass er sehr stark war. Sein kastanienbraunes Haar sah aus, als sei er gerade aus dem Bett gerollt, wäre mit den Händen durchgefahren und habe sich dann in seinen Tag gestürzt. Er trug eine dunkle Hose und eine schwarze Lederjacke, die mehr nach Wams als nach Motorradkombi aussah. Eine gezackte Narbe verlief über seine linke Wange, und als er den Kopf drehte, leuchteten seine Augen gelb. Interessant.

»Bei dir geht es immer nur um die Arbeit«, sagte der Mann mit dem rotbraunen Haar.

»Manche von uns müssen an die Sicherheit des Reiches denken«, sagte der Blonde. Ein dünnes Lächeln umspielte seine Lippen.

»Ich habe dem Reich acht Jahre meines Lebens geopfert. Es kann mich am Arsch lecken«, gab sein stämmiger Gefährte zurück. »Wie weit ist es noch?«

Der Schlanke hob den linken Arm. Ein Falke stürzte aus dem Himmel herab und landete auf seinem Handschuh. »Wir sind fast da. Noch zwei Blocks.«

»Gut. Besorgen wir den Scheiß, und dann nichts wie heim.« Sie bogen in die Seitenstraße ab.

»Der Vogel roch tot«, sagte Sean.

»Tot?«

Er nickte. »Seit mindestens zwei Tagen. Sag mal, warum lebst du auf der Erde, wenn du hier leben könntest?«

»Manche Leute machen Urlaub an exotischen Orten und verlieben sich in sie. Manche von ihnen bleiben sogar, und wenn der Reiz des Neuen dann abflaut, stellen sie fest, dass ihr neuer Wohnort genauso rau und profan ist wie der, den sie aufgegeben haben. Andere besuchen exotische Orte und sagen dann: ›Hübsch hier, aber ich habe Heimweh. Es ist Zeit, zurückzukehren.‹ Die Erde ist meine Heimat. Es gibt keinen schöneren Himmel, kein grüneres Gras und keinen Ort, an dem ich mich so wohl fühle.«

Darüber musste er offensichtlich erst einmal nachdenken.

Wir bogen zweimal rechts ab und standen vor einem großen Gebäude. In seiner Mitte öffnete sich ein rechteckiger Durchgang, der finster war wie das Maul einer Bestie. Eine grauhäutige Frau bewachte ihn. Ihr dunkles Haar fiel ihr in dünnen Dreadlocks bis über die Hüfte. Sie sah uns mit goldenen Augen an, erkannte mein Gesicht und lächelte, wobei sie einen Mund voller scharfer, dreieckiger Zähne zeigte.

»Sei gegrüßt, Dina.«

»Sei gegrüßt, *Saar ah*. Wird der Händler mich empfangen?«

»Für dich hat Nuan Cee immer Zeit.« *Saar ah* trat beiseite. »Kommt herein.«

Das Foyer öffnete sich in einen großen Raum. Boden und Wände waren bedeckt mit großen grauen, quadratischen Fliesen, die das vertraute geometrische Randmuster besaßen. Hier und da wuchsen in verzierten Töpfen grüne, blaue und dunkelviolette Pflanzen. An der gegenüberliegenden Wand ergoss sich aus einem langen Schlitz Wasser über die Fliesen und floss mit leisem Plätschern an der sechs Meter hohen Mauer herunter in ein schmales Becken.

Ein niedriger, aus einem einzigen Block Obsidian geschnitzter Tisch stand links, umgeben von bequemen, dunkelvioletten Diwanen. *Saar ah* führte uns zum Tisch, lächelte und zeigte dabei ihre Haifischzähne, dann stellte sie sich an die Wand. Wir beide blieben stehen.

»Was ist sie?«, fragte Sean mich leise.

»Ich habe schon ein paarmal Angehörige ihres Volkes gesehen, aber sie sind scheu und bleiben üblicherweise auf ihrer eigenen Welt. Ich kann dir sagen, dass sie sehr gut sein muss, wenn sie einem Händler dient. In Baha-char gibt es Hunderte von Kaufleuten, aber nur ein paar Dutzend davon sind Händler. Händler tätigen umfangreiche Transaktionen, und um zu einem der Ihren zu werden, braucht man eine Flotte und muss sehr viel Profit machen. Manche von ihnen haben sich auf den Großhandel spezialisiert. Manche, wie Nuan Cee, handeln mit Raritäten. Im Grunde geht man zu einem Händler, wenn man etwas will, das man nicht einfach auf der Straße kaufen kann, weil es schwer zu finden ist oder man große Mengen davon braucht.«

»Muss ich über diesen Händler irgendetwas wissen?«, fragte Sean.

»Nuan Cee ist eitel, pingelig und schwierig.« Ich sah *Saar ah* an. »Habe ich noch etwas vergessen?«

Haifischzähne blitzten. »Leicht erregbar.«

»Ja, das auch. Er ist auch reich und sehr angesehen, und wenn er nicht besorgen kann, was man sucht, dann kann es niemand.« Ich hielt es für möglich, dass Nuan Cee uns belauschte, und da konnte ein wenig Schmeichelei nicht schaden.

Der durchscheinende, lavendelfarben und blau gemusterte Vorhang rechts teilte sich, und eine Kreatur trat ein. Sie ging aufrecht, war aber kaum einen Meter zwanzig groß, die fünfzehn Zentimeter hohen Luchsohren schon mitgerechnet. Kurzes, silberblaues Fell bedeckte ihren Körper wie weicher Samt. Auf dem Rücken war es mit blassgoldenen Rosetten gemustert, und am Bauch war es nahezu weiß. Das Gesicht hätte katzenhaft gewirkt, wäre da nicht die lange, fuchsartige Schnauze gewesen. Der Händler trug eine Seidenschürze und Schmuck aus kleinen cremefarbenen und blauen Muscheln. Seine großen, runden Augen waren hell und hatten türkisfarben schimmernde Iris.

Nuan Cee lächelte mich an und zeigte dabei scharfe Zähne. »Dina. Komm, setz dich, setz dich.«

Wir setzten uns.

Er sah Sean an. »Wie ich sehe, arbeitest du endlich mit einem *Saar ah*.«

»Er ist ein Freund«, stellte ich richtig. »Ich brauche keinen Leibwächter. Ich bin nicht so wichtig wie der große Nuan Cee.«

Der Händler lächelte. »Ich unterhalte mich gerne mit dir. Du bist immer äußerst angenehm.« Sein pelziges Gesicht wurde ernst. »Gibt es Neues über deine Eltern?«

»Nein.«

Er nickte. »Ich habe die Ohren offen gehalten, aber es gibt keine Antworten, nur Geflüster, das zu vage ist, um ihm nachzugehen. Wenn ich etwas höre, lasse ich es dich wissen.«

Das würde teuer werden, aber ich würde dafür bezahlen, egal, was er dafür wollte.

»Nun, wie kann dieser bescheidene Händler dir heute helfen?«

»Ich möchte ein Gebinde Anansi-Perlen kaufen.«

Nuan Cee beugte sich vor. In seinen Augen schimmerte Erheiterung. Seine Lippen öffneten sich zu einem verstörenden Lächeln, das Raubtierzähne offenbarte. »Oooh. Du wirst jemanden tö…ö…öten. Wen? Jemanden, den ich kenne?«

»Wahrscheinlich nicht.«

Er lachte, was klang, als niese eine Katze, und rieb sich die Pfotenhände. »Sehr gut, sehr gut, behalte deine Geheimnisse für dich, behalte sie, behalte sie. Nun, was hast du zum Tauschen mitgebracht?«

Ich hatte ein, zwei Sachen dabei. Schon meine Eltern hatten mit Nuan Cee Handel getrieben. Von Kindesbeinen an hatte ich dabei zugesehen, wie sie mit ihm feilschten. Gold und Juwelen bedeuteten einem Raritätenhändler nichts. Schließlich war Gold nur ein Metall, das man auf Hunderten von Welten finden konnte. Nuan Cee wollte Dinge, die selten und einzigartig waren. Sagenumwoben. Um damit Anansi-Perlen zu bezahlen, musste es etwas ganz Besonderes sein.

Sean gab mir den Rucksack. Ich öffnete den Reißverschluss und entnahm ihm drei große Flaschen. Auf dem gelben Etikett prangte ein älterer Herr, der eine Zigarre rauchte. »Bourbon. Pappy Van Winkle's Family Reserve, fünfzehn Jahre alt. Prämiert als bester Bourbon eines kleinen Abfüllers bei der Spirituosen-Weltausstellung in San Francisco. Fast unmöglich zu kriegen.«

Als Eröffnungsangebot war das gar nicht so schlecht. Ich hatte ewig gebraucht, um die Flaschen zu besorgen, und wusste ganz genau, dass Nuan Cee sich über den Alkoholhandel auf Dutzenden von Planeten informiert hielt. Damit bewies ich, dass ich Raritäten besorgen konnte.

Nuan Cee beugte sich begeistert vor. »Interessant. Vier Perlen. Fünf, weil du es bist. Deine Eltern haben mir immer die besten Sachen gebracht, und in ihrem Andenken will ich groß-zügig sein.«

Fünf reichten mir nicht. Er wollte den Bourbon, aber nicht einmal annähernd genug. Es war Zeit für das eigentliche Angebot. Ich konnte nur hoffen, dass es ausreichen würde.

Ich griff in den Rucksack und entnahm ihm ein kleines Glas, das in Schutzfolie gewickelt war. Nachdem ich sie entfernt hatte, stellte ich das Glas auf den Tisch. Nuan Cee musterte die zähflüssige gelbe Flüssigkeit darin.

»Und was ist das?«

»Ein Schatz.« Ich beugte mich vor und bewegte das Gefäß. Die Sonnenstrahlen, die durch das Fenster hereinfielen, drangen durch seinen Inhalt, und die Flüssigkeit schimmerte wie geschmolzenes Gold.

Nuan Cees Augen funkelten.

»Auf der Erde, weit im Süden von meinem Heimatort, liegt in Äquatornähe ein kristallklares, blau schimmerndes Meer. An seinem Nordufer, wo sich zwei Kontinente berühren, erstreckt sich eine Steppe. Wenn man sich vom Wasser entfernt, steigt der Boden an, und die Steppe verwandelt sich in karge Hügel und schroffe Gebirge. Zwischen den Bergen versteckt liegen Wadis, enge, fruchtbare, abgeschiedene Täler.

Es ist ein uraltes Land, das nach einem skrupellosen Kriegsherrn benannt wurde. Der Legende zufolge war er in der Schlacht so verheerend, dass seine Feinde wussten, dass ihr letztes Stündlein geschlagen hatte, sobald sie seiner Armee ansichtig wurden. Der Ort hieß Hadramaut. Das bedeutet ›Der Tod ist gekommen‹.«

Nuan Cee hörte aufmerksam zu.

»Zweimal im Jahr machen sich einfache Arbeiter auf den beschwerlichen Weg durch diese Berge, wie es ihre Ahnen schon seit siebentausend Jahren tun. Sie erklimmen die geheimen Steige im Osten, der aufgehenden Sonne entgegen, bis sie das

Tal erreichen, in dem die Sidrbäume wachsen. Diese Bäume sind in vielen Religionen heilig. Die Moslems nennen sie Paradiesbäume. Christen glauben, dass es ihre Früchte waren, die die ersten Menschen nährten, nachdem Gott sie aus dem Garten Eden verstoßen hatte. Sie wurzeln tief, so tief, dass sie selbst die schlimmsten Fluten und Dürren überstehen.

Alle Teile des Baums haben medizinische Eigenschaften, jedes Blatt ist kostbar. Aber die Männer nehmen nichts davon. Vorsichtig, behutsam ernten sie den Honig der Bienen, die sich von den Pollen dieser Bäume ernähren, und machen sich auf den langen, gefährlichen Heimweg. Der Sidr-Honig, den sie mit sich führen, heilt viele Krankheiten. Er ist die Essenz jenes alten, wilden Landes. Sein Herzblut. Es gibt keinen selteneren oder teureren.«

Nuan Cee sah das Glas an. »Zwölf.«

Ich erhob mich. »Verzeih. Ich wusste nicht, dass der große Nuan Cee in einer finanziellen Notlage ist. Vergib mir. Ich wollte dich nicht beleidigen.«

Nuan Cee zischte ob meiner unverschämten Antwort. Ich streckte die Hand nach dem Glas aus.

»Zwanzig«, donnerte er.

Ich dachte über das Glas vor mir nach. Ich fühlte mich wie auf einem Drahtseil. Ich hatte keine Ahnung, wohin ich sonst gehen sollte, wenn der Handel platzte. »Ich bin in großer Not. Darum bin ich überhaupt nur bereit, mich davon zu trennen. Ich feilsche hier um mein Leben, Händler. Du kennst meinen Preis.«

»Zweiunddreißig«, sagte er. »Das volle Gebinde. Mein letztes Angebot.«

Ich wartete quälende fünf Sekunden. »Abgemacht.«

Zwanzig Minuten später verließen wir Nuan Cees Lagerhaus und schoben einen schweren Wagen vor uns her. Darin befanden sich in versiegelten Kisten die Anansi-Perlen.

Zweiunddreißig. Genug, um ein Bataillon von Navy-SEALs zu töten. Vielleicht auch zwei.

»Haben Navy-SEALs Bataillone?«, fragte ich.

»Nein. SEALs sind in Teams organisiert, die zu Einsatzgruppen zusammengefasst sind. Jedes Team besteht aus mehreren Zügen, üblicherweise sechs. Die Armee hat Bataillone. War irgendetwas an dieser Geschichte wahr?«

»An der über den Honig? Ja. Es ist der teuerste Honig der Welt, er stammt aus dem Jemen.«

Er machte ein unbestimmtes Geräusch. »Was hat er dich gekostet?«

»Das war ein Kiloglas. Er kostet etwa hundertzwanzig Dollar das Pfund. Plus Porto sind das etwa zweihundertfünfzig pro großes Glas. Man muss natürlich wissen, wo man den Echten kriegt ...«

Sean starrte mich an.

»Was?«

»Zweihundertfünfzig Dollar?«

»Na ja, es ist Honig, keine weißen Trüffel. Es gibt so etwas wie einen Höchstpreis.«

»Was passiert, wenn er merkt, dass du ihm ein Glas Honig verkauft hast, das er für zweihundertfünfzig Dollar hätte haben können?«

»Ich habe ihm den seltensten, teuersten Honig der Welt verkauft. Genau das, was ich versprochen habe. Er wird meine Geschichte verwenden, um ihn für Tausende in jeder beliebigen Währung seiner Wahl weiterzuverkaufen. Wenn er meint, ich hätte ihn übers Ohr gehauen, wird er mich deswegen nur noch mehr respektieren.«

Sean schüttelte den Kopf.

»Außerdem würdest du mir auf jeden Fall zu Hilfe kommen, wenn etwas schiefläuft. Ich bin sicher, wenn du ein bisschen wild knurrst ...«

Sean blieb stehen und spähte in die Gasse. Ich horchte. Eine leise, schöne, traurige Melodie lag in der Luft. Sie kam aus dem dunklen Torbogen unmittelbar vor uns. Sean schien vergessen zu haben, dass ich auch noch da war. Er schob den Wagen vorwärts und blieb vor der Tür stehen.

Ein Mann lehnte dort. Groß, breitschultrig und mit einer Mähne grauen Haars beobachtete er uns aus dem Schatten heraus. Das Licht brach sich in seinen Augen, und sie blitzten verräterisch gelb. Ein Werwolf.

Sean erstarrte neben mir. Er hatte keine Angst. Er wartete nur, locker und bereit, beobachtete, hörte zu.

»Welche Einheit?«, rief der Mann.

Sean antwortete nicht.

»Ich habe Sie etwas gefragt, Soldat. Wo waren Sie stationiert?«

»Fort Benning«, sagte Sean. »Ich habe in Ihrem Krieg nicht für Ihre Welt gekämpft. Ich habe in meiner für mein Land gekämpft.«

Der Mann trat vor. Sein Gesicht war von Wetter und Alter gegerbt. Er war grauhaarig, wirkte, als hätte er schon einiges mitgemacht. Er schien deswegen aber nicht weniger tödlich, wie eine alte Waffe. Er atmete tief ein.

»Generation Alpha. Sie sind höchstens dreißig. Damit sind Sie auf der Erde geboren.« Er ließ sich leicht gegen den Türpfosten sacken. »Na so was. Wir haben also doch noch lebensfähige Nachkommen erzeugt. Kommen Sie rein. Sie sind mein Lebenswerk. Sie haben von mir nichts zu befürchten.«

KAPITEL 15

Es war ein hübscher Laden, dessen Waren entlang der Theke und an den Wänden mit militärischer Präzision unter Glas aufgereiht waren. Messer in Holzständern, geschwungene Klingenwaffen, Metallkanister unbekannten Zwecks, Lederscheiden und -gürtel, Stiefel, Schmuck, Kästchen mit einem dunkelorangefarbenen Pulver, Phiolen mit einer türkisfarbigen Flüssigkeit … Den Laden zu betreten war, als betrete man eine fremde Welt.

»Gorvar!«, knurrte der ältere Werwolf.

Ein riesiges blaugrünes Tier kam durch die andere Tür getappt. Der Kopf der Kreatur, die gewaltige Ohren und eine dichte, dunkle Mähne hatte, reichte mir bis zur Brust. Ihre Körperform und ihr Schädel ließen auf einen Wolf schließen, doch der Unterschied zwischen einem irdischen Wolf und dieser Kreatur war wie der zwischen einem Welpen und einem Rudelführer. Auf unserer Welt wäre sie der König der Wölfe gewesen.

»Pass auf den Wagen auf«, sagte der Werwolf.

Der Wolf trabte hinaus.

Der ältere Werwolf griff eine Glasschale voller walnussgroßer Kügelchen von der Theke, nahm eines heraus und hielt es zwischen Zeigefinger und Daumen hoch. »Wissen Sie, was das ist?«, fragte er Sean.

»Nein.«

»Splitterbomben.«

Der Werwolf legte das Kügelchen behutsam wieder in die Schale, musterte diese und schleuderte dann ihren Inhalt auf Sean.

Die Zeit blieb stehen.

Meine Brust hob sich, als ich panisch Luft einsog.

Die schimmernden Glaskügelchen flogen durch die Luft.

Sean bewegte sich, ein Huschen, das den Raum durchschnitt wie ein Messer.

Ein unsichtbares, allmächtiges Wesen drückte den Wiedergabeknopf auf der Fernbedienung. Ich atmete aus und blinzelte. Sean hatte die Kugeln in der linken Hand. Mit der rechten presste er dem älteren Werwolf ein Messer an die Kehle.

Der ältere Mann hob langsam die Hand und sah auf sein Handgelenk. Blaue Symbole schimmerten unter der Haut. »0,6 Sekunden. Sie sind echt.« Er grinste und zeigte dabei weiße Zähne. »Echt.«

»Sie sind verrückt«, sagte Sean.

»Sie haben keine Ahnung, wie großartig es ist, dass Sie am Leben sind. Tut mir leid, wenn ich Sie erschreckt habe. Sie sind nicht scharf. Keine Zünder. Ich musste es einfach wissen.«

Der Werwolf nahm eine Kugel aus Seans Hand und warf sie auf den Boden. Harmlos rollte sie über die Dielen. »Ich verkaufe sie als Souvenirs. ›Besitzen Sie ein Stück Technik von einem toten Planeten.‹ Die Werkzeuge unserer eigenen Vernichtung, für zwanzig Credits zu haben für den Kunden von Welt.«

Er lächelte und wich langsam einen Schritt zurück. Sean ließ ihn gehen und warf das Messer wieder auf die Theke. Ich hatte nicht einmal gesehen, wie er es gegriffen hatte.

Der ältere Werwolf durchquerte den Laden, schob ein Wandfach auf und entnahm ihm einen Glaskrug mit einer dunkelvioletten Flüssigkeit.

»Nur zu, sehen Sie sich um. Näher werden Sie Auul niemals kommen. Ob es Ihnen gefällt oder nicht, das war der Planet, der Ihren Eltern das Leben geschenkt hat. Ihr Geburtsrecht.«

Sean ließ die Kugeln wieder in die Schale fallen, drehte sich langsam um sich selbst und sah sich um. Er sah aus wie ein Mann, der gerade herausgefunden hatte, dass sein verehrter Vorfahr ein Serienmörder gewesen war, und jetzt vor seinem Grabmal stand, aber höchst unsicher war, wie er damit umgehen sollte.

»Ich heiße Wilmos Gerwar, 7-7-12«, sagte der ältere Werwolf und stellte drei verzierte Gläser neben den Krug. »Siebtes Rudel, siebter Wolf, zwölfter Fang. Gerwar bedeutet Sanitäter.«

»Kein Nachname?«, fragte ich.

»Nein. Es war früher komplizierter. Damals hatte man einen Stamm und zählte nach dem eigenen Namen noch generationenweise seine Ahnen auf. Doch als der Krieg begann, fand man plötzlich, in der Kürze läge die Würze. Außerdem war es nicht mehr so wichtig, wer man war. Die Leute starben so schnell, dass nur wichtig war, was man tat. Ich war der zweiunddreißigste Gerwar in meinem Fang. Es war ein langer Krieg.«

Wilmos trug die Gläser und den Krug zu einem kleinen Tisch und bot mir einen Platz an. Ich ließ mich auf eine gepolsterte Bank gleiten. Beast rollte sich zu meinen Füßen zusammen. Wilmos füllte die Gläser und schob Sean eins davon hin.

»Nein, danke«, sagte Sean.

Wilmos nahm einen Schluck aus seinem Glas. »Das ist Tee von Auul. Ich kenne einen früheren Schützen der schweren Artillerie, der Land in Kentucky besitzt. Er hat fünf Morgen voll von dem Zeug. Exportiert es an ein halbes Dutzend Händler, so wenige sind wir nur noch in der Galaxie. Ich würde Sie nie vergiften, und eine Wirtin schon gar nicht.« Er hielt mir das Glas hin. »Wir alle brauchen irgendwann mal Unterschlupf.«

Ich nahm einen Schluck. Der Tee schmeckte herb, erfrischend und seltsam exotisch. Ich konnte es nicht genau definieren, aber er hatte irgendeinen unirdischen Beigeschmack.

Sean nahm den dritten Stuhl und nippte an seinem Tee. Ich konnte an seinem Gesicht nicht ablesen, ob er ihn mochte. Sein Blick wanderte immer wieder zu einer Stelle in der Ecke. Dort lag im blauen Licht eines kleinen Kraftfeldes eine Rüstung. Sie war dunkelgrau, fast schwarz, und sah aus wie ein Kettenpanzer aus kleinen, scharfen Schuppen, dabei aber dünn wie Seide. An den Schultern bildeten die Schuppen Platten. Auf der Brust prangte undeutlich das Bild eines Mähnenwolfs, gebildet von den Linien der ineinandergreifenden Schuppen. Das Ding sah zwar aus wie eine Rüstung, konnte aber unmöglich eine sein – zu dünn.

»Ich gehöre zur vierten Generation«, sagte Wilmos. »Meine Eltern waren Werwölfe, genau wie meine Großeltern und Urgroßeltern. Als ich klein war, hätte ich nie gedacht, einmal dienen zu müssen. Wir hatten Mraar besiegt. Ich freute mich auf eine friedliche Zukunft. Ich war Nanochirurg.

Dann bauten die Raoo von Mraar die Ossai nach und schufen die Sonnenhorde. Verdammte Katzen. Unsere Geheimwaffe war nicht mehr geheim, und wir wussten, das Ende war nah. Es würde lang und blutig werden, aber es war unausweichlich. Die meisten wandten sich der Arbeit an den Toren zu. Ich arbeitete an denen, die die Tore offen halten würden.«

Er trank aus und füllte sein Glas erneut. »Wir waren zwei Dutzend, Genetiker, Chirurgen, Mediziner. Wir züchteten die Alphas von null an. Hat Sie je jemand *probira* genannt?«

»Nein«, sagte Sean. Sein Blick verfinsterte sich. »Einmal vielleicht.«

»Vor dem Krieg war Mraars Hauptexportartikel Cyberware. Wissen Sie, was Auuls Hauptexportartikel war? Dichter.« Wilmos lachte. »Wir waren Fachleute für Kunst und

Geisteswissenschaften. Alles drehte sich um Familie und richtige Erziehung. Unsere Zivilisation hatte Tausende von Büchern darüber hervorgebracht, wie man seine Kinder zu ›schönen Seelen‹ erzieht. Wenn ein Kind mit zehn noch kein Heldenepos geschrieben hatte, brachten die Eltern es zu einem Spezialisten, der seinen Geisteszustand untersuchte.

Selbst im Krieg trugen wir Siege davon und wendeten dann doppelt so viel Energie dafür auf, Lieder darüber zu schreiben. Mondenschau und die Beschäftigung mit der eigenen Seele waren sehr gern gesehen. Als ich etwas jünger war als Sie jetzt, verbrachte ich ein Jahr allein in der Wildnis. Ausgerüstet nur mit einem kleinen Rucksack. Ich fand mich zu weich und wollte herausfinden, ob ich hart sein konnte. Fast, als müsse ich mich selbst bestrafen, verstehen Sie?«

Sean nickte. Vielleicht verstand er es ja wirklich. Ich hatte nie das Bedürfnis gehabt, allein in der Wildnis zu leben, konnte also nicht mitreden.

»Ihre Eltern wurden in einer künstlichen Umgebung gezeugt und geboren. Wie nennt man das noch mal auf der Erde?« Er sah mich an.

»Retortenbabys.«

»Ja. Genau. Wir hatten versucht, Freiwilligen Embryonen einzupflanzen, aber die neuen Modifikationen waren einfach zu fremdartig. Wir hatten die Ossai neu designt, und diese neuen, verbesserten Alpha-Ossai vertrugen sich nicht mit den bereits in den Leihmüttern befindlichen Ossai. Wenn wir Glück hatten, kam es zu einer Fehlgeburt. Wenn nicht, brachte es die Mutter um.«

Er hielt inne. »Manche von uns hatten ernste Zweifel daran, ob es klug sei, Kinder außerhalb des Mutterleibes zu züchten. Man stellte ihre ... Menschlichkeit infrage.«

Seans Gesicht verhärtete sich. »Was bedeutet *probira*?«

»Seelenlos«, sagte Wilmos.

Aua.

Sean nickte. »Dachte ich mir.«

Deshalb also mieden die anderen Werwölfe sie. Das ergab Sinn.

»Sie nannten uns Monstermacher. Untermenscheneltern. Es wurde viel darüber gestritten, ob es besser wäre, zugrunde zu gehen, als die Gefahr in Kauf zu nehmen, etwas Seelenloses auf das Universum loszulassen. Aber am Ende waren sich alle einig, dass wir Alphas brauchten, wenn überhaupt jemand von uns davonkommen sollte. Bei aller positiven Selbstdarstellung sind wir ein selbstsüchtiger Haufen. Niemand erwartete, dass die Alphas überleben würden. Oder sich fortpflanzen. Ich hatte immer Hoffnung.«

»Warum?«, fragte Sean.

Wilmos stützte sich auf den Tisch. »Ich blieb bei der Generation Ihrer Eltern, bis sie fünf waren. Ich sah ihr erstes Lächeln. Ich half ihnen bei ihren ersten Schritten. Sie waren so real und lebendig wie jedes normale Kind. Eine Seele, wenn es so etwas denn gibt, flutscht nicht bei der Geburt durch die Nabelschnur in einen hinein. Seelen kommen von den Leuten, die einen Heranwachsenden formen.

Die Alphas waren Kinder. *Meine* Kinder. Ich kümmerte mich um sie, so gut ich konnte. Genau wie das gesamte Team, obwohl wir die ganze Zeit wussten, dass wir sie in den Tod schicken würden. Sie würden die letzte Verteidigungslinie bilden. Kanonenfutter.«

Wilmos zuckte die Achseln und lächelte. Es wirkte gezwungen. »Wie gesagt, wir neigen zur Schwermut. Das ist lange her. Wir haben alle Opfer gebracht. Sie haben mir noch gar nicht gesagt, wer Ihre Eltern sind.«

»Das müssen Sie nicht wissen«, sagte Sean.

»Gut«, sagte Wilmos. »Man sollte nicht unnötig Geheimnisse preisgeben. Eine gute Strategie. Sagen Sie mir wenigstens, was Sie tun. Was sie tun. Konnten sie sich anpassen? Erzählen Sie mir von Ihrer Kindheit.«

»Meine Eltern sind auf der Erde beide zum Militär gegangen«, sagte Sean. »Sie haben sich gut geschlagen und sind mittlerweile in Ehren aus dem Dienst geschieden. Mein Vater ist Anwalt. Meine Mutter hilft ihm in der Kanzlei. Sie sind fast ständig zusammen. Sie mögen Bücher und brutale Computerspiele. Sie gehen angeln, fangen aber nie etwas. Sie sitzen einfach mit ihren Angeln in der Hand nebeneinander und reden. Ich habe erst viel später, als ich selbst beim Militär war, begriffen, was sie daran schätzen – dass es ihre Art ist, abzuschalten. Als Kind hat es mich wahnsinnig gemacht. Ich fand sie langweilig.

Ich hatte eine normale Kindheit, zumindest so normal, wie die Kindheit von jemandem sein kann, der Soldatenkind und Werwolf ist. Es gab ein paar Vorfälle wegen der Verwandlung, aber nichts Größeres. Viel Sport, viele Umzüge. Meine Eltern führten ein einfaches Leben, aber ich war ein verwöhntes Kind. Ich hatte alle coolen Spielsachen und immer die richtigen Klamotten.

Ich hätte aufs College gehen können, ging aber stattdessen zur Armee. Ich hatte immer das Gefühl, nicht am richtigen Ort zu sein, und wollte meine Ruhe haben. Außerdem war ich wütend auf meine Eltern. Ich weiß nicht einmal, warum. Ich schätze, weil sie mir so ein bequemes Leben ermöglichten. Ich hatte so etwas wie Lagerkoller und fand, mir stünde ein gewisses Maß an Tragik zu, damit ich mir selbst leidtun konnte, aber so etwas gab es für mich nicht.«

»Das Gefühl kenne ich«, sagte Wilmos. Er beugte sich vor und sah Sean eindringlich an. »Wie lange waren Sie beim Militär? War es hart? Warum haben Sie den Dienst quittiert? Erzählen Sie.«

»Ich habe acht Jahre gedient, mehrere kleine Konflikte und zwei Kriege. Die Armee war kein Problem. Rechtzeitig sein, wo man zu sein hat, und tun, was einem gesagt wird. Ich war der Schnellste und Stärkste. Ich tötete Menschen, manchmal auch im Nahkampf. Ich tat es nicht gern, aber es raubte mir auch nicht den Schlaf. Es war ein Job, und ich war sehr gut darin. Ich war gerne beim Militär. Ich konnte mich abreagieren und fühlte mich normal.

Ich wurde schnell befördert, Feldwebel nach drei Jahren, Oberfeldwebel nach fünf. Die Armee bietet einem ein Bett, Nahrung und Kleidung. Wenn man keine Familie hat und nicht immer unbedingt das neueste Auto mit den coolsten Extras haben muss, hat man kaum Gelegenheit, Geld auszugeben. Ich habe ab dem ersten Tag mein halbes Gehalt gespart und fuhr einmal im Jahr an Orte, an die mich die Armee nicht schickte. Ich war auf sechs von sieben Kontinenten, und der siebte ist eine Eiswüste. Ich war ständig vergeblich auf der Suche nach dem einen Ort, der sich richtig anfühlte.

Zwei Jahre nach der Beförderung zu E-6 begann man, mich in Richtung E-7 zu drängen, Hauptfeldwebel. Das ist fast ausschließlich ein Verwaltungsjob. Höher als Oberfeldwebel ging es nicht, wenn ich weiter bei den Soldaten bleiben wollte. Ich wusste, wenn man mich an einen Schreibtisch kettete, würde ich mich irgendwann von einer Klippe stürzen.«

Sean lehnte sich zurück und nahm noch einen Schluck Tee. »Ich wehrte mich, solange es ging, und als es nicht mehr ging, quittierte ich zum nächstmöglichen Zeitpunkt den Dienst. Als ich meine erste feste Stationierung hatte, hatte ich zusammen mit einem Kameraden in ein Restaurant investiert. Nichts Abgefahrenes, nur ein Lokal, in dem man ein gutes koreanisches Mittagessen bekam. Es lag gut und lief gut. Als ich die Armee verließ, hatte es zwei Filialen und entwickelte sich zu einer kleinen Kette. Mein Kumpel zahlte mich aus.

Mit meinem Ersparten und den Erlösen aus dem Verkauf meiner Anteile konnte ich mir etwa fünf Jahre lang überlegen, was ich als Nächstes tun wollte. Ich dachte an eine Karriere als Söldner, aber mit privaten Sicherheitsfirmen hatte ich zuvor schon gearbeitet und es nicht gemocht. Irgendwas an dieser Söldner-Nummer fühlt sich für mich nicht richtig an.

Ich war ein paarmal in Texas gewesen, und es hatte mir gefallen. Also suchte ich mir eine kleine Stadt aus, kaufte mir ein anständiges Haus und habe versucht, als Zivilist zu leben, um mal zu sehen, wie lange ich das durchhalte. Dann tauchte so ein außerirdisches Stück Scheiße in meinem Revier auf und fing an, Hunde und Menschen zu töten, und hier sind wir nun.«

So lange hatte ich ihn noch nie am Stück reden hören. Es musste hart gewesen sein, unablässig zu suchen und nie den richtigen Ort zu finden, der sich wie eine Heimat anfühlte.

»Eine Generation später trotz aller Möglichkeiten einer gesamten Welt immer noch ein Soldat. Die genetische Programmierung hat sich auf die nächste Generation übertragen.« Wilmos musterte ihn. »Sie haben Ihnen nichts von Auul erzählt?«

Sean schüttelte den Kopf.

Wilmos seufzte. »Ich kann nicht behaupten, dass ich ihnen daraus einen Vorwurf mache.« Er wandte sich an mich.

»Sind das Anansi-Perlen in Ihrem Wagen?«

»Ja.«

»Gegen wen wollen Sie sie einsetzen?«

»Gegen einen Dahaka«, sagte ich. Warum auch nicht? Vielleicht wusste er ja etwas darüber.

»Üble Biester. Da brauchen Sie alle Munition, die Sie nur kriegen können.«

Er sah Sean an. Sean betrachtete wieder den Schuppenpanzer in der Ecke.

»Warum sehen Sie ihn sich nicht näher an?«, fragte Wilmos.

Sean erhob sich und ging zu der Rüstung hinüber. »Was ist das?«

»Auroon zwölf. Eine Tarnrüstung speziell für Alphas.«

»Sie wirkt …« Ich suchte nach dem richtigen Wort.

»Dünn?« Wilmos nickte. »Das ist eine Nanorüstung. Man trägt sie unter der Haut. Einmal angelegt kann man sie nie wieder ablegen. Jeder Alpha hatte sie in irgendeiner Form. Sie sagten damals, man trägt die Rüstung nicht, die Rüstung trägt einen. Sie passt sich in Form und Kontur dem Körper an. Haben Sie je Tätowierungen am Hals Ihrer Eltern gesehen, wenn sie wütend waren?«

Sean nickte. »Klar.«

»Dann wissen Sie, dass die Tätowierungen auftauchen, wenn man in Schwierigkeiten steckt. Es ist eine instinktive Reaktion. Wenn man wütend ist oder bedroht wird, schützt die Rüstung verletzliche Stellen. Sie spricht zu Ihnen, nicht wahr?«

»Ja«, sagte Sean.

»Ist sie zu kaufen?«, fragte ich.

»Nein. Aber sie ist zu haben.« Wilmos lächelte Sean an. »Wenn Sie sie wollen, gehört sie Ihnen. Ich kann nichts damit anfangen. Aber dann habe ich einen Gefallen bei Ihnen gut, Alpha. Vielleicht löse ich ihn morgen ein, vielleicht nie.«

Sean dachte darüber nach.

»Nehmen Sie sie«, sagte Wilmos. »Es ist ein guter Tausch.«

»Nein. Das ist eine ganz schlechte Idee.« Ich wusste, er würde sie niemals nehmen. In einer Million Jahre nicht. Er traute Wilmos nicht, und das war ein Kuhhandel …

Sean streckte die Hand aus. »Abgemacht.«

Wilmos schüttelte ihm die Hand. »Gut. Ziehen Sie Ihr Hemd aus. Wir passen sie an.«

»Sean …«, sagte ich.

Er sah mich an. »Ich weiß nicht, warum, aber ich muss sie haben. Ich kann nicht anders.«

»Das ist ein eingebauter Zwang«, sagte Wilmos. »Keine Sorge. Wenn Sie sie erst einmal anhaben, lässt das Gefühl nach.«

»Wenn es ein Zwang ist, ist das vielleicht keine so gute Idee«, wandte ich ein.

»Ich weiß.« Sean hatte die Augen aufgerissen, seine Pupillen waren so groß, dass die Iris total schwarz aussahen.

»Sie wird Ihnen helfen. Versprochen«, sagte Wilmos. »Sie werden sich besser fühlen.«

Er schaltete das Kraftfeld ab. Sean trat vor, zog sein Hemd aus und berührte die schimmernden Schuppen. Das Metall zerschmolz und legte sich um seine Finger. Dünne, graue Streifen wanden sich um seine Arme wie Metallschlangen, glitten über seine Schultern und seine Brust ... Das Metall dehnte sich aus, bedeckte ihn und zersprang in tausend winzige Metallpünktchen. Eine Sekunde lang geschah nichts, dann bewegten sich die Punkte alle gleichzeitig und durchbrachen Seans Haut.

Er schrie, ein gutturaler, brutaler Laut, der sich in Gebrüll verwandelte.

Sein Rücken bog sich, seine Schultern wurden breiter. Ein Zyklon aus Fleisch und Fell wirbelte um ihn, und wo eben noch Sean gestanden hatte, stand nun ein riesiger Werwolf. Ich hatte vergessen, wie groß er war.

Wilmos blinzelte. »Na, das nenne ich mal eine Kampfgestalt.«

Sean der Werwolf knurrte und fletschte riesige Zähne.

»Spüren Sie, wie sich die Rüstung durch Sie hindurchbewegt«, sagte Wilmos. »Lassen Sie sie sich mit Ihnen verbinden. Sie wird Sie stärken. Sie sollten sofort eine Rückmeldung spüren, doch die komplette Verschmelzung wird dauern. In vierundzwanzig Stunden wird sie in Ihre Knochen vorgedrungen sein.«

Sean wandte sich um. Panzerplatten bildeten sich auf seiner Brust unter der Haut und schützten seine Brustmuskeln und sein Sixpack. Die Rüstung verschmolz, und der Großteil verschob sich in Richtung Schultern und bildete Schulterplatten.

Sein Hals wurde dicker. Er fauchte. Das Fell verschwand, sein Körper wurde im Handumdrehen schlanker, und Sean war wieder ein Mensch. Dunkle, blaugraue Pigmentspuren überzogen seine Brust und seinen Bauch wie Tigerstreifen. Er sah an sich hinab. Die Pigmente bewegten sich.

»Gut so«, sagte Wilmos. »Formen Sie sie.«

Die Pigmente zerflossen und verwandelten sich in ein Tribal, das den Großteil von Seans Oberkörper bedeckte. Es legte sich um seine Rippen, floss auf seinen Rücken und erstarrte.

Sean atmete aus.

»Jetzt sind Sie einsatzbereit. Viel Glück, Soldat.«

KAPITEL 16

Als wir zurückkamen, saß Arland in der Küche und wartete auf uns. Er hatte den Gäste-Laptop gefunden, den ich für ihn dort gelassen hatte, und las etwas auf dem Bildschirm. Neben ihm stand eine Teetasse mit Rosenmuster. Es roch nach Minze.

Selbst in einem weißen T-Shirt und Jeans passte Arland nicht in meine Küche. Es war, als käme ich in mein Zimmer, und da säße ein mittelalterlicher Ritter mit dem Gesicht eines Superstars und nippte beiläufig Tee aus meiner geblümten Porzellantasse.

Der Vampir sah Sean. Er kniff die Augen zusammen. »Ist etwas passiert?«

»Nein«, entgegnete Sean.

Arland musterte ihn. »Ihr seht anders aus. Größer.« Er schnupperte. »Ihr riecht auch anders. Doch, es ist etwas passiert.«

Da hatte er vollkommen recht. Sean hatte kein Wort gesprochen, seit wir den Laden verlassen hatten. Er wirkte größer, durchtrainierter, als habe er ausschließlich an den richtigen Stellen fünf Kilo Muskeln zugelegt. Seine Augen waren jetzt eher golden als bernsteinfarben und blickten in die Ferne. Er war irgendwo in seinem Kopf unterwegs, und es war keine gute Idee, sich jetzt mit ihm anzulegen. Irgendwie hatte ich nicht das Gefühl, dass er mit Werwolfspoesie antworten würde. Er bewegte ständig die Schultern, als wolle er sie ausprobieren.

»Was lest Ihr da?«, fragte ich.

»Nur eine kleine gesellschaftliche Recherche«, sagte Arland.

Okay. »Wart Ihr mit dem Schlachtfeld zufrieden?«

»Es wird genügen. Habt Ihr Eure Waffen bekommen?«

»Ja«, sagte ich.

»Ich gehe joggen.« Sean öffnete die Hintertür und ging hinaus.

Ich trat ans Fenster. Er stand auf dem Rasen, den Blick zum Himmel gerichtet.

Arland runzelte die Stirn. »Muss ich mir Sorgen machen?«

»Wahrscheinlich nicht.« Ich hatte keine Ahnung. Ich jedenfalls machte mir Sorgen. Aus meiner Sicht war es unklug, außerirdische Rüstungen anzulegen, die sich mit dem Körper verbanden. Aber Sean war ein erwachsener Mann, und ich hätte es nicht verhindern können. Ich hatte keine Ahnung von den potenziellen Nebenwirkungen.

Sean bewegte wieder die Schultern und lief los, verschwand zwischen den Bäumen. Kurz darauf war er nicht mehr zu sehen.

Hoffentlich würde er unbeschadet zurückkommen.

»Lady Dina«, sagte Arland.

Ich wandte mich ihm zu. »Dina, bitte.«

»Dina.« Arland lehnte sich zurück und schenkte mir ein strahlendes Lächeln, bei dem er die Fänge blitzen ließ.

Oh, oh. Vielleicht wäre es eine bessere Strategie gewesen, bei »Lady Dina« zu bleiben.

Er erhob sich und kam zu mir herüber. Ich hatte mal eine Romanserie über einen früheren Militärermittler gelesen, der fast einen Meter fünfundneunzig groß war. Mir war nicht klar gewesen, wie groß das wirklich war, aber Arland hatte mir gerade eine recht gute Vorstellung davon vermittelt.

»Müssen wir Vorbereitungen treffen?« Arland blieb neben mir stehen, stützte seinen Unterarm gegen die Wand und sah aus dem Fenster. »Wenn ja, wie lange werden sie dauern?«

»Etwa sieben Stunden, vielleicht ein paar Minuten mehr oder weniger, das kommt auf die Temperatur an«, sagte ich. So lange brauchten die Perlen im Durchschnitt zum Reifen, nachdem man sie gepflanzt hatte.

»Seid Ihr bereit, heute Nacht zu kämpfen?«, fragte er.

»Ja.« Was für ein bizarres Gespräch.

Arland nickte. »Dina ...«

»Ja?«

»Die ganze Sache ist sehr vielschichtig. Da geht es um Stolz, Rache, Verrat ... Und das ist alles sehr wichtig.« Er wandte sich mir zu und sah mich mit seinen dunkelblauen Augen an. »Meine Ehre und meine Pflicht zwingen mich, diese Angelegenheit aufzuklären. Die Zukunft meines Hauses hängt davon ab. Abgesehen von Revierverhalten sind mir Seans Motive unklar, und ich weiß nicht, ob ich mich auf ihn verlassen kann. Aber eines werde ich Euch ungeachtet meiner eigenen Verpflichtungen versprechen: Meine oberste Priorität ist Eure Sicherheit. Ich wünschte, Ihr würdet Euch heraushalten.«

»Weil ich eine Frau bin?«, fragte ich ruhig.

»Weil Ihr die einzige Kampfbeteiligte sein werdet, die nicht zum Töten ausgebildet ist. Ich habe meine Mutter und meine Großmutter auf dem Schlachtfeld gesehen. Jeder Vampir, der einigermaßen bei Sinnen ist, weiß, dass es keine gute Idee ist, zwischen einer Frau und ihrem Ziel zu stehen. Männer greifen aus vielerlei Gründen zu den Waffen. Manchmal, um zu bestrafen, manchmal, um einzuschüchtern oder Angst zu machen. Doch wenn eine Frau zur Waffe greift, will sie töten. Also versteht dies bitte nicht als Beleidigung.«

Er beugte sich zu mir. Plötzlich schien er mir sehr nah.

»Ich werde alles in meiner Macht Stehende tun, um Euer Überleben zu sichern, und wenn es nötig werden sollte, werde ich Euch mit meinem eigenen Körper schützen.« Seine Stimme war leise und fast zärtlich. »Zögert nicht, mich als Euren Schild zu verwenden.«

Seine Stimme jagte kleine Schauer durch meinen Körper. Wow. Er war echt eine Klasse für sich.

Arland lächelte erneut mit entblößten Fängen. Vampire lächelten aus vielen Gründen, aber wenn ein männlicher Vampir jemanden aus dieser kurzen Distanz mit diesem Blick anlächelte, dann nur aus einem Grund: um zu beeindrucken. *Schau dir meine großen Zähne an. Ich bin ein ultimatives Raubtier. Mein genetisches Material ist der Hammer.*

Ich musste etwas sagen. »Ich werde das im Hinterkopf behalten. Wenn Ihr mich jetzt entschuldigen würdet – ich muss Vorbereitungen treffen.«

Ich nahm meinen Besen, ging hinaus, rief magisch den Handwagen heraus, legte den Besen hinein und ging Richtung Lichtung. Der Wagen rollte hinter mir her.

Nein, so ging das nicht. Ich musste zumindest den Schein der Normalität wahren, doch ich wurde langsam schlampig. Wir Wirte hatten unsere Tarnung so lange aufrechterhalten, indem wir normal wirkten, selbst wenn uns niemand sah, auf den es ankam. Ich seufzte, ging um den Wagen herum und legte die Hände auf den Griff.

Seit ich etwa fünfzehn gewesen war, flirteten Vampire mich an. Meist Vampirjungs. Vampire als Spezies lebten für die Eroberung. Ihre gesamte kulturelle Identität drehte sich um Herausforderungen, und Vampire beiderlei Geschlechts verfolgten ihre Ziele mit unnachahmlicher Entschlossenheit und Präzision. Als Wirtstochter war ich tabu und damit unwiderstehlich.

Es hatte sich nie etwas daraus entwickelt, und ich war es mittlerweile gewohnt, aber etwas an Arland, an der Art, wie er mich ansah oder anlächelte, jagte mir einen warnenden Schauer über den Rücken. Es war nicht unangenehm, und das bereitete mir Sorgen. Eine Beziehung mit dem Marschall eines Hauses der Heiligen Anokratie gehörte nicht zu meinen Plänen. Sie glaubten nicht an »Beziehungen«. Für sie gab es nur den absoluten Sieg. Ich musste das im Keim ersticken.

Wo mochte Sean hingejoggt sein? Die Rüstung konnte ihn erwürgt haben, und vielleicht lag er jetzt irgendwo sterbend herum, ohne dass ich auch nur das Geringste davon mitbekam. Blöder Werwolf.

Ich erreichte den Rand der Lichtung. Hier teilten sich die niedrigen, gedrungenen Bäume, säumten einen freien Bereich. Etwa dreieinhalb Meter weiter lag die Grundstücksgrenze des Gasthauses. Ich nahm den Besen aus dem Wagen, verwandelte ihn in einen schmalen Spaten und stieß ihn in den Boden. Das Loch um ihn herum wurde breiter, tiefer …

Noch ein bisschen.

Hmm. Dreißig Zentimeter tief sollte eigentlich reichen.

Das war schon mal nicht schlecht. Jetzt brauchte ich nur noch einunddreißig weitere.

Ich drehte mich um und wäre beinahe in Sean hineingelaufen. Eine dünne Schweißschicht bedeckte sein Gesicht. Sein Mantel war verschwunden. Er trug ein ärmelloses T-Shirt, und seine wie gemeißelt wirkenden Oberarmmuskeln waren mit derselben Schweißschicht bedeckt. Er starrte mir ins Gesicht, und sein Blick war so strahlend, dass die Augen beinahe zu leuchten schienen. Ich sah ihn an und erkannte den Wolf direkt vor mir.

Jede Zelle meines Körpers reagierte mit höchster Alarmstufe. Mein Besen bildete eine Klinge.

Sean lächelte, ein raubtierhaftes Grinsen, das an einen hechelnden Wolf erinnerte. »Dina.« Er schnurrte praktisch.

»Alles in Ordnung?«

Amüsiert sah er meinen Besen an. »Was tust du denn ganz allein hier draußen?«

Das erinnerte mich ein wenig an Rotkäppchen. Wenn er zu fragen wagte, was in meinem Korb sei, würde er es bedauern. »Ich bin nicht allein. Ich habe meinen Besen.«

Er beugte sich vor und überbrückte so die fünfzehn Zentimeter zwischen uns. Die dunklen, tätowierten Muster glitten über seinen Hals und seine Brust. Der Wolf in seinem Blick lockte.

O nein. Nein, nein, nein. In diesen finsteren Wald würden wir keinen Fuß setzen.

Ich presste die Spitze meines Speers von unten gegen sein Kinn. Die Hitze, die sein Körper abgab, wärmte meine Hand.

»Ooh.« Er rümpfte die Nase und sah mich unverwandt an. »Scharf.«

»Ich glaube, deine neue Rüstung ist dir etwas zu Kopf gestiegen.« Ich begann, unter ihm Magie zu sammeln.

»Ich werde dich jetzt küssen«, sagte er.

»Was?«

Er schob meinen Speer mit den Fingern beiseite und beugte sich zu mir herab. Seine Hand fuhr in mein Haar. Sein Mund bedeckte meinen.

Sean Evans zu küssen war, wie sich einen angezündeten Schnaps die Kehle runterzukippen.

Seine Zunge berührte meine Lippen, streichelnd, neckend, nicht aggressiv, sondern verführerisch. Selbstsicher, aber dennoch sanft. Erregung durchzuckte mich wie ein elektrischer Schlag, und irgendein lebenswichtiger Schalter in meinem Hirn funktionierte nicht, war kurzgeschlossen von diesem Ansturm des Begehrens. Ich öffnete den Mund und ließ ihn ein, unsere Körper passten perfekt zueinander. Er wollte mich, und ich erwiderte seinen Kuss.

Wir lösten uns voneinander. Mein Körper stand in Flammen, und mir war schwindlig. Die Wolfsaugen lachten mich an. Er sah aus, als wolle er mich gleich noch mal küssen.

Er beugte sich vor.

Ich gab den Impuls. Der Boden unter ihm tat sich auf, und er versank bis zu den Hüften darin. Er grinste. »War es so gut für dich?«

Ich versenkte ihn noch einen halben Meter tiefer.

Er lachte.

»Du störst mich bei der Arbeit. Zwing mich nicht dazu, dich zu begraben.«

»Wenn du mich begräbst, wirst du mich für den Kampf wieder ausgraben müssen.«

»Vielleicht lasse ich dich auch einfach im Boden.«

Ich grub ein weiteres Loch, nahm eine Perle, die etwa die Größe einer Honigmelone hatte, aus dem Wagen und legte sie in die Erde.

»Warum?«, fragte er.

»Das wirst du heute Nacht sehen.« Ich grub ein weiteres Loch und pflanzte die nächste Perle. »Diese Rüstung ist dir zu Kopf gestiegen.«

»Es liegt nicht an der Rüstung, Schätzchen.«

»Ich stehe nicht auf Kosenamen.«

»Stehst du auf Werwölfe?«

»Alles klar, dann rede ich eben nicht mehr mit dir. Ich werde die Restlichen hiervon einpflanzen, und wenn du ganz brav bist, finde ich vielleicht ein Tröpfchen Mitleid in meinem Herzen und grabe dich aus, bevor du Wurzeln schlägst.«

Er grinste und spannte die Muskeln an. Seine gesamte Brust wölbte sich. »Sehr beeindruckend, aber ...«

Sean schoss aus dem Loch und verschwand zwischen den Bäumen.

Wow.

Ich spürte ihn magisch auf. Er rannte wie ein Irrer, stieß sich dabei immer wieder an Baumstämmen ab ...

Zuerst Arland, jetzt er. Lag irgendetwas in der Luft? Vielleicht waren sie alle wegen des bevorstehenden Kampfes gegen den Dahaka so aufgedreht. Ich wusste es nicht, und es war mir offen gestanden auch egal. Ich wollte den Dahaka töten und sie dann beide heimschicken.

Dahaka … Beim Gedanke an den Kampf spürte ich ein eisiges Gefühl in der Magengrube, das sich einfach nicht vertreiben lassen wollte. Vielleicht glaubten die beiden, sie müssten sterben und dies sei ihre Chance auf einen starken Abgang. Ich hoffte wirklich, dass dem nicht so war.

Es war ein sehr schöner Kuss gewesen. Sehr … denkwürdig.

Wenn er noch einmal mit diesem Blick in meine Nähe kam, würde ich ihm eins überziehen und behaupten, ich hätte in Notwehr gehandelt. Kein Gericht der Welt würde mich verurteilen.

***

Der Tag wich langsam dem Abend. Ich hatte den Küchenwecker gestellt, der mir verriet, dass seit dem Pflanzen der Perlen genau sechs Stunden und fünfunddreißig Minuten vergangen waren. In neunzehn Minuten würden sie reif sein.

Im Foyer saß Arland auf dem Sofa und trank Pfefferminztee. Der Vampir war voll gerüstet. Die Brustplatte und die hohen Schulterstücke ließen seinen gesamten Oberkörper gewaltig wirken. Seine Waffe, ein riesiger mattschwarzer und von leuchtend roten Linien durchzogener Blutstreitkolben, lag neben ihm auf dem Boden.

Sean saß ihm gegenüber auf einem Stuhl, Beast hatte sich zu seinen Füßen zusammengerollt. Sean trug eine Jogginghose und ein dunkles Oberteil. Seine nackten Füße standen auf den Dielen. Er würde später seine Kriegsgestalt annehmen und hatte gesagt, Schuhwerk schränke ihn dabei in seiner Beweglichkeit ein. Neben ihm lagen zwei große Macheten. Nun, zumindest das eine war eine Machete. Das andere Ding sah aus wie eine Mischung aus einem Gladius und einem übergroßen Bowiemesser.

»Kreuze machen euch also nichts aus?«, fragte Sean.

»Nein«, sagte Arland. »Uns hält keine mystische Kraft zurück.«

»Warum dann?«

»Wir dürfen niemanden töten, wenn er gerade betet oder anderweitig seine Gottheit anruft. Na ja, technisch gesehen können wir das schon, aber danach muss man sich läutern und Buße tun, und niemand will Wochen damit zubringen, zu beten und in den Höhlen mit den heiligen Quellen zu baden. Das Wasser liegt nur knapp oberhalb des Gefrierpunkts. Wenn einer von euch ein Kreuz schwingt, ist es schwer, auszumachen, ob ihr betet, euren Gott anruft oder nur damit herumwedelt. Die kluge Vorgehensweise ist daher der Rückzug.«

»Was ist mit Knoblauch?«

»Das geht auf die Totengräber zurück«, verriet ich ihm. »Wenn sie Leichen exhumierten, trugen sie Knoblauchkränze zur Vorbeugung gegen das Erbrechen.«

»Weihwasser?«, fragte Sean.

»Diese charmante Marotte stammt aus Byzanz«, sagte Arland. »In euren Kirchen lagerte viel Gold, und um unerwünschte Subjekte fernzuhalten, hatten die Priester stets Ätzkalkpulver zur Hand. Wir sind sicher, dass das Pulver auch noch andere Ingredienzen enthielt, aber in erster Linie bestand es aus Ätzkalk. Sie warfen einem eine Handvoll davon ins Gesicht und überschütteten einen mit Weihwasser. Das Wasser reagiert mit dem Zeug, das in Flammen aufgeht und extrem ätzend wird. Aber nein, ich habe meine Hand schon in Weihwasser getaucht, und allein bewirkt es absolut gar nichts.«

»Woher hattet Ihr das Weihwasser?«, fragte ich.

»Mein Vetter hatte es als Souvenir mitgebracht. Ich habe es aufgrund einer Wette getan. Ich wusste natürlich, dass es mir nicht die Haut wegätzen würde, aber man kann ja nie sicher sein.«

Ich stellte mir einen Haufen Vampirteenager vor, die um ein Becken herumstanden. »Fass es an.« »Nein, fass du es doch an ...« Natürlich hatte er die Hand hineingesteckt.

Mein Wecker piepste.

»Ist es Zeit?«, fragte Sean.

Ich nickte und streichelte Beast ein letztes Mal. »Bleib im Haus. Bewache es.«

Beast winselte leise. Ich wollte auch nicht raus, aber ich hatte keine andere Wahl.

Wir gingen los. Sean hatte in jeder Hand eine Klinge. Arland trug seinen Streitkolben. Ich meinen Besen. Die Sonne war untergegangen, aber das Abendrot durchzog das Purpur des Himmels im Westen noch immer mit fahlem Gelb. Hell und groß ging der Mond auf, hing am Himmel wie eine Silbermünze.

Der Duft von Gras und das schwache Aroma brennenden Holzes von irgendeiner Feuerstelle hüllten mich ein. Deutlich vernahm ich Geräusche: unsere leisen Schritte, das Bellen eines Hundes in der Ferne, irgendwo noch weiter weg eine Sirene ... Die Welt wirkte irgendwie so kontrastscharf. Ich trug an einem Sommerabend in Texas Jeans, und doch war mir kalt.

Ich wollte wirklich nicht sterben.

»Angst ist gut«, beruhigte mich Sean.

»Zu viel Angst ist nicht gut«, sagte Arland. »Keine Sorge, ich werde da sein.«

Sean legte mir die Hand auf den Arm, blieb stehen und ließ Arland ein paar Schritte vorausgehen. Er beugte sich zu mir herüber und sagte leise: »Verlass dich nicht auf uns. Wenn etwas schiefläuft, drehst du um, rennst zurück ins Haus und lässt die

Kanonen des Gasthauses diesen Bastard in Stücke schießen, wenn er dir folgt. Ich habe auf dem Küchentisch die Telefonnummer meiner Eltern liegen lassen. Ruf sie an, wenn etwas schiefgeht. Sie werden dir helfen.«

Ich hatte zwei Gedanken gleichzeitig. Der eine lautete: »Wenn ich den Dahaka auf meinen Grund und Boden locken kann, dann brauche ich die Kanonen nicht.« Der zweite lautete: »Ich bin ihm wichtig genug, dass er das für mich tut.« Letzterer durchdrang sogar meine Angst vor dem drohenden Tod und machte mich völlig fertig.

Ich durfte mich einfach nicht in Sean Evans verlieben. Die Liste seiner Fehler war kilometerlang: arroganter, labiler, rechthaberischer Werwolf ... der mir auf dem Supermarkt-Parkplatz das Leben gerettet hatte und küsste wie ... Ich schaltete mein Gehirn ab und ließ meine Lippen das Wort »Danke« formen.

Sean nickte.

Wir erreichten den Rand des Feldes. Die Anansi-Perlen waren gewachsen und durch die Erdoberfläche gebrochen, und nun ragten sie ein paar Zentimeter darüber auf wie die Kappen riesiger Pilze, die unmittelbar davor standen, aus dem Boden hervorzubrechen. Sie sollten jetzt alle die Größe eines kleinen Reifens haben, doch das war schwer zu erkennen, da sie sich größtenteils noch im Erdreich befanden. Ich konnte nur hoffen, dass sie so weit waren. Manchmal gab es aufgrund von Temperaturschwankungen kleinere Abweichungen. Herausfinden konnte man das nur, indem man eine aufbrach, doch sobald sie aufgebrochen waren, hielten sie sich in der Atmosphäre der Erde nicht lange.

Sean starrte die Perlen an.

Arland hob die Brauen.

»Bist du dir sicher?«, fragte Sean.

»Ja. Mein Vater hat sie auch schon eingesetzt.«

Sean und Arland betraten das Feld. Technisch gesehen gehörte es zwar mir, doch das Gasthaus war noch nicht stark genug, um es für sich zu beanspruchen. Mein Grund und Boden endete am Rand des Feldes. Ich seufzte und folgte den beiden Männern. Der Schutzmantel der Magie glitt von meinen Schultern. Ich fühlte mich nackt.

Arland zückte sein Wappen. Seine Finger tanzten über die Oberfläche. »So. Es sendet das Signal der Person, von der ich glaube, dass sie uns verraten hat. Der Dahaka wird gleich auftauchen.«

»Hoffen wir's mal«, sagte ich.

Eine Minute verging. Dann noch eine. Die Zeit kroch im Schneckentempo dahin. Witzig, wie lang eine Minute dauern konnte. Wenn man ein gutes Buch las, raste die Zeit. Wenn man den Atem anhielt, unterschritt sie das Schneckentempo sogar noch.

»Was, wenn er nicht auftaucht?«, fragte ich.

»Er wird auftauchen«, sagte Sean. »Er will sein Geld.«

»Sobald er uns sieht, wird er sich provoziert fühlen«, sagte Arland.

Wir standen Schulter an Schulter. »Hätten wir nicht vielleicht ein paar Fallen aufstellen sollen?«, fragte ich.

»Dafür ist er zu beweglich«, sagte Arland. »Er würde jede Falle umgehen, die wir ihm stellen, und wir würden im Kampf in unsere eigenen Verteidigungsmaßnahmen stolpern. Außerdem sind wir die Falle.«

Er und Sean hatten ein paar Stunden zuvor einen Energiedisruptor aufgestellt. Laut Arland würde er alle Energiewaffen, die der Dahaka trug, unschädlich machen, und Dahakas standen offenbar nicht auf Projektiltechnologie.

Sean hob das Gesicht zum Mond und schnupperte. Seine Ohren zuckten. »Er kommt. Entfernung etwa drei Kilometer.« Er sah mich an. »Dina, denk daran, halt dich an den Plan, so schwer es auch sein mag. Es ist ein guter Plan, und er wird klappen.«

Ein Schauer lief ihm über den Rücken wie die Funken, die an einer Lunte entlangzüngelten. Seine Haut riss auf. Nebel umwirbelte ihn. Sein Gesicht blieb noch eine ganze Weile menschlich, dann barst es ebenfalls, als die Knochen wuchsen und die Haut sich dehnte. Sein Rücken streckte sich und war nun bedeckt mit massiven, harten Muskeln. Er hob die nunmehr muskelbepackten Arme, die mit grauem Fell bedeckt waren, und streckte sie.

Die Rüstung brach ihm aus den Poren und bedeckte den Körper mit einer eng anliegenden, dunklen Hülle. Verstärkte Platten bildeten sich über seinem Unterleib. Flexible Finsternis bedeckte seinen mächtigen Nacken. Er zog sich aus, riss sich die Kleidung wie nebenbei vom Leib.

Die teerschwarze Rüstung hüllte ihn ein, aber im Gegensatz zu schimmerndem Teer absorbierte sie das Mondlicht. Das Schwarz verformte sich, verschob sich, leuchtete auf, und auf seiner Oberfläche bildete sich ein graublaues Muster, das den Bäumen und dem Gras so genau entsprach, dass er praktisch unsichtbar wurde.

»Versuch, ihn still zu halten«, knurrte der Seanwolf.

»Mach dir lieber Sorgen um dich selbst«, sagte Arland.

Sean nickte, hetzte über die Lichtung, stieß sich ab und erklomm einen Baum. Seine Rüstung veränderte sich, passte sich der neuen Umgebung an, und dann sah ich ihn nicht mehr.

Ein leises, murmelndes Grollen, als spräche ein Dutzend Stimmen auf einmal, drang zwischen den Bäumen hindurch. Die Pirscher kamen.

»Genau wie abgesprochen«, sagte Arland und bewegte sich seitwärts.

»Alles klar.«

Am anderen Ende der Lichtung leuchteten fahle Augen auf. Dünne Gestalten huschten zwischen den Bäumen hindurch.

»Keine Angst«, flüsterte Arland.

Der eine sagte, ich solle Angst haben, der andere behauptete das Gegenteil. Na toll.

Der erste Pirscher trat ins Mondlicht, ein hässliches, fremdartiges Ding. Er schnupperte zögerlich und sah mich an.

Arland stand völlig reglos.

Weitere Pirscher schlossen sich dem ersten an, lösten sich aus dem Zwielicht. Wow. Mit so vielen hatte ich nicht gerechnet. In mir läuteten die Alarmglocken.

Der erste Pirscher senkte unsicher den Kopf. Hinter der Horde erhob sich eine dunkle Gestalt, größer, aufrecht stehend. Der Dahaka.

Pirscher waren Raubtiere. Wie Hunde, Katzen und Bären reagierten sie alle auf dieselben Verhaltensweisen. Die Reaktion war instinktiv, und genau darauf setzten wir.

Ich wandte mich ab und rannte los.

Das Knurren hinter mir ließ meine Nackenhaare sich aufstellen und versetzte mich fast in Panik. Ich hastete über das Feld. Hinter mir schwoll der Lärm an. Sie setzten mir nach.

Ich überquerte die Grenze zum Gasthausgelände und fächerte die Magie vor mir weit auf. Synchron platzten die Kappen aller Anansi-Perlen auf.

Ich wirbelte herum, und der Besen in meiner Hand verwandelte sich in eine Hellebarde.

Mehr als die Hälfte der Pirscher rannte in ungeordneten Formationen über das Feld und ignorierte Arland komplett. Der Rest blieb am Rande des Feldes zurück.

Der Dahaka trat aus seiner Deckung zwischen den Bäumen. Wenn er sie jetzt zurückrief, war alles vorbei. Sowohl Arland als auch Sean hielten das für unwahrscheinlich – er würde mich ausschalten wollen, ehe ich das Gasthaus erreichte und dessen Verteidigungsmaßnahmen gegen ihn richten konnte.

Rote Linien leuchteten auf Arlands Rüstung auf. Der Blutstreitkolben fuhr jaulend hoch. Der Dahaka brüllte, und die verbleibenden Pirscher fielen ein.

Arland fauchte zurück, eine primitive, urtümliche Herausforderung.

Die Pirscher hatten mich beinahe eingeholt.

Die Kappen der Perlen pulsierten. *Bitte seid reif, bitte seid reif …*

Arland bewegte sich vorwärts wie ein Panzer, der versuchte, Fahrt aufzunehmen.

Der erste Pirscher überquerte die Grenze. Ich ließ ihn kommen.

Er sprang auf mich zu. Ich riss meine Hellebarde herum und zog sie ihm über die Rippen. Weißes Blut spritzte. Die Pirscher heulten im Chor auf und wurden noch schneller. *Gut so. Kommt näher.*

Der verletzte Pirscher wirbelte herum und ging zu Boden, als sich Baumwurzeln um seinen Leib und seine Kehle wickelten.

Jenseits der Traube von Pirschern stürmte der Dahaka zwischen den Bäumen hervor und ging auf Arland los.

Die Pirscher drängten auf mich ein. Ich verletzte den ersten, dann den zweiten, wirbelte die Hellebarde herum, spielte auf Zeit. Klauen zerfleischten mein Bein. Jemand riss an meinem Rücken. Jetzt.

Der Boden unter den Pirschern gab nach und sog sie ein. Er würde sie nur ein paar Sekunden lang halten können. Das würde reichen müssen.

Die Kappen der Anansi-Perlen platzten auf. Spinnen von der Größe meiner Faust, deren Rücken neongrün leuchteten, quollen aus den Eiern. Sie stürzten sich auf die Pirscher. Ihre

Fänge durchbohrten deren Haut und injizierten tödliches Gift. Die Pirscher kreischten im Chor, als ihr Gewebe begann, sich aufzulösen.

Auf dem Feld prallten Arland und der Dahaka aufeinander. Der Alien überragte den Vampir, er war volle dreißig Zentimeter größer als Arland. Arland war schnell, aber der Dahaka war schneller. Er fauchte, warf sich hin und her, schlug mit einer kurzen, blauen Klinge nach Arland.

Treffer regneten auf den Vampir herab, doch er wankte und wich nicht. Die Pirscher schnappten nach ihm und sprangen ihn an, doch ihre Klauen glitten von seiner Rüstung ab.

Ein Stück von Arlands Rüstung fiel blutbesudelt zu Boden.

Der Vampir knurrte mit gefletschten Zähnen. Sein Streitkolben traf die Schulter des Dahaka. Die Wucht schleuderte den Dahaka zurück. Er torkelte, dann griff er erneut an. Arland machte sich auf den Ansturm gefasst. Der Alien drehte sich und schlug mit seinem gewaltigen Schwanz zu. Er traf Arland, der zur Seite taumelte.

»Schneller«, flüsterte ich Anansis Kindern zu. »Tötet schneller.«

Sie verstanden meine Worte nicht, wohl aber meinen Tonfall. Die Spinnen fraßen schneller, labten sich. Die Pirscher diesseits der Grenze des Gasthauses zuckten stöhnend. Ich konnte erst wieder etwas tun, wenn die Pirscher tot waren. Sowohl Sean als auch Arland hatten mir deutlich zu verstehen gegeben, dass dies mein Teil des Plans war und dass es unerlässlich war, dass ich alle tötete.

Ein weiteres Rüstungsteil Arlands flog durch die Luft. Der Dahaka schälte ihn Stück für Stück daraus hervor.

Wo zum Teufel war Sean? *Komm schon.* Er konnte sich nicht einfach verpisst haben. Das sah ihm einfach nicht ähnlich.

Ein weiterer Schwanztreffer krachte in Arlands Seite. Er ließ den Kopf hängen und schüttelte ihn langsam, wie benommen.

»Schneller«, drängte ich die Spinnen. Wenn ich ohne sie weiterging, würde ich die Kontrolle über den Schwarm verlieren. Sie würden gerade lange genug leben, um Avalon mit den leblosen Hüllen seiner früheren Bewohner zu füllen. »Beeilt euch.«

Der Dahaka umkreiste den Vampir mit dem schwindelerregenden Tempo eines klingenbewehrten Wirbelwinds. Arlands Rüstung war blutüberströmt. Er keuchte. Der Dahaka zog ihm die Klinge über die Rückseite der Beine. Arland fiel auf ein Knie.

Die größte Spinne kippte auf die Seite. Ihre Beine zuckten krampfhaft und erstarrten. Ich hatte sie zu schnell zu weit getrieben. Verdammt.

Jaulend starb der letzte Pirscher.

Ich überquerte die Grenze, und der Rest der Spinnen folgte mir, trunken von meiner Magie. Hinter mir versank der letzte Pirscher sachte im Boden, sie waren jetzt nur noch vertrocknete Hüllen ihrer früheren, beeindruckenden Gestalt.

Der Dahaka bellte einen knappen Befehl. Die verbleibenden Pirscher griffen mich an.

Der Alien schwang die Klinge, zielte auf Arlands gesenkten Kopf.

Ich rannte. Die Spinnen stürmten vor, auf den Alien zu, und begruben die verbleibenden Pirscher unter sich.

Dann geschahen drei Dinge gleichzeitig: Der Dahaka ließ seine Klinge herabsausen und schlug zu, Arland wich aus, und hinter dem Dahaka tauchte wie von Zauberhand ein schlanker Schatten auf und rammte ihm ein Schwert ins Rückgrat.

Der Alien kreischte. Sean stach nach innen, hieb und schlitzte mit seinen Schwertern. Der Dahaka konterte mit schnellen, brutalen Hieben, doch Sean war zu schnell. Das Schwert des Killers schoss nutzlos durch die Luft.

Die beiden Spinnen zu meinen Füßen krümmten sich und brachen zusammen. Meine Spinnenhorde starb, ein Tier nach dem anderen.

Arland, der plötzlich wieder schnell und geschmeidig war, erhob sich und schmetterte dem Dahaka seinen Streitkolben in die Seite. Gemeinsam bedrängten der Vampir und der Werwolf ihren Gegner. Der Streitkolben wirbelte und traf, und für jeden Hieb Arlands mit seiner Waffe landete Sean zwei oder drei Treffer.

Rasend vor Wut wehrte sich der Dahaka. Blut spritzte, ohne dass ich hätte sagen können, wessen es war. Sie bedrängten ihn weiter, trieben ihn über die Lichtung auf mich zu.

Er hätte inzwischen besiegt sein müssen. So lautete der Plan. Doch er tänzelte immer noch vor und zurück, voll beweglich. Er konnte sich jeden Augenblick von seinen beiden Gegnern lösen und fliehen, und dann würden wir ihn verfolgen müssen. Weder Arland noch ich waren dafür schnell genug. Der Dahaka war verletzt und zahlenmäßig unterlegen. Er wusste, dass er keine Chance hatte. Ich spürte, dass er dabei war, eine Entscheidung zu treffen. Wenn er floh, war alles vorbei.

Ich zerlegte meine Hellebarde in ein Bündel blauer Fäden. Sie legten sich um meine Hände und Handgelenke und drangen hinter mir tief in den Boden ein. Ich leitete meine Magie hindurch. Die Kraft floss aus mir heraus wie Strom durch eine Leitung, erreichte das Gasthaus und schlug eine Brücke.

Ich schrie auf. Es war ein leises, verängstigtes Geräusch.

Der Dahaka wirbelte herum und sah mich allein und waffenlos außerhalb der Grenzen des Gasthauses stehen, umgeben von meinen toten Spinnen. Die purpurnen Augen blitzten. In dem Sekundenbruchteil, für den er mich anstarrte, erkannte ich klar die Berechnung in diesem fremdartigen Blick.

Sean und Arland bedrängten ihn von zwei Seiten. Der einzige mögliche Ausweg war ich. Er konnte mich im Vorübereilen verstümmeln oder mich packen und als Geisel verwenden, und in beiden Fällen würden die beiden Männer ihm wahrscheinlich nicht nachsetzen, sondern sich darauf konzentrieren, mir zu helfen. Er konnte nicht verlieren.

Der Dahaka wirbelte herum und stürmte auf mich zu. Sean warf sich nach vorne, doch der Außerirdische war zu schnell.

Ich stand ganz still da. Mein Herz raste. Das Blut rauschte in meinem Kopf. Die Luft schmeckte nach Metall.

Der Dahaka kam auf mich zu, schnell und unaufhaltsam wie ein entgleisender Zug.

Ich spreizte die Arme, beugte mich vor, führte sie zusammen und griff nach ihm. All meine Kraft, alles, was mich zu einer Wirtin machte, lag in dieser Bewegung. Hinter mir knarrte das Haus, ahmte meine Geste nach. Jeder Ast, jeder Grashalm und jede Wurzel, die sich aus der Erde gelöst hatte, griffen mit mir nach ihm.

Wind umströmte den Dahaka wie der Odem eines Riesen, der ausatmete, um erneut Luft zu holen. Der Außerirdische begriff, dass er in eine Falle lief, und wirbelte in dem verzweifelten Versuch, ihr zu entkommen, herum. Sean hieb nach ihm, aber der Außerirdische schlug seine Klinge beiseite. Eine Sekunde lang sah es so aus, als habe er einen freien Fluchtweg, dann rammte Arland den Dahaka mit seiner massiven Schulter und schleuderte ihn wieder in meine Richtung.

Ich richtete mich auf und riss mit beiden Händen an der Luft. Der Wind brüllte auf, als das gesamte Gasthaus mit mir zusammen zog. Der Dahaka heulte und versuchte, sich gegen den Strom zu stemmen, den ich ganz allein für ihn erschaffen hatte. Seine Füße gruben sich in den Boden. Er ließ sich auf alle viere fallen, schlug die Klauen in die Erde, kreischte in schierem Entsetzen.

Das Haus und ich zogen, versuchten, ihn zum Gasthaus zu zerren.

Der Dahaka schlitterte durch das Gras direkt auf mich zu. Irgendwie gelang es ihm, sich zu drehen und mich mit ausgefahrenen Klauen und gefletschten Zähnen anzuspringen. Energiefäden knisterten wie nadeldünne Speere, schossen aus meinen Händen und durchbohrten ihn an einem Dutzend Stellen. Der Dahaka hing heulend in der Luft und zappelte wie ein Fisch am Haken. Hinter ihm sprang Sean drei Meter hoch und schlug ihm mit einem exakt geführten Hieb den Kopf ab.

Er rollte mir direkt vor die Füße. Das purpurne Feuer in den Augen des Außerirdischen erlosch.

Meine Knie zitterten, und ich musste mich ins Gras setzen. Es reckte sich mir entgegen, rieb sich an mir wie eine Katze, die einen Buckel machte, weil sie gestreichelt werden wollte.

Wir hatten gewonnen.

***

Sean setzte sich neben mich ins Gras. Seine Haut war blutüberströmt. Der Dahaka hatte ein paar schwere Treffer gelandet.

Wir beobachteten, wie Arland die Rüstung des Dahaka durchsuchte. Er fand etwas, sah es sich genau an und setzte sich dann ebenfalls zu uns. In den Händen hielt er ein Vampirwappen. Er zeigte es mir. »Ich habe es aktiviert und eine Botschaft gesandt. Er kommt.«

»Er?«, fragte Sean.

»Mein Vetter.«

»Woher wusstest du es?«, fragte Sean.

»Er hatte sich gegen den Bruderschaftspakt ausgesprochen. Nicht allzu laut, nur eine bissige Bemerkung hier und da, genug, um uns wissen zu lassen, dass er ihm nicht passte. Orig hat sich nicht im Griff. Als Kind hat er sich immer aus nichtigen Gründen geprügelt. Als Heranwachsender musste er auf die harte Tour lernen, dass Frauen es nicht mögen, mit Gewalt genommen zu werden. Am besten ist er, wenn man ihm mit den einfachen Soldaten auf dem Schlachtfeld die Zügel schießen lässt, aber er selbst sieht sich als Marschall.

Er sprach auf dem Leichenschmaus meiner Tante. Nichts als Empörung und Prahlerei und die Ankündigung, wir würden die Verantwortlichen finden und dafür sorgen, dass sie bedauerten, je aus dem Mutterleib hervorgekrochen zu sein.

Nach dem Begräbnis sah ich ihn ganz allein dastehen. Ich war auf einer Terrasse über ihm, und er glaubte sich unbeobachtet. Er lächelte. Damals fand ich das seltsam.

Ich benutzte Euer Terminal, um Rücksprache mit dem Haus zu halten. Man hat seine Flugrouten der letzten sechs Monate überprüft. Einen Monat vor der Hochzeit war er in Savva. Der Idiot hat sich den Treibstoff vom Haus bezahlen lassen. In jeder Familie gibt es einen Deppen.«

Sean sah mich an.

»Savva ist die Söldnerhauptstadt der Galaxie«, erläuterte ich ihm. »Dorthin geht man, wenn man einen Killer anheuern will.«

Arland schnitt eine Grimasse. »Jetzt werde ich hinter ihm aufräumen müssen.«

»Jetzt gleich?«, fragte ich.

Er nickte. »Ich will es hinter mich bringen.«

»Wollt Ihr Euch nicht erst etwas erholen?«, fragte ich.

»Nein.« Sein Tonfall machte klar, dass das Thema damit für ihn erledigt war.

Wir saßen beisammen und bluteten schweigend ins Gras. Mir tat ein halbes Dutzend Körperstellen weh. Komischerweise war mir das während des Kampfes gar nicht aufgefallen, aber offenbar war ich total zerschunden. Die magischen Verletzungen konnte das Gasthaus heilen, die körperlichen nicht. Nun, das würde mich eines Besseren belehren, wenn ich in den nächsten paar Wochen auf die Idee kommen sollte, Ärger zu suchen.

Die Fliegengittertür klapperte. Ich drehte mich um. Hinkend und ohne seine Rüstung kam Lord Soren mühsam auf uns zu. Er überquerte das Grundstück und ließ sich neben Arland ins Gras sinken.

Arland nickte ihm zu. »Gibt es einen Präzedenzfall, bei dem Außenstehende als Zeugen gedient haben?«

»Ja«, sagte Lord Soren.

»Gut.«

Über uns riss der Himmel auf. In der Luft bildete sich eine hellrote Kugel, aus der sich ein lautloser, leuchtender roter Wasserfall ergoss, und dann standen auf dem Rasen drei neue Vampire. Der größte sah Arland sehr ähnlich. Wären sie Menschen gewesen, hätte ich gesagt, sein Vetter sei etwa sechs oder sieben Jahre älter, aber bei Vampiren wusste man das nie so genau.

Arland erhob sich und ging hinüber. »Warum?«

Der Vampir antwortete mit einem Fauchen.

»Schalte deinen Übersetzer ein«, sagte Arland. »Meine Zeugen sprechen nicht unsere Sprache.«

Ich beugte mich zu Lord Soren hinüber. »Orig ist nicht Euer Sohn, oder?« Denn das wäre furchtbar gewesen.

»Nein«, sagte der ältere Vampir. »Er gehört zur Familie meiner Frau.«

Orig starrte Arland mit funkelnden Augen an. »Diese Allianz, diese Bruderschaft, in die du und dein Vater uns hineingezerrt habt. Sie nutzt niemandem. Zwei Jahre hatten wir Frieden. Zwei Jahre ohne Überfälle, Herausforderungen und Ruhm. Wir werden weich und langweilig. Dir ist das egal, und mir ist auch klar, warum. Du hast einen Platz gefunden, aber der Rest von uns hatte dieses Glück nicht. Nicht jeder kann der Lieblingssohn sein. Manche von uns müssen auf dem herkömmlichen Weg aufsteigen.«

»Du hattest genau dieselben Chancen wie ich«, sagte Arland. »Du wirst nicht befördert, weil du ein undisziplinierter

Idiot bist. Willst du mein Geheimnis wissen? Ehe man Befehle erteilen darf, muss man erst welche befolgen können. Wir wollten diesen Herbst eine gemeinsame Offensive gegen Haus Lon starten. Sie wäre gewaltig gewesen und hätte uns erlaubt, unseren Einfluss auf den gesamten Kontinent auszudehnen.

Diese Offensive ist jetzt gestorben. Gratuliere, Orig. Du hast im Alleingang drei Jahre Planung ruiniert. Du hast einen Fremden angeheuert, damit er deine eigene Tante tötet, und ihm erlaubt, dein Wappen zu beschmutzen. Es wird Jahre dauern, bis wir unseren Namen von deinem üblen Gestank reingewaschen haben.«

»Was ist, wenn ich auf einem Prozess bestehe?«, fragte Orig.

Arland ließ seine Handschuhe ins Gras fallen. Seine Brustplatte folgte. »Den kannst du haben, und zwar direkt hier. Du kehrst nicht zum Haus zurück, um dich in die Brust zu werfen und Effekthascherei zu betreiben. Ich bin Marschall des Hauses Krahr. Ich habe meine Untersuchungen angestellt. Vor diesen Zeugen befinde ich dich des Verrats für schuldig. Verteidige dich.«

Orig bleckte die Zähne. Seine Rüstung fiel ihm vom Körper. »Ich werde dich auf diesem Planeten begraben.«

»Große Worte. Versuch einfach, ein anständiges Ende zu finden. Beschäme das Haus nicht weiter.«

Sie prallten aufeinander. Unbewaffnet, nur mit bloßen Händen und Zähnen. Der Kampf war kurz und brutal. Ein paarmal wollte ich wirklich die Augen schließen, aber ich war eine Zeugin, und so sah ich zu, bis Arland die Zähne in den Nacken seines Vetters schlug. Er schüttelte seine Beute einmal, wie ein Hund eine Ratte schüttelt, und spie ihn dann aus.

»Schafft diesen Schmutz hier weg.«

Die beiden Vampire, die mit Orig gekommen waren, hoben seinen Leichnam auf. Lord Soren kam schwerfällig auf die Beine und folgte ihnen. Arland wischte sich das Blut von den Lippen.

»Gehst du nicht mit ihnen?«, fragte Sean.

»Ich dachte, ich belästige Euch noch ein wenig länger«, sagte Arland zu mir. »Ich würde wirklich gerne duschen und mir die Zähne putzen. Ich muss den Geschmack meiner Familie wieder aus dem Mund bekommen.«

***

Ich saß im Foyer und versuchte, einen Roman über Engel und Frauen, die sich in sie verliebten, zu lesen. Der Roman war toll, aber ich konnte mich nicht so richtig darauf konzentrieren. Ich hatte geduscht und mir Kamillentee gemacht, aber an Schlaf war nicht zu denken.

Dies war die erste große Auseinandersetzung in meinem eigenen Gasthaus gewesen. Ich hatte gewonnen, aber irgendwie fühlte es sich nicht wie ein Triumph an. Ich war … erschöpft.

Sean kam aus der Küche und stellte mir eine Tasse Kaffee hin. Er hatte sich das Blut abgewaschen. »Hey.«

»Hey«, sagte ich.

»Und was steht nun als Nächstes für dich an?«, fragte er.

»Als Nächstes ist Alltag dran«, sagte ich. »Der Rat der Wirte schickt vielleicht einen Inspektor vorbei, aber damit werde ich fertig. Und du?«

»Ich schulde Wilmos einen Gefallen«, sagte Sean.

Nein. Plötzlich wusste ich, was ich gleich zu hören bekommen würde.

Er schaute in seinen Kaffee. »Ich bin ziemlich sicher, was für eine Art Gefallen er wollen wird. Ich dachte, ich gehe und löse ihn ein, bevor er noch auf dumme Ideen kommt. Ich möchte gerne sehen, was da draußen ist. Ich würde gerne Savva sehen. Andere Orte. Du weißt schon.«

Ja, ich wusste es. Ich sah es in seinen Augen. So hatte ich auch einmal geschaut, erfüllt von dem aufregenden Wissen, dass irgendwo unmittelbar hinter dem Horizont etwas Geheimnisvolles und Aufregendes auf einen wartete. Etwas, das man noch nie gesehen hatte und wahrscheinlich nie wieder sehen würde. Er hatte immer nach dem Ort gesucht, an den er gehörte. Der Lockruf des Unbekannten war unwiderstehlich. »Du gehst.«

»Nicht für immer«, sagte er. »Ich will meine Schuld bei Wilmos einlösen. Wenn jemand einen Planeten oder ein Gerät erwähnt, will ich nicht der Einzige im Zimmer sein, der nicht weiß, was das ist. Ich habe das Gefühl, als hätte ich diese ganze Angelegenheit mit halb geschlossenen Augen durchgestanden. Ich will die Augen öffnen und sehen.«

Etwas in mir zerbrach. Mir war nicht klar gewesen, wie sehr ich ihn mochte, und jetzt ging er.

Ich hätte ihn bitten können zu bleiben. Vielleicht hätte er es sogar getan. Er mochte mich. Glaubte ich zumindest. Aber er würde hier nicht glücklich werden, und es würde nicht lange andauern. Die unendliche Weite rief. Ich wusste, wie groß ihre Anziehungskraft war. Ich war ihr gefolgt und jahrelang durch den Kosmos gewandert, ehe ich schließlich heimkam. Die Zeit verlief nicht überall gleich.

Ich fand nur sehr langsam Worte. »Die Galaxie ist groß. Sie hat meinen Bruder fortgelockt. Klaus ist immer noch irgendwo da draußen.« Ich deutete nach oben. »Ich habe ewig nichts von ihm gehört. Sei nicht wie mein Bruder, Sean. Melde dich von Zeit zu Zeit.«

»Ich werde es versuchen.«

»Soll ich dir ein Tor öffnen?«

Sean schüttelte den Kopf. »Wilmos hat mir ein Gerät gegeben. Einwegtransporter nach Baha-char.«

»Man geht da leicht verloren. Sei vorsichtig.«

»Versprochen«, sagte er.

Arland kam die Treppe herunter. Er war frisch geduscht. »Ich wollte eigentlich noch bleiben, aber anscheinend hat das Haus etwas dagegen. Ich habe meine Rechnung beglichen, Lady Dina. Mein Onkel und ich waren höchst zufrieden mit unserem Aufenthalt und Eurer Diskretion.«

Alle gingen. Das gehörte zum Leben einer Wirtin: Gäste gingen. Neue Gäste würden kommen. Ich hatte nur den Fehler gemacht, mich zu sehr auf einen von ihnen einzulassen. Es würde nicht wieder vorkommen. »Danke.«

Arland kniete neben mir nieder. »Ich muss gehen, doch ich werde wiederkehren, und dann werdet Ihr mir hoffentlich das Privileg gewähren, in Eurem Gasthaus abzusteigen.«

»Ihr seid jederzeit willkommen, Lord Arland.«

Er zögerte. »Ich nehme nicht an, dass Ihr mitkommen möchtet ...«

»Nein. Diesmal nicht. Ich gehöre in dieses Gasthaus.«

Er nickte. »Ich behalte mir das Recht vor, zu versuchen, Euch umzustimmen.«

Ich zwang mich zu einem Lächeln.

Arland schritt durch die Tür.

Sean blieb neben mir stehen. »Kriege ich einen Abschiedskuss?«

»Das macht alles nur noch komplizierter, Sean. Du hast deinen Weg gewählt. Geh ihn, und schau nicht zurück.«

Er öffnete den Mund, als wolle er etwas sagen, dann drehte er sich um und ging.

Ich schnippte mit den Fingern. »Terminal bitte.«

Ein Flachbildschirm bildete sich an der Wand, und ich sah ihnen nach, während sie zum Obstgarten gingen. Die Sonne ging auf. Sie mussten sich beeilen.

Das Gasthaus war in Sicherheit. Ich hatte meine Pflicht getan. Alles war gut.

Alles war gut.

»Welche Absichten hast du in Bezug auf Dina?«, fragte Arland auf dem Bildschirm.

»Meine Absichten gehen nur mich etwas an«, erwiderte Sean.

»Mhm«, sagte Arland. »Ich habe mich in meiner Freizeit mit Literatur beschäftigt, die bei jungen Frauen dieses Planeten beliebt ist. Man sollte sich stets mit dem Schlachtfeld auseinandersetzen.«

Sean sah ihn an. »Und?«

»Ich schlage vor, du gibst gleich auf. Meinen Untersuchungen zufolge kriegt bei einer Dreiecksbeziehung, in die ein Vampir und ein Werwolf verwickelt sind, immer der Vampir das Mädchen.«

»Ist das so?«, fragte Sean.

»Ja.«

»Dann möge der Bessere gewinnen.«

Arland dachte darüber nach und grinste. »Damit kann ich leben.«

Das rote Leuchten umhüllte ihn, und er verschwand, wurde himmelwärts gesogen.

Sean blieb stehen. Vor ihm erstreckte sich der Obstgarten. Er nahm etwas aus der Tasche. Unmittelbar vor ihm zerriss die Wirklichkeit wie eine zerfetzte Plastiktüte. Zwischen den Bäumen bildete sich eine schmale Lücke, durch die ich die vertraute, dicht bevölkerte Straße erkennen konnte. Wilmos' Laden schimmerte in der Ferne.

Sean holte tief Luft und trat durch die Lücke.

Epilog

Das Telefon klingelte. Ich sah von meinem Roman auf. Beast, die neben meinen Füßen auf dem Teppich lag, hob den Kopf. Das Gertrude Hunt stand in keinem normalen Hotelführer. Wir hatten weder eine Website, noch waren wir in den Gelben Seiten verzeichnet. Dass das Telefon klingelte, wäre unter normalen Umständen ungewöhnlich gewesen, nur dass meine Nummer irgendwie auf die Liste eines Meinungsforschungsinstituts geraten war, und egal, wie oft ich denen erzählte, dass ich auf einer schwarzen Liste stand, sie hörten einfach nicht auf, mich anzurufen.

Es klingelte wieder. Ich hatte den Großteil des Tages damit verbracht, zu lesen, Tee zu trinken und zu versuchen, mich zu erholen – mit mittelmäßigem Erfolg –, und mir war nicht nach Aufstehen.

Es klingelte erneut. Also gut.

Ich stemmte mich aus meinem Sessel und ging zum Telefon. Wenn mich noch einmal jemand fragte, ob ich mit meinem Abgeordneten zufrieden war, würde ich meine Kräfte zum Bösen nutzen.

»Gertrude Hunt«, meldete ich mich.

»Dina«, sagte Mr Rodriguez. »Wie geht es Ihnen?«

»Danke, gut.«

»Gratulation zur Lösung Ihres Problems.«

»Woher wissen Sie das?«

Mr Rodriguez lachte leise. »Schauen Sie mal in den Briefkasten.«

Dann folgte das Tonsignal, das mir verriet, dass er aufgelegt hatte. Hmm.

Ich sah Beast an. »Sollen wir?«

Sie sprang auf und umkreiste meine Füße.

Ich ging hinaus in die Nachmittagshitze und öffnete den Briefkasten. Werbung, Pizzaprospekte ... und ein kleiner, wattierter Umschlag von Mr Rodriguez. Ich riss ihn auf und entnahm ihm eine Broschüre. Auf dem Umschlag stand in Schwarz auf schlichtem weißem Papier »Verzeichnis«.

Ich wusste genau, was das war. Es war das Verzeichnis aller Gasthäuser, herausgegeben vom Wirtsrat. Ich schlug es auf und blätterte bis zum Kapitel »Neues und Veränderungen«. Ein Eintrag war mit Kuli umrandet.

Haus Krahr, Mitglied der Heiligen Kosmischen Anokratie, tut hiermit kund und zu wissen, dass alle Anfragen hinsichtlich seiner Mitglieder in Nordamerika an das Gasthaus Gertrude Hunt zu richten sind. Diese Erklärung folgt unmittelbar auf die Empfehlung des besagten Gasthauses durch Wilmos Gerwar aus Baha-char.

Neben den Worten »Gertrude Hunt« prangten zweieinhalb Sterne.

Ich lehnte mich an die Eiche. Ich hatte einen halben Stern mehr. Ich konnte es kaum glauben.

An den Rand der Seite hatte Mr Rodriguez geschrieben: »Ihre Eltern wären so stolz auf Sie.«

Ich sah zum Himmel auf. Irgendwo da draußen waren sie.

»Ich bin unterwegs«, flüsterte ich. »Wartet auf mich. Ich finde euch. Versprochen.«

Danksagung

Angefangen haben wir »Dina – Hüterin der Tore« nur so zum Spaß als Nebenprojekt. Wir haben jede Woche ein wenig geschrieben und diese Entwürfe online unter http://demo.ilona-andrews.com/ (Inaktiv) veröffentlicht, wo Leser sie dann kommentiert haben. Es war fast eine Art des öffentlichen Schreibens. Die größte Herausforderung stellte die Geschichte selbst dar. Bei einem normalen Roman kann man Szenen im Nachhinein umschreiben. Das Format, in dem wir »Dina – Hüterin der Tore« veröffentlichten, machte das unmöglich. Sobald etwas online stand, war es in Stein gemeißelt.

Autoren haben nur sehr selten Gelegenheit, in diesem Ausmaß mit ihrer Leserschaft zu interagieren. Das Schreiben von »Dina – Hüterin der Tore« war für uns eine sehr lehrreiche Erfahrung. Wir hatten das große Glück, Anregungen zur Geschichte zu erhalten, während sie sich noch entfaltete, und fühlen uns sehr geehrt, dass so viele von Ihnen sich entschlossen haben, sie zu lesen und zu kommentieren. Ihre Beiträge und Kommentare haben die Geschichte entscheidend verbessert, und wir sind Ihnen allen sehr dankbar dafür.

Zeitfracht Medien GmbH
Ferdinand-Jühlke-Straße 7
99095 Erfurt, Deutschland
produktsicherheit@kolibri360.de

Druck:
CPI Druckdienstleistungen GmbH
im Auftrag der
Zeitfracht Medien GmbH
Ein Unternehmen der Zeitfracht - Gruppe
Ferdinand-Jühlke-Str. 7
99095 Erfurt